COLLECTION PAGE BLANCHE

Titre Original
Waiting For the Rain

Sheila Gordon

Traduit de l'anglais
par Tessa Brisac

EN ATTENDANT LA PLUIE

GALLIMARD

PREMIÈRE PARTIE

Chapitre un

Frikkie passait toutes ses vacances à la ferme de son oncle. En arrivant, la première chose qu'il faisait, c'était courir revoir tous ses coins favoris pour s'assurer qu'ils étaient toujours là, que rien n'avait changé. Et puis, il allait chercher Tengo.

D'abord, il allait à la grange, respirer la bonne odeur des balles de foin empilées jusqu'au toit en une seule pyramide dorée. Ensuite, il traversait la cour au pas de course pour aller à l'étable saluer les vaches, une par une, par leur nom ; il flattait ses préférées de petites tapes sur leur croupe tiède et brillante, les caressait sur le museau, entre leurs grands yeux paisibles qui le regardaient amicalement pendant qu'elles chassaient, en balançant la queue, les mouches qui venaient en bourdonnant chercher l'ombre de l'étable, à l'abri du soleil écrasant de l'après-midi. Sarie... Marie...

Tessie, d'un blanc crémeux, un pedigree superbe, primée plusieurs fois, la meilleure laitière de tout le troupeau. Oom Koos, l'oncle de Frikkie, était allé jusqu'en Écosse pour l'acheter. « Tessie m'a coûté une fortune, mais elle me paie jusqu'au dernier sou », disait-il toujours en contemplant avec satisfaction la mousse crémeuse qui remplissait les seaux, l'un après l'autre, à mesure que le lait jaillissait sous les doigts noirs de Timothy. Timothy, le père de Tengo, était le contremaître de la ferme.

Après avoir salué toutes les vaches et respiré la bonne odeur d'herbe broyée de leur haleine tiède, Frikkie passait la barrière et coupait à travers le veld * pour aller voir comment mûrissait le maïs dans les champs cultivés qui s'étendaient de tous côtés jusqu'à l'horizon. Il cueillait un épi et l'examinait comme il avait vu son oncle le faire si souvent, tirant sur les fils soyeux du plumet pour ouvrir les feuilles qui le protégeaient avant de plonger l'ongle de son pouce dans un des grains blancs et laiteux. Puis il dévalait la colline derrière la ferme, et courait jusqu'au bord de la petite rivière se jeter sur l'herbe de la berge, sous les saules qui laissaient traîner leurs branches dans le courant limpide au-dessus des grosses pierres plates. Des bandes de petits poissons argentés filaient dans les trous, et l'eau profonde renvoyait le reflet du bleu dur, profond, intense du ciel des Hautes

* Voir note (lexique p. 303).

Terres, traversé de gros nuages blancs. Le soleil glissait entre les branches des saules des éclaboussures de lumière qui brillaient sous l'eau comme des pièces d'or. L'herbe vivait, de la vie grouillante des insectes, et les cigales fredonnaient leur chanson joyeuse, immuable, sous le soleil. Une fois convaincu que tout était bien exactement comme le souvenir qu'il en avait gardé et qui l'avait aidé à supporter l'ennui écrasant du trimestre de classes, Frikkie se levait, secouait l'herbe accrochée à ses vêtements, et partait chercher Tengo.

L'oncle de Frikkie, Oom Koos, comme on l'appelait en Afrikaner, et sa tante, Tant Sannie, n'avaient pas d'enfants, et Frikkie passait toutes ses vacances avec eux à la ferme. Pendant l'année scolaire, il vivait avec sa mère, son père et sa sœur dans une petite ville de province, à quelque cent cinquante miles de là. Son père était employé municipal et sa mère enseignait la dactylographie dans une école de commerce ; sa petite sœur s'appelait Henrietta mais tout le monde disait Sissie, de même que son nom à lui, Friederick, était devenu tout simplement Frikkie. A l'école, il avait un professeur qui venait d'Angleterre et qui disait toujours qu'il ne comprenait pas pourquoi les Sud-Africains se fatiguaient à donner des prénoms à leurs enfants puisqu'ils ne les appelaient jamais que par leurs diminutifs.

Frikkie aimait la ferme depuis toujours, depuis la première fois qu'il y était venu, quand il ne marchait pas encore. Il l'aimait bien mieux que la maison de ses parents à la ville. L'école ne l'intéressait pas. C'était un garçon remuant et, assis à un pupitre au bois rayé et taché d'encre, dans la salle de classe où l'odeur de la craie se mêlait à celle des repas que les élèves apportaient tous les jours dans leurs cartables, il s'agitait sans repos. Même aux heures de plein air, quand il jouait dehors au cricket ou au football avec ses camarades, il regrettait la ferme et pensait qu'il préférerait mille fois être aux champs ou à l'étable en train d'aider Oom Koos. Quand la fin du trimestre approchait, il prenait une feuille de papier quadrillé, une règle et un crayon, remplissait le papier de carrés bien proprement dessinés et l'épinglait au mur de sa chambre. Et chaque soir, une fois ses devoirs finis, il noircissait au crayon l'un des carrés.

— Qu'est-ce que tu fais ? lui demanda Sissie un soir.

— Quand tous les carrés seront noirs, ce sera le moment de partir à la ferme, répondit Frikkie en jetant un coup d'œil sur le dessin que Sissie était en train de terminer avec ses crayons de couleur. Intrigué, il demanda à son tour :

— Et ça, ça représente quoi ?

— Tu vois bien, c'est la ferme d'Oom Koos.

— Pourquoi tu as pris ces couleurs ? Le veld est vert, et le ciel et la rivière sont bleus.

— Le veld est marron et jaune, et tout sec, poussiéreux et embêtant, et désert. Et les insectes piquent. Et il n'y a rien à faire et personne avec qui jouer à part les enfants cafres *. C'est bien mieux de passer les vacances à la maison.

— Moi j'aime la ferme, répondit Frikkie. Même l'hiver, quand tout est brun et desséché. Si seulement je pouvais ne pas aller à l'école. Il n'y a pas un seul endroit dans le monde entier où je puisse être aussi heureux qu'à la ferme.

— Mais papa et maman, ils ne te manquent pas ? La nuit ? Quand tu es couché ? C'est tellement silencieux, là-bas, la nuit. Moi, ça me fait peur.

— C'est justement ce que j'aime : le silence. Bien plus que le bruit et le passage de la rue. Je n'ai jamais peur à la ferme. Et je suis aussi habitué à Oom Koos et Tant Sannie qu'à papa et maman.

— Moi, je déteste la ferme ! déclara Sissie d'un air mauvais en frappant la table du poing.

— Et moi je déteste rentrer en classe à la fin des vacances. Oom Koos m'apprend à devenir un vrai fermier. Il dit que quand j'aurai fini l'école je pourrai rester travailler avec lui et que je deviendrai le patron de la ferme.

— Et tu ne reviendras plus à la maison, plus jamais ?

— Oh, je viendrai vous voir de temps en

temps, les parents et toi. Et quand tu seras grande et que tu te marieras, tu pourras aussi envoyer tes enfants passer les vacances chez nous. Oom Koos dit que si je deviens un bon fermier, il me laissera la ferme après sa mort.

— Est-ce qu'il va mourir ? demanda Sissie en ouvrant les yeux tout rond.

— Pas avant des siècles et des siècles, *dom-kop* *, et à ce moment-là, je serai drôlement vieux aussi.

Et, avec le crayon vert de sa sœur, il se mit à remplir soigneusement l'un des carrés de sa feuille jusqu'à ce qu'il ne reste plus la moindre trace de blanc.

Frikkie chercha Tengo dans le jardin où il pensait qu'il pouvait être en train d'arracher les mauvaises herbes des plates-bandes de fleurs ou du potager. Mais il n'y était pas, pas plus qu'à la laiterie ni dans les champs où la récolte des *mielies* * avait déjà commencé. Il revint à la maison et entra par la cuisine où Sélina, la mère de Tengo, travaillait comme cuisinière et femme de ménage.

— Sélina !

Sélina apparut à la porte du garde-manger, une bassine de pommes de terre à la hanche.

— Haou ! *Kleinbaas* Frikkie ! répondit-elle en le saluant, comme toujours, du nom de « jeune maître » ; son oncle était *oubaas,* « le vieux maître ». Et quand êtes-vous arrivé ? Tengo sera bien content de vous voir !

— Je suis venu tout seul en train, répondit le garçon, très content de lui. Il avait eu dix ans cette année et c'était la première fois qu'on lui permettait de voyager seul. J'ai même dû changer de train à Boesmanskloof. Mon oncle est venu me chercher à la gare.

— Vous voilà devenu un grand garçon, à présent. Sélina s'assit lourdement à la grande table de bois blanc fraîchement lessivée de la cuisine et commença à éplucher les pommes de terre.

— Tengo a quatre mois de plus que vous. Mais je crois que vous êtes déjà plus grand que lui.

— Où est-il, Sélina ? Je l'ai cherché partout, j'ai fait tout le tour de la ferme...

— Oh, je l'ai envoyé au *kraal* * porter du lait à ma mère. Sa petite sœur, Tandi, elle ne va pas bien. Elle ne veut rien manger, rien que du lait, et elle pleure sans arrêt.

— Maman a envoyé pour Tandi des vêtements de Sissie qui ne lui vont plus, Sélina. Je te les apporterai quand j'aurai défait ma valise.

— Votre maman est bien gentille, Kleinbaas, répondit Sélina. Elle soupira, jeta une pomme de terre épluchée dans la cuvette et en attrapa une autre.

— Bon, je vais chercher Tengo.

Frikkie, sortant de l'ombre fraîche de la cuisine, repartit en plein soleil, dépassa le poulailler plein de grincements et de grattements, franchit une barrière et descendit une route de terre qui menait, à travers le veld, jusqu'au kraal — un groupe de huttes rondes en terre séchée, aux toits de chaume, où vivaient les ouvriers de la ferme. Pour le dessiner, les crayons jaunes et marron de Sissie auraient été justes de la bonne couleur. La terre y était dure et plate, brûlée, avec des plaques d'herbe rabougrie et quelques rares buissons noirâtres hérissés de beaucoup d'épines et de peu de feuilles. Devant, à côté d'un groupe d'eucalyptus, la fumée s'élevait des foyers du kraal. Derrière lui, dans le silence brûlant de l'après-midi, lui parvint le chant d'un des coqs de la ferme.

Il s'approcha d'une barrière, l'ouvrit puis la referma soigneusement derrière lui. Une fois, quand il était petit il l'avait laissé ouverte en allant jouer au kraal avec Tengo. Les vaches s'étaient échappées et avaient piétiné les pousses de maïs, et Oom Koos et les boys avaient eu bien du mal à les rattraper. Ç'avait été la première et la dernière fois que Frikkie laissait ouverte une des barrières de la ferme.

La route, maintenant, descendait doucement, et Frikkie apercevait dans la vallée le cercle des huttes de terre rouge et leurs toits de paille qui ressemblaient à des chapeaux de soleil. Seul l'aboiement d'un chien troublait la douceur de l'air paisible et parfumé ; c'était l'un de ces chiens jaunes, décharnés et à demi sauvages de la ferme qui rôdaient autour du kraal.

Il aboyait interminablement, sur une seule note, comme s'il savait de toute éternité que personne n'y ferait attention. Un bruit de solitude. Frikkie aurait aimé que quelqu'un lui jette un os pour le faire taire.

Chapitre deux

Tengo était assis sur une caisse retournée et jouait avec une motte d'argile rouge. Dans la hutte, sa petite sœur pleurait et on entendait sa grand-mère fredonner doucement pour l'apaiser. Derrière la hutte poussaient en désordre quelques légumes, des potirons qui mûrissaient au milieu de larges feuilles épineuses, des pommes de terre, des carottes, quelques rangs de haricots. Ses parents travaillaient du matin au soir pour l'*oubaas* et ils n'avaient jamais le temps de s'occuper du potager. Tengo, quand il pouvait, arrachait les mauvaises herbes, mais il aurait aussi fallu apporter de l'eau, et c'était un travail pénible d'aller la chercher au barrage sous le soleil ; et la terre l'avalait si avidement que, quand il revenait de remplir ses seaux, l'endroit qu'il venait d'arroser était déjà aussi sec que le reste.

Au-delà du potager, un chien jaune aboyait inlassablement, mais il n'y aurait rien à lui jeter jusqu'au soir, après le repas. Du haut de la colline, où se dressaient les bâtiments de la ferme, Tengo entendait le coq chanter. Sa grand-mère sortit de la hutte. Elle semblait préoccupée.

— Qu'est-ce que tu fais là à jouer, Tengo ? Je croyais que tu devais aller ramasser les œufs.

— J'ai déjà apporté les œufs à la maîtresse. Mon père a dit qu'il n'a plus besoin de moi jusqu'à l'heure de la traite. Regarde ce que j'ai fait, grand-mère.

Il lui tendait, debout sur la paume de sa main, la petite vache en argile qu'il venait de modeler — la croupe rebondie, les pattes fines, la tête pacifique, et la queue rejetée sur le côté comme si elle venait juste de chasser une mouche.

— Haou ! dit sa grand-mère en secouant la tête avec étonnement, elle a vraiment l'air vivante.

Une voix leur parvint, à travers le veld :

— Tengo ! Tengo ! Où es-tu ?

— Le *kleinbaas* est arrivé, dit sa grand-mère, en mettant une main en visière pour regarder au-delà du bouquet d'eucalyptus.

Tengo déposa soigneusement la petite vache de terre sur le sol et se leva pour accueillir Frikkie qui entrait dans le cercle des huttes.

— Tengo ! Je t'ai cherché partout. Je suis venu en train. Tout seul. J'ai même dû changer à Boesmanskloof. Bonjour, Lettie, ajouta-t-il en se tournant vers la vieille dame.

— Bonjour, Kleinbaas. Vous devenez grand, on dirait ?

— Qu'est-ce que c'est ? demanda Frikkie en ramassant une poignée de terre rouge. Qu'est-ce que tu fais, Tengo ?

Tengo lui montra la vache du doigt. Frikkie s'accroupit pour la voir de plus près.

— C'est toi qui l'as faite ! Qui t'a appris ?

— Personne. Je l'ai faite, tout simplement.

— Voyons un peu...

— *N'y touche pas !*

Frikkie tendait déjà la main pour la ramasser mais le cri de Tengo l'arrêta net, et il lui jeta un regard stupéfait.

— Elle n'est pas sèche, expliqua Tengo. Il faut la laisser sécher au soleil.

— Qui t'a donné l'argile ?

— Je l'ai ramassée près du point d'eau, au barrage, là où les vaches vont boire.

— Le premier arrivé à la barrière ! lança Frikkie.

Et les deux garçons se mirent à courir ensemble. La vieille dame s'assit sur la caisse pour les regarder. Ses yeux n'étaient plus aussi bons qu'autrefois et elle ne parvint pas à voir lequel des deux arriva le premier à la barrière. Dans la hutte, l'enfant avait cessé de pleurer. Elle espérait que sa maladie ne soit pas grave. Sa fille Sélina avait déjà perdu deux enfants, de maladie, et il ne lui restait plus que Tengo et Tandi pour prendre soin d'elle quand elle serait vieille. Le chien s'était enfui à l'arrivée de Frikkie mais il était revenu et aboyait de nouveau, inlassablement, désespérément.

Sans échanger un mot, Tengo et Frikkie avaient continué tout droit vers la petite vallée où courait la rivière, sous le soleil brûlant qui écrasait le veld.

— Le dernier à l'eau est un singe ! cria Frikkie, et tous deux enlevaient déjà leurs chemises et se jetaient à l'eau en short.

Frikkie avait eu, à l'école, des cours de natation, et il y avait déjà plusieurs étés qu'il avait appris à nager à Tengo. L'eau, peu profonde, était délicieusement fraîche et ils pataugèrent en jouant à se faire couler et à s'envoyer de l'eau à la figure. Ensuite, ils s'allongèrent sur l'herbe, et le soleil tapait si fort qu'ils sentaient leurs vêtements sécher sur leur peau.

— Je me demande quel effet ça fait de nager dans la mer, remarqua Tengo.

— Mon ami, à l'école, il dit que ça donne un goût de sel dans la bouche, et que les vagues sont tellement fortes qu'elles peuvent vous assommer.

— Est-ce qu'il t'a dit à quoi ça ressemble la mer ?

— C'est comme un lac très très très grand qui va tellement loin qu'il touche le ciel. Et, de l'autre côté, il y a un autre pays.

— J'aimerais bien voir la mer, dit Tengo.

Comme ils passaient dans la cour de la ferme, Tant Sannie apparut à la porte de la cuisine.

— Rentre, Frikkie, c'est l'heure du thé ; ton oncle est déjà à table. Va vite te laver les mains et viens nous rejoindre.

— Attends-moi, Tengo, dit Frikkie, je reviens tout de suite, je veux te montrer la nouvelle batte de cricket que j'ai eu pour mon anniversaire.

Il faisait frais dans la salle à manger, entre les meubles solides, en bois foncé, qui avaient appartenu aux arrière-grands-parents de Frikkie, ceux qui avaient acheté la ferme juste après leur mariage. Leurs portraits étaient accrochés au mur. Frikkie leur trouvait un air terriblement démodé : elle avec son calot et une robe sombre au col lacé, lui avec sa longue barbe noire et un chapeau très haut et tout rond. Une bande de papier tue-mouches pendait de la lampe, et une mouche qui venait de s'y prendre bourdonnait furieusement en essayant de se libérer de la surface adhésive déjà constellée d'insectes morts.

Oom Koos remuait son thé, avec une petite cuiller perdue dans sa grosse main tannée. Tant Sannie souleva la grosse théière marron, versa le thé, ajouta du lait et du sucre et passa la tasse à Frikkie, puis elle lui coupa une tranche du cake aux fruits fait à la maison. Frikkie mordit sa tranche de gâteau, moelleux et fondant, fait avec les fruits, et le beurre de la ferme et des œufs de leurs propres poules.

— C'est le meilleur gâteau du monde, déclara-t-il en prenant une gorgée de thé parfumé et brûlant, et ici, c'est l'endroit le plus beau du monde !

Son oncle et sa tante éclatèrent de rire.

— Moi, ce que j'aimerais, c'est pouvoir rester ici pour toujours, et ne pas être obligé de retourner à la ville.

— Écoute-moi ce garçon, dit sa tante, ravie. Et il vient juste d'arriver !

— Travaille bien à l'école, dit son oncle, et quand tu seras grand et que tu auras passé ton examen final, tu viendras travailler avec moi et vivre ici pour de bon.

Tant Sannie lui servit une autre tranche de cake. Une fois le thé fini, Sélina débarrassa la table. Dans la cuisine, elle versa ce qui restait de thé dans un grand bol d'émail ébréché, avec du lait et du sucre. Elle alla ranger le gâteau au garde-manger, coupa une grosse tranche de pain blanc, y étala de la confiture d'abricots et apporta le thé et la tartine à Tengo qui attendait dans la cour en jouant avec un ballon. Quelques minutes plus tard, Frikkie sortit avec sa batte de cricket et une balle. Tengo, assis sur un banc de bois à l'ombre du jacaranda, finissait son goûter ; Sélina décrochait le linge du séchoir. Frikkie aimait l'odeur du linge séché au soleil. La nuit, quand il se glissait dans son lit, à la ferme, les draps laissaient échapper cette bonne odeur de soleil et de vent, l'odeur propre et fraîche de la campagne.

— Dépêche-toi de finir ton goûter, Tengo. Tu vas lancer pour moi.

Mais Tengo prenait son temps et dégustait sa tartine épaisse, le pain blanc moelleux, la saveur de la confiture et le thé fort et sucré.

Autour de lui, les fleurs bleu-mauve du jacaranda voltigeaient et dessinaient, en tombant, comme un lac d'un bleu tendre au milieu de la cour. C'était un très vieux jacaranda, au tronc énorme, aux branches puissantes : il avait été planté par l'arrière-grand-père de Frikkie.

Frikkie s'accroupit pour ramasser quelques fleurs et les enfila comme des gants sur les doigts de ses deux mains, qu'il se mit à agiter devant le visage de Tengo.

— Je suis le monstre bleu et je vais te dévorer immédiatement si tu ne finis pas tout de suite ton goûter pour venir jouer au cricket avec moi, rugit-il.

Tengo finit de vider son bol et son assiette et alla les poser sur le perron de la cuisine, puis il se retourna pour attraper au vol la lourde balle de cricket que lui jetait Frikkie.

— Ne jouez pas à côté de la maison, leur cria Tant Sannie, je ne veux pas de fenêtres cassées, merci bien.

Tengo lançait et Frikkie tenait la batte, courant et bondissant sur la balle qu'il lançait de toute sa force dans le veld pour que Tengo aille la rechercher. Tengo relança la balle bon nombre de fois mais il s'interrompit soudain, en voyant arriver son père qui ramenait les vaches à l'étable à travers champs, pour courir lui ouvrir la barrière.

— J'allais juste te passer la batte, cria Frikkie en lui courant après.

— Il faut que j'aille aider à traire les vaches, répondit Tengo sans se retourner.

En entrant dans l'étable, chaque vache allait sans hésiter à sa place habituelle et, les mamelles gonflées de lait, commençait à brouter sur la balle de foin frais qui l'y attendait, pendant que les garçons de ferme s'installaient à côté d'elles, sur des tabourets de bois, l'épaule appuyée sur leurs flancs rebondis. Bientôt on n'entendit plus que le bruit de leur mastication satisfaite mêlé à celui du lait qui, sifflant et éclaboussant, venait frapper les parois métalliques des seaux.

Frikkie était heureux. C'était ces bruits-là, ces odeurs, ces travaux auxquels il rêvait toute l'année, penché sur ses livres de classe. Debout derrière Tengo, il regardait les doigts noirs danser sur la blancheur crémeuse des pis comme sur un instrument de musique ; le lait jaillissait au rythme des doigts, et remplissait le baquet d'une mousse d'écume.

— Laisse-moi essayer, Tengo, demanda Frikkie.

Tengo se leva et il prit sa place sur le tabouret.

— Attrape le pis... comme ça, expliqua Tengo. Ensuite tu fermes la main en pressant doucement et tu descends : doucement ! doucement ! sans tirer ! finit-il en criant presque, mais trop tard.

La vache, agacée, fit voler sa queue, droit sur le nez de Frikkie qui se rejeta en arrière et un jet de lait vint les frapper tous deux en pleine figure. Ils éclatèrent de rire en même temps, et Frikkie, riant à perdre haleine, s'essuya le visage et les mains avec sa chemise.

— Eh là, vous deux, faites un peu attention ! les gronda Timothy. Si l'oubaas entre et vous trouve en train de faire les ânes, il va y avoir du grabuge !

— Mais c'est que je veux apprendre à traire, Timothy ! protesta Frikkie.

— Bon, toi, Tengo, continue, et vous, Kleinbaas Frikkie, venez vous asseoir à côté de moi, je vais vous montrer. Comme ça... là... pressez et glissez doucement ; pas trop fort, pas trop doucement non plus. Vous le faites descendre... fermement, tranquillement... voilà... Sinon, vous ne remplirez jamais un seul seau.

Au bout d'un quart de seau à peine, Frikkie avait mal aux doigts et il abandonna.

— Venez vous entraîner un petit peu tous les jours, Kleinbaas, lui dit Timothy en reprenant sa place sur le tabouret, et bientôt vous apprendrez à traire aussi bien que Tengo.

Frikkie retourna regarder Tengo qui finissait de vider le pis ; ce n'était plus qu'un sac vide qui pendait mollement, et la vache avait l'air contente. Une fois le travail fini, Tengo décrocha un gobelet de métal pendu au mur, le plongea dans le seau mousseux et le tendit à Frikkie. Frikkie but en rejetant la tête en arrière pour avaler jusqu'à la dernière goutte du lait tiède, sucré, épais comme de la crème.

— Tu as une moustache, se moqua Tengo, et Frikkie se passa le dos de la main sur la lèvre pour essuyer la mousse. Tengo reprit le gobelet, le remplit et but à son tour.

— Maintenant, c'est toi qui as une moustache blanche, sourit Frikkie.

— Si le maître nous attrape à boire du lait cru, on va avoir des ennuis, remarqua Tengo.

— Dépêche-toi de t'essuyer la moustache, raccroche la tasse, et personne ne le saura.

Dehors, le soleil, comme un ballon enflammé, sombrait vers l'horizon et le ciel était maintenant d'un rouge ardent. Les buissons d'épines tordues se dressaient tout noirs contre la lumière du soir. Quelques nuages bas, d'un violet pourpre bordé d'une lueur orangée se traînaient au ras du veld qui roulait jusqu'au ciel en grandes vagues bleu-gris. Une fois la traite finie et les seaux pleins rangés dans la laiterie, Tengo et son père partirent vers le kraal avec les autres travailleurs.

— A demain, Tengo, lança Frikkie, en prenant le chemin de la ferme.

Les ombres se rassemblaient autour de la maison, se faufilaient autour du jacaranda, et les fleurs tombées étaient noires maintenant que le ciel avait perdu toute couleur. Dans la cour flottait l'odeur de la viande en train de mijoter dans une sauce aux légumes. Des rectangles de lumière jaune tombaient de la maison et, par la fenêtre, il apercevait Sélina, en tablier bleu, un foulard fleuri noué autour de la tête, qui remuait une casserole sur le fourneau.

En sentant la bonne odeur de la nourriture, Frikkie découvrit qu'il était affamé, et se dépêcha de rentrer dans la cuisine illuminée.

Chapitre trois

Quand Frikkie, à la fin des vacances, repartit pour la ville, Tengo resta seul et commença à s'ennuyer. Frikkie se plaignait toujours d'être obligé de retourner à l'école, mais Tengo, lui, butait sur des milliers de choses qu'il aurait voulu savoir, des milliers de choses qui l'intriguaient, et il était sûr que s'il avait pu aller à l'école, il aurait fini par avoir des réponses à toutes ses questions. Il voulait savoir pourquoi la mer était salée et pourquoi l'eau de la rivière était douce ; pourquoi il pouvait se servir de la boue du barrage pour modeler des animaux et des personnages, tandis que celle qu'il ramassait au bord de la rivière se craquelait en séchant ; pourquoi le tonnerre grondait toujours après l'éclair, et pas le contraire ; pourquoi les moustiques piquaient, et pas les papillons. Il voulait savoir à quoi ressemblait le pays qui se trouvait de l'autre côté de la mer — comment étaient les gens là-bas, s'ils mangeaient aussi de la viande avec du porridge de maïs, comment ils parlaient. De nouvelles questions lui venaient sans cesse à l'esprit et il n'y avait pas moyen de trouver les réponses.

Il ne croyait pas qu'il verrait jamais la mer. Son père lui avait dit qu'elle était à des centaines de miles et les billets de train coûtaient chers. Mais il savait qu'un livre est comme un objet magique — un objet assez petit pour tenir dans la main et tellement grand qu'on y trouvait des choses aussi énormes que la mer et les vagues et les plus hautes montagnes ; et on y trouvait aussi comment les gens vivent dans ce pays de l'autre côté de la mer, ce qu'ils mangent, ce qu'ils se disent les uns aux autres et les maisons dans lesquelles ils vivent.

Il n'y avait pas d'école pour les enfants de la ferme : la plus proche était au village, à cinquante miles de là. La mère de Tengo était allée à une école, tenue par des missionnaires, quand elle était petite, et elle avait appris à Tengo à lire et à écrire, à compter, à faire des additions et des soustractions, et à réciter les tables de multiplication. Mais il n'avait rien à lire ; ses parents ayant à peine assez d'argent pour nourrir et habiller la famille il n'était pas question d'acheter des livres. Il avait lu et relu si souvent les quelques vieux livres de classe en lambeaux de sa mère que maintenant il les savait presque par cœur. Et puis ils étaient devenus trop faciles pour lui.

Sa mère se faisait du souci pour Tengo. Elle aurait voulu lui donner une instruction, mais elle avait déjà perdu deux enfants, et l'une des deux était morte alors qu'elle était au village, logée chez des parents pour pouvoir aller à l'école ; alors elle avait peur de laisser partir Tengo. Ses cousins vivaient aux abords du village, dans une réserve indigène pour les membres de leur tribu. Le grand-père de Tengo avait été l'un des sages de la tribu, mais il était mort, la tribu était pauvre, et une bouche de plus à nourrir serait une charge pour eux. Et il n'y avait pas d'argent, impossible d'en mettre de côté pour l'entretien du garçon s'ils l'envoyaient à l'école.

Tengo apprenait très vite. L'oubaas avait déclaré que s'il restait à la ferme, un jour il serait contremaître à son tour. Le maître était assez bon. Il ne les payait pas beaucoup, mais il leur donnait des sacs de farine de maïs et tout le lait dont ils avaient besoin, et avec ça ils n'avaient jamais vraiment faim. Ils mangeaient rarement de la viande, mais ils faisaient pousser leurs propres légumes. Et, pour Noël, l'oubaas faisait abattre une vache pour tous les travailleurs du kraal, donnait une grande fête, et, pour une fois, tout le monde pouvait se remplir la panse.

Chaque fois qu'un enfant plus âgé quittait la ferme pour aller à l'école du village, Tengo devenait maussade et renfermé, et passait des jours à ruminer en silence. Sa mère le voyait bien, et son cœur débordait de chagrin.

— Quand tu seras un peu plus grand, Tengo,

promettait-elle, quand tu seras plus grand et plus fort, nous te laisserons partir et aller à l'école.

Tengo regardait sa grand-mère qui préparait le repas du soir. Il pensait à Frikkie, déjà dans le train qui le ramenait vers l'école. Une autre chose que Tengo n'arrivait pas à comprendre, et qu'il aurait bien aimé chercher dans un livre, c'est pourquoi tout était gratuit à l'école de Frikkie, alors que les parents des enfants noirs de la réserve devaient payer pour les livres et l'inscription. Tengo n'avait jamais pris le train. Parfois, la nuit, quand il n'arrivait pas à dormir, il entendait le grondement lointain du train de marchandises qui traversait Doringkraal, le hululement du sifflet qui flottait sur le veld obscur, et il souhaitait être là-bas, traversant la nuit à toute vitesse sur un train qui l'emmènerait vers un endroit qu'il n'avait jamais vu.

Dans la marmite de fer noir qui bouillonnait au-dessus du feu, posée sur ses trois pieds, la vapeur, en traversant l'épaisse purée de maïs blanc venait exploser en grosses bulles à la surface. Sa grand-mère tournait dans le pot une longue cuiller en bois et fredonnait tout bas une petite chanson mélancolique. Par terre, à côté d'elle, était posée une bassine pleine de boules crémeuses de lait caillé. Ils ne buvaient jamais le lait frais. C'était leur coutume de le laisser cailler au soleil et de manger ensuite, à la cuiller, le caillé aigrelet.

De l'autre côté du kraal, les garçons jouaient avec un ballon de football ; quelques filles riaient en se tressant les cheveux les unes aux autres. Tandi, sa petite sœur, jouait par terre devant la hutte. Elle allait mieux, mais leur mère s'inquiétait de sa maigreur et de son manque d'entrain. Elle jouait avec une petite famille de personnages d'argile que Tengo avait modelés pour elle : le père, la mère et deux enfants, tous les quatre en argile rouge, et une petite hutte ronde avec un toit en vraie paille. Il lui avait même fait des casseroles en miniature et Tandi jouait à préparer le dîner pour sa famille de jouets, en remuant une brindille dans une marmite à trépied.

— Frikkie est rentré à l'école, dit Tengo à sa grand-mère. Il ne voulait pas y aller. Il dit que l'école, c'est ennuyeux. Mais moi, ce que je trouve ennuyeux, c'est de ne pas avoir de livres à lire, de ne pas pouvoir apprendre.

Sa grand-mère soupira.

— Tu devrais lui demander de te rapporter quelques-uns de ses vieux livres. Comme ça tu aurais quelque chose à étudier.

Ezéquiel, le plus vieil homme du kraal, s'approcha et s'assit pour bavarder avec eux. C'était un grand vieillard mince et encore solide, mais courbé par l'âge. C'était un des anciens de la tribu et il avait été contremaître de la ferme du temps du père du maître actuel. Maintenant, il était trop vieux pour travailler et l'oubaas lui donnait une petite pension de dix *rands* par mois et la permission de rester au kraal. Il faisait encore parfois de petits travaux à la ferme.

Tandi fit admirer ses jouets de terre glaise à Ezéquiel. Il les examina de tout près, un par un, en riant doucement.

— Haou, Tengo, l'esprit d'un de tes ancêtres est en toi !

Il s'assit sur une caisse retournée.

— Je me rappelle — quand j'étais un petit garçon de l'âge de Tandi — il y avait un très vieil homme, l'oncle de ton grand-père. Il taillait des figurines de bois, et toutes celles qu'il faisait étaient pleines de vie, juste comme les tiennes.

— Est-ce qu'il faisait des jouets ? demanda Tandi.

— Non, ma fille. Les personnages qu'il fabriquait servaient pour des cérémonies magiques. Ils contenaient des secrets. Quand la sécheresse durait, il faisait une figurine qui ramenait la pluie. En cas de dispute avec une autre tribu, il faisait des masques et les hommes les portaient pour danser la danse par laquelle ils demandaient aux dieux de nous garder la terre qui nourrit notre bétail.

— C'était un de mes ancêtres ? demanda Tengo, heureux à l'idée que l'esprit du vieux tailleur de bois l'aidait à modeler ses propres figurines. Elles aussi, elles renfermaient des secrets.

— Oui, répondit le vieil homme, et ses yeux parcouraient le veld obscur comme s'il y voyait des choses qui s'étaient passées il y avait très, très longtemps.

Les souvenirs des vieilles gens sont aussi comme des livres, pensa Tengo ; ils sont pleins d'histoires sur les temps d'où notre propre temps est né.

— Et il m'avait dit un jour, continua le vieil homme, que son grand-père à lui avait aussi le don de tailler le bois et de lui donner vie.

— Frikkie m'a dit que sa famille est installée par ici depuis je ne sais combien de grands-pères de grands-pères..., commença Tengo.

Le vieil homme rit doucement.

— Mon enfant, longtemps, bien longtemps avant que les grands-parents du kleinbaas arrivent ici — bien longtemps avant que le premier homme blanc vienne ici pour la toute première fois — notre tribu était déjà sur cette terre. C'est notre terre depuis toujours ; la terre de notre tribu.

C'était encore une autre énigme, dont Tengo aurait bien voulu pouvoir trouver la solution dans un livre.

— C'est la vérité, ce qu'il dit là, confirma sa grand-mère sans cesser de remuer sa cuiller de bois. Nos morts sont enterrés ici depuis bien des générations. Nous étions ici bien avant l'arrivée de l'homme blanc.

On entendit claquer la barrière du chemin de la ferme.

— Voilà ton père, ajouta-t-elle, et elle remua les légumes qui mijotaient dans la casserole de fonte ébréchée, sur son fourneau improvisé avec un vieux bidon en fer-blanc perforé de petits trous, à travers lesquels on voyait briller les braises du charbon.

Le père de Tengo bavarda quelques instants avec Ezéquiel qui se leva bientôt pour rentrer vers sa hutte où la femme de son petit-fils lui préparait son repas. Tengo et sa famille s'installèrent pour dîner, assis autour du feu, piochant avec les doigts dans la casserole des morceaux de porridge qu'ils trempaient dans la sauce de légumes relevée. La mère de Tengo ne dînait avec les siens que le dimanche, son jour de sortie. Tous les autres soirs de la semaine, elle devait rester à la ferme pour préparer et servir le dîner pour l'oubaas et sa femme, et elle ne pouvait pas rentrer à temps au kraal. Elle se préparait sa casserole de purée de maïs, et une fois le dîner des maîtres servi et la vaisselle faite, elle le mangeait, seule à la table de la cuisine, avec ce qui restait de leur repas.

Le père de Tengo sortit une enveloppe de sa poche.

— C'est une lettre de ta tante de Johannesburg. Elle demande si elle pourrait envoyer ton cousin Joseph passer quelques semaines ici. Il a été malade et ils pensent que la campagne et le grand air lui feraient du bien. J'ai demandé la permission a l'oubaas et il a dit qu'il était d'accord, s'il ne restait pas trop longtemps.

Cette nouvelle remplit Tengo de joie. Cela faisait quelques années déjà qu'il n'avait pas vu son cousin. Joseph avait quatre ans de plus que lui, il était drôle et intelligent. Il vivait dans un des faubourgs noirs des environs de Johannesburg, une grande ville avec des immeubles si hauts, à ce que lui avait dit Joseph, que les gens devaient monter et descendre dans des cages électriques, et que des familles entières vivaient empilées les unes au-dessus des autres, presque jusqu'au ciel.

— Quand arrive-t-il ? demanda Tengo, tout excité.

— Je vais écrire la réponse ce soir, et le maître la mettra à la poste demain quand il ira à Doringkraal. Ils nous enverront un télégramme pour nous dire sa date d'arrivée.

Après leur dîner, Tengo regarda son père tailler un crayon avec son canif et s'installer, un bloc de papier quadrillé sur les genoux, pour écrire la réponse à la lumière de la bougie. Au-delà des ombres mouvantes, à l'arrière de la hutte, sa sœur et sa grand-mère s'étaient endormies dans le lit qu'elles partageaient. Il espérait maintenant la visite de son cousin avec une telle impatience que ça lui était presque égal que Frikkie soit reparti.

Tengo et Joseph étaient assis à l'ombre des saules, au bord de la rivière. Comme il n'y avait pas, dans la grande ville, un seul endroit où les Noirs puissent nager, Joseph n'avait jamais appris, et Tengo lui donnait des leçons depuis son arrivée. Vers sa deuxième semaine à la ferme, il arrivait à se maintenir à flot, mais Tengo disait qu'il gesticulait et éclaboussait beaucoup trop et qu'il devait essayer d'améliorer sa brasse. L'eau les avait rafraîchis, mais, en sortant, le soleil tapait si fort qu'ils séchèrent en un clin d'œil et bientôt eurent chaud à nouveau.

Joseph n'était pas aussi drôle et plein de vie que dans le souvenir de Tengo. Il avait grandi ; sa maladie l'avait amaigri, et il était plus silencieux comme s'il pensait à autre chose. Il avait quatorze ans et était en troisième, dans son école du faubourg.

Tout était immobile et silencieux sous le soleil brûlant. Rien ne bougeait, on n'entendait que les cigales qui grinçaient gaiement dans l'herbe haute.

— Tu as bien de la chance de vivre dans la grande ville, Joseph, remarqua Tengo.

— De la chance ?

— Oui, tu peux aller à l'école et apprendre tout ce que tu veux savoir. Moi, je me pose sans arrêt des milliers de questions et pas moyen de trouver les réponses.

— C'est toi qui as de la chance de vivre à la ferme, Tengo. Crois-moi. Ici, c'est calme. Et propre. Et ça sent bon. Dans le faubourg, tu sais, il y a toujours une odeur horrible. La fumée, et les vapeurs d'essence, et les toilettes sales et les ordures ; il y a des ordures partout, partout... Et les maisons sont tellement collées les unes aux autres qu'on entend les gens parler et se disputer, et les bébés pleurer sans arrêt... Le bruit : toute la journée, et toute la nuit, un bruit infernal. Et puis il y a les *tsotsis* *...

— Les tsotsis ?

— Des vauriens. Des gamins. Ils ne vont pas à l'école — peut-être que leurs parents n'ont pas d'argent pour payer le matériel et les livres. Ou peut-être qu'ils sèchent ; de toute façon leurs parents sont toute la journée à la ville, au travail. Les gosses volent, se bagarrent, fument, boivent, et attaquent les gens. Tout le monde en a peur. Ils sont vraiment violents, ils provoquent, et ils ont des couteaux.

Tengo ouvrait des yeux ronds.

— Mais, et les policiers, ils ne les arrêtent pas ?

— Oh, si, dit Joseph avec un petit rire, et comment ! Ils les mettent en prison. Et là, ils sont avec des gens tellement mauvais — des criminels pour de bon — que quand ils sortent ils sont encore pire qu'avant, de vrais dangers publics. Ils se moquent de tout. Je t'assure, vieux, y'a vraiment intérêt à faire attention aux tsotsis. Et aussi à la police.

— Comment ça, à la police ? Pourquoi ?

— Le carnet d'identité.

— Le carnet d'identité ?

— Tengo, tu as raison, mon vieux, tu ne sais vraiment pas grand-chose !

Joseph éclata de rire et secoua la tête en envoyant un coup de poing amical sur l'épaule de Tengo.

— Écoute, tu sais que tous les Noirs doivent avoir un carnet d'identité. Toi aussi, tu en auras un quand tu auras seize ans, avec ton nom, ta date de naissance, d'où tu viens, toute ton histoire. Ton père en a un, mais ici, à la ferme, personne ne demande à le voir. Par contre, en ville, c'est le carnet qui te permet d'y vivre et d'y travailler. Tu dois l'avoir toujours sur toi, toujours, et tu dois le montrer aux policiers chaque fois qu'ils te le demandent.

Joseph attrapa Tengo par l'épaule et le secoua brutalement, en disant en afrikaner, comme un policier :

— Ton carnet, cafre, montre un peu ton carnet ! Où est ton carnet, hein ?

Puis il lâcha Tengo et éclata de rire. Tengo avait l'air sidéré.

— Mais qu'est-ce qui se passe si tu n'as pas ton carnet sur toi ? Si tu l'as oublié à la maison ?

— En prison. Ils t'emmènent en prison, directement.

Joseph jeta une brindille dans la rivière et une bande de petits poissons, d'un seul mouvement, fit demi-tour et repartit à toute vitesse.

— Je me demande s'il y a un chef, que tous les autres poissons suivent... dit-il, pensif.

Mais Tengo se moquait bien des poissons.

— Mais, Joseph, tu veux dire que même si tu n'as rien fait de mal ils peuvent te mettre en prison ?

— D'après eux, c'est justement faire quelque

chose de mal que de ne pas avoir son carnet tout le temps sur soi.

— Et tu ne peux pas leur dire que tu l'as laissé à la maison et que tu vas le chercher ?

Joseph secoua la tête.

— Alors si ton père rentre du travail et qu'il ne l'a pas sur lui, ils peuvent le mettre en prison ? insista Tengo.

— Exactement. C'est déjà arrivé à mon père, dit Joseph, amer. Et aux pères de mes amis. Et tu paies une amende ou tu restes en prison. Et si tu n'as pas un tampon sur ton carnet, qui dit que tu es autorisé à vivre où tu vis, tu es obligé de quitter la ville et de retourner à ton kraal d'origine.

— Ho !... Tengo secoua la tête. Je ne voudrais pas vivre à la ville, Joseph.

Lui aussi, maintenant, trouvait qu'il avait de la chance que son père travaille pour l'oubaas, à moins d'un mile du kraal, et qu'il puisse traverser le veld tous les soirs en rentrant chez lui sans qu'un policier essaie de l'arrêter.

Joseph se glissa dans l'eau et se mit à arroser Tengo à grandes giclées.

— Tengo, mon vieux, tu es un vrai *domkop* *. Tu ne sais vraiment rien de rien de l'*apartheid* *.

— L'apartheid ? demanda Tengo, en allant s'asseoir sur une grande pierre plate, les pieds dans une flaque. C'est quoi, l'apartheid ?

— C'est la loi des Blancs, qui leur permet de

rester les maîtres et de nous garder à leur service.

Il recommença à arroser Tengo, en lui criant :

— Ton carnet, cafre ! Montre un peu ton carnet !

Puis il le poussa à l'eau et essaya de lui faire boire la tasse.

Pendant le reste de son séjour, Joseph refusa de reparler de sa vie à la ville. Quand Tengo posait des questions, il répondait simplement.

— Oublie tout ça, cousin.

Et il proposait d'aller nager, ou d'aider à traire les vaches, ou de faire une partie de football dans la cour de terre rouge, dure et poussiéreuse qui s'étendait entre les huttes du kraal. Quand par hasard le ballon allait rebondir au milieu des poules décharnées qui picoraient au pied des eucalyptus, elles s'égaillaient en piaillant furieusement et en battant de leurs courtes ailes, et les garçons hurlaient de rire.

— N'effrayez pas les poules, les grondait leur grand-mère. Quand elles sont énervées, elles ne veulent pas pondre.

Après deux semaines à la ferme, Joseph avait meilleure mine et semblait plus gai. Sélina lui confia une lettre pour sa sœur, la mère du garçon, qui travaillait à Johannesburg ; elle lui demandait si elle ne pourrait pas s'arranger pour envoyer des livres pour que Tengo puisse étudier. Elle écrivit sa lettre l'après-midi, à la table de la cuisine de la ferme, pendant que sa maîtresse faisait la sieste.

> Le garçon meurt d'envie d'apprendre. Nous n'avons pas d'argent pour acheter des livres, et je sais que toi non plus. Mais je me rappelle que les gens chez qui tu travailles ont des enfants et ils pourraient peut-être te donner quelques-uns de leurs vieux livres de classe pour Tengo...

L'oubaas emmena Joseph à Doringkraal dans sa camionnette quand il descendit en ville acheter de l'engrais. Sa femme dit à Sélina de lui préparer des sandwiches pour le voyage, et l'oubaas lui donna une poignée de petite monnaie quand il le déposa à la gare.

Ce soir-là, quand Sélina rentra au kraal, après avoir fini son travail, elle trouva Tengo assis, maussade, à côté du brasier qui rougeoyait encore. Il semblait observer attentivement la mince couche de cendre grise qui se formait sur les braises à mesure que le charbon refroidissait.

— Ton cousin te manque déjà ?

Il hocha la tête.

— Je regrette, fils. Elle s'assit à côté de lui sur le cageot et lui tapota la tête. Elle préférait ne pas parler de sa lettre, pour ne pas lui donner de faux espoirs, au cas où les livres ne viendraient pas.

Les vacances de Pâques ne sont plus très loin,

le kleinbaas va revenir et tu auras quelqu'un avec qui jouer. Oh, que je suis fatiguée... Elle étira les bras et leva les yeux vers le ciel d'un noir profond, chargé d'étoiles.

— Regarde, Tengo, là, vite : une étoile filante !

Ils contemplèrent la boule brillante, traînant sa longue queue scintillante de poussière d'argent, qui tombait à travers la nuit et disparaissait aussi silencieusement et mystérieusement qu'elle était venue.

— Ça porte bonheur, dit sa mère. Elle pensait : peut-être la maîtresse de ma sœur va envoyer des livres pour le garçon... Oh, grogna-t-elle, je suis vidée, ce soir. La maîtresse et moi, on a fait des confitures de figues, aujourd'hui. Toute la journée à remuer le chaudron de cuivre sur le feu, en pleine chaleur, ouf ! Quel travail ! Tiens, ajouta-t-elle en ouvrant son cabas de plastique déchiré, il y a un pot de confiture pour nous, Madame a dit que je pouvais en prendre un.

Mais Tengo avait autre chose en tête que la confiture de figues. Il se demandait ce que c'était qu'une étoile filante, d'où elle venait, pourquoi elle tombait dans le ciel juste à ce moment-là, et où elle allait quand on ne la voyait plus. Et dans la journée, se demandait-il, quand le soleil brille trop pour qu'on puisse voir les étoiles, est-ce qu'il y a aussi des étoiles filantes qui traversent le ciel ?

Chapitre quatre

Joseph rentra à Johannesburg un samedi. Aux abords de la ville, le train longea les hautes buttes arrondies de sable jaunâtre qui s'était empilé près des mines aux premières années de leur exploitation, quand l'or venait d'y être découvert. Des puits profonds et tout un réseau de tunnels avaient été creusés dans le sous-sol pour atteindre le roc où l'or était emprisonné. Dans les cavernes abandonnées, maintenant dépouillées de leur or, il y avait de temps en temps de grands éboulements de roches rugissantes dans les profondeurs du sol, et la terre tremblait, secouant la ville, réveillant les gens en sursaut au milieu de la nuit, faisant osciller les gratte-ciel et tomber les bibelots des étagères. Laides et nues, les buttes des mines, auprès desquelles aucune végétation ne poussait, gardaient les approches de la ville et, les jours de vent, laissaient s'envoler le sable sec qui venait former une couche de poussière pâle sur les fenêtres et les meubles de toutes les maisons de la ville.

Joseph devait prendre un bus qui le mènerait de la gare à la maison de banlieue où sa mère était cuisinière. Le lendemain était son dimanche de congé et ils rentreraient ensemble au faubourg. L'attente fut longue ; plusieurs autobus rouge et blanc à impériale passèrent en se traînant, mais ils étaient réservés aux Blancs. Enfin, son bus approcha, une guimbarde verte d'un seul niveau et Joseph traversa en cahotant le centre ville, entre les boutiques et les grands immeubles de bureaux modernes. Puis ce furent des immeubles d'habitation, des parcs, des arbres, des centres commerciaux, puis de vertes banlieues avec de belles maisons au milieu de jardins splendides. De la fenêtre du bus, Joseph apercevait, par-dessus les murs et les haies, la lueur bleu-vert des piscines qui ornaient la plupart des jardins. Il voyait l'eau éclabousser sous les plongeons, des gens qui nageaient ou barbotaient et, sous le soleil intense de l'après-midi d'été, les silhouettes allongées dans les chaises longues sur les pelouses de gazon bien taillé.

Le centre commercial près duquel travaillait sa mère grouillait de la foule des acheteurs du samedi. Joseph observait les visages, dans la cohue, espérant, comme toujours, y reconnaître son père ; alors il sauterait du bus et courrait en bousculant les passants pour le rattraper...

Ils étaient sans nouvelles de son père depuis

bien longtemps. Il avait travaillé pendant de longues années pour une petite entreprise de nettoyage à sec mais les propriétaires, inquiets de la situation menaçante du pays, avaient fermé boutique et s'en étaient allés vivre outre-mer. Son père avait bien un permis de vivre dans la ville mais il n'était valable que tant qu'il avait un emploi ; et, sans permis, il lui était impossible de chercher du travail. Il avait été arrêté deux ou trois fois et n'avait plus osé sortir de la maison du faubourg noir où il vivait avec la famille de sa femme. Un jour, il était parti. Pendant quelques temps, des lettres leur parvenaient du Transkei, où le grand-père de Joseph travaillait un lopin de terre. Puis les lettres avaient cessé. Sa mère avait écrit mais il n'y avait pas eu de réponse. Elle disait qu'un de ces jours elle aimerait bien aller au Transkei le chercher. Mais en attendant elle devait travailler pour les faire vivre. Partir était impossible.

Joseph tira la sonnette et descendit de l'autobus. Il traversa la banlieue ombragée et tranquille. Il n'y avait que des Noirs dans les rues — les domestiques qui travaillaient dans les grandes maisons. Les Blancs se déplaçaient toujours en voiture. Des nurses noires poussaient des landaux où dormaient des bébés blancs. Il arriva finalement à une double grille de fer forgé sur le montant de laquelle une plaque de bronze élégante indiquait un nom : Dr David Miller. C'est là que la mère de Joseph, Matilda, travaillait depuis de longues années, avant même la naissance de son fils. Quand il était bébé, elle se l'accrochait sur le dos dans une couverture et il l'accompagnait dans son travail mais quand il avait commencé à marcher elle avait dû l'envoyer vivre au faubourg avec son frère, sa femme, leur quatre enfants et sa belle-mère.

Joseph franchit la grille et remonta l'allée. Sur le court de tennis, une des filles du docteur Miller faisait une partie avec trois de ses amies. Elle le salua de la main en le voyant passer. Les Miller avaient cinq enfants et leur mère passait sa vie à les conduire et à aller les chercher à l'école et aux cours de danse, aux leçons de musique et de tennis sans compter les allées et venues des périodes d'examens. La mère de Joseph lui disait que Madame n'avait jamais une minute pour souffler. Le jardinier, qui arrosait les plates-bandes de fleurs, ferma le robinet pour bavarder un instant avec Joseph. Dans la cour, installée à une table à l'ombre d'un grand arbre, Dora, la femme de ménage, astiquait des couverts d'argent.

— Hou Hou, Joseph ! lui cria-t-elle, ta mère est bien sortie cent fois voir si tu arrivais. Te voilà enfin !

La porte de la cuisine était ouverte et sa mère, à l'intérieur, préparait un gâteau. Elle rit de plaisir en le voyant entrer, ravie de voir la bonne mine qu'il rapportait de la campagne. Il prit place à la table de la cuisine et elle lui servit un gobelet de thé et une assiette de sandwiches.

— Ton appétit est revenu ! dit-elle en le voyant mordre avidement la tartine de pain beurré. Je vois que tu es complètement guéri, mon garçon.

Pendant qu'il mangeait, elle pétrit la pâte du gâteau au mixeur électrique, la fit glisser dans un moule et le mit au four. Les Miller étaient de bons patrons. Ils aidaient toujours leurs domestiques quand ils avaient des difficultés, donnant de l'argent ou les congés dont ils avaient besoin. Ils avaient payé la caution du père de Joseph quand il s'était fait arrêter, mais ils ne pouvaient pas arranger son permis de travail.

— C'est une chance pour nous que le maître soit médecin, disait toujours Matilda aux nouveaux domestiques à leur arrivée. Il nous soigne quand on est malade et il nous donne les médicaments gratuitement.

C'était le maître qui lui avait dit que Joseph avait besoin d'un peu de repos à la campagne après sa maladie et il avait payé le billet de train.

Joseph allait passer la nuit avec sa mère, dans sa chambre du bâtiment de service au fond de la cour ; c'était illégal, seuls les domestiques recensés avaient le droit d'y dormir, mais le maître voulait l'examiner pour s'assurer qu'il était tout à fait guéri.

Pendant que le gâteau cuisait, Joseph raconta ses vacances à sa mère. Puis elle s'assit à la table pour lire la lettre qu'il lui apportait de la ferme de la part de sa sœur. Joseph regardait des illustrés que l'un des enfants des Miller avait laissé traîner sur le buffet. Le gâteau commença à dorer et la cuisine se remplit d'une bonne odeur de beurre, de sucre et de vanille. Le téléphone sonna et Matilda alla répondre.

— Résidence du docteur Miller. Non. Le docteur joue au golf cet après-midi.

Elle prit note du message d'un des patients du docteur avant de revenir finir sa lettre. Dehors, la porte d'une voiture claqua, et Madame entra dans la cuisine.

— Joseph ! Tu es revenu. Il y a des messages, Matilda ?

— Sur le bloc, Madame.

Elle posa sur le buffet un sac en papier plein de provisions.

— Mets tout ça au frigo avant que ça se gâte, Matilda. Je meurs de chaleur, je vais me jeter à l'eau immédiatement.

Elle jeta un coup d'œil au bloc-notes du téléphone.

— Ils ne peuvent pas laisser le docteur en paix, même le week-end ! soupira-t-elle. Nous ne serons que dix à dîner, Matilda, au lieu de douze : mes cousins ne viennent pas. Ce gâteau sent délicieusement bon. Tu as fait une salade de fruits ?

— Oui, Madame.

Au moment de sortir, elle se retourna.

— Joseph a bien meilleure mine, tu ne trouves pas, Matilda ?

— Oui, Madame. Ses vacances à la ferme lui ont fait beaucoup de bien.

— Il a mangé ? Cet enfant a besoin de se remplumer.

— Il a mangé, Madame, merci. Madame, ma sœur m'a envoyé cette lettre avec Joseph. Son petit garçon, Tengo — le cousin de Joseph — est un enfant très intelligent mais il ne va pas à l'école. Ma sœur a peur de le laisser partir parce qu'elle a déjà perdu deux de ses enfants. Mais il meurt d'envie d'apprendre, Madame, et il n'a pas un seul livre à étudier. Alors ma sœur m'écrit pour demander si Madame pourrait envoyer quelques-uns des vieux livres de classe des enfants.

— Quel âge a ton neveu, Matilda ? Dix ans ? La maison est envahie de vieux livres des enfants. Note-moi l'adresse, on lui fera un paquet de livres et on les lui enverra à la ferme.

— Merci beaucoup, Madame. Ton cousin Tengo va être content, Joseph, n'est-ce pas ?

Joseph hocha la tête.

— Ne pars pas avant le retour du maître, Joseph. Il veut t'examiner pour s'assurer que tu es tout à fait guéri.

— Il va rester dormir avec moi, Madame. Demain, c'est mon jour de congé et il rentrera au faubourg avec moi.

— Oh, c'est toi qui as congé demain, je

croyais que c'était Dora. Bon ! Pense à préparer un repas froid pour midi, Matilda. Mon frère et sa famille viennent passer la journée à la maison.

— Oui, Madame. Et, Madame, Joseph voudrait vous remercier, vous et le maître, de lui avoir payé son billet de train.

Joseph, muet, regardait fixement la couverture de son illustré.

— Oh, puisque ça lui a fait du bien... dit Madame vaguement. On meurt de chaud ici avec le four, ma robe me colle à la peau. Je vais me mettre à l'eau, je n'en peux plus. Matilda, sois gentille, apporte-moi un plateau de thé à la piscine.

Et elle sortit.

Matilda plia la lettre et la glissa dans la poche de son tablier. Puis elle remplit la bouilloire et la posa sur le feu.

— Eh bien, Tengo va avoir ses livres. Quand Madame promet de faire quelque chose, elle le fait.

Joseph, qui regardait toujours la couverture de l'illustré, ne répondit pas.

Chapitre cinq

Tous les jours de semaine, Oom Koos descendait à Doringkraal prendre le courrier et acheter du matériel pour la ferme et des provisions. Un matin, après avoir été chercher une pièce de rechange pour son tracteur au dépôt de la gare et une bobine de fil marron chez le drapier pour Tant Sannie, il passa à la poste ramasser le courrier. La receveuse lui demanda de l'accompagner derrière le comptoir pour prendre une grande caisse de carton trop lourde pour elle.

— Ce n'est pas mon anniversaire, blagua Oom Koos. Qui peut bien m'envoyer des cadeaux ?

— Ce n'est pas pour vous, *Meneer,* c'est pour l'un de vos cafres de la ferme.

En arrivant à la ferme, il rencontra Timothy qui charriait des bottes de foin frais vers l'étable.

— Timothy, il y a un paquet pour Tengo, de

Johannesburg. Une caisse de carton, très lourde, où il y a écrit LIVRES. Qu'est-ce qu'un négrillon qui ne sait pas lire peut bien faire d'une caisse de livres ?

— Il sait lire, Maître. Mais maintenant il veut étudier. Apprendre.

Le fermier éclata de rire.

— Dis-lui que s'il devient trop intelligent il ne pourra pas rester à la ferme. Cette caisse est vraiment lourde. Je l'ai laissée à l'arrière de la camionnette.

— Merci, Maître.

Timothy prenait toujours son repas de midi à la ferme. Quand le soleil tomba tout droit dans le ciel d'un bleu dur, et que les ombres se recroquevillèrent sous les arbres comme des flaques séchées, il s'aspergea le visage et les bras à la pompe du jardin et s'assit sous le jacaranda où il restait un peu d'ombre. Sélina lui apporta de la cuisine son thé et des tartines de confiture. Sur le banc, à côté de lui, il avait posé la caisse de carton.

— Qu'est-ce que c'est ? demanda Sélina, ravie, en battant des mains.

Il sourit.

— Ça vient de Johannesburg. Ça doit être les livres de Tengo.

— Ils sont arrivés, dit Sélina ! Dieu soit béni ! La maîtresse de Matilda est une femme bonne. Tu l'as dit à Tengo ?

— Pas encore. Il est avec les vaches.

— Oh, il va être tellement heureux !

Elle rentra préparer le déjeuner pour l'oubaas ainsi que Madame, en traînant le colis, qu'elle posa par terre dans un coin de la cuisine. Et, tout en mettant la table, en remuant la soupe, en coupant le mouton froid en tranches fines, en arrangeant autour des feuilles de laitue elle chantonnait un air joyeux. Chaque fois que son regard tombait sur le carton, le plaisir lui réchauffait le cœur.

Quand Tengo vint à la porte de la cuisine chercher son thé et son pain, il demanda :

— Mon père m'a dit qu'il y a une surprise pour moi ?

— Entre.

Un large sourire illumina le visage de sa mère. Elle lui montra le carton du doigt.

— Qu'est-ce que c'est ?

— Des livres.

— Des livres ? Pour moi ? D'où ?

Sa mère lui passa un bras autour des épaules et l'attira contre elle.

— Des livres. Pour toi. La maîtresse de ta tante les envoie de Johannesburg. Tu veux qu'on ouvre tout de suite ?

Tengo, fasciné, fixait le carton comme si c'était une chose magique.

— Non. Je l'ouvrirai ce soir. A la maison.

Un jour, Frikkie avait apporté à la ferme un ballon rouge gonflé à l'hélium. Tengo avait joué avec, il aimait le sentir tirer sur la ficelle, léger, plein de l'envie de s'envoler et d'aller flotter au loin. Et, cet après-midi-là, tout en faisant son travail à la ferme, il sentait son cœur aussi léger et bondissant que le ballon. Chaque fois qu'il pensait à la caisse de livres, qu'il la revoyait posée dans le coin de la cuisine, il sentait son cœur tirer dans sa poitrine, léger, comme s'il voulait s'envoler très haut dans la pureté du ciel.

Ce soir-là, après le travail, quand Timothy rentra au kraal, il portait la caisse de livres en équilibre sur sa tête, et Tengo sautillait heureux à côté de lui.

Un par un, il sortit les livres de la caisse et les examina, émerveillé. Il ne se rappelait pas avoir jamais été aussi heureux, et la hutte, à la lueur tiède de la bougie qui tremblotait, devint pour lui un palais enchanté.

Les Miller avaient envoyé tout un assortiment de vieux manuels scolaires : histoire, géographie, sciences naturelles, tous remplis d'illustrations, de cartes et de dessins. Sa grand-mère, son père et Tandi poussaient, à chaque livre qui sortait de la caisse, des exclamations joyeuses, et tournaient les pages au hasard, cherchant les illustrations. Il y avait aussi un dictionnaire broché mais aucun des quatre ne comprenait ce que ça pouvait bien être — c'est Sélina qui leur expliqua à quoi servait un dictionnaire quand elle rentra de son travail. Il y avait aussi des livres de contes. La mère de Tengo s'assit, sans même poser le cabas de plastique qu'elle portait au bras, et se mit à leur lire une histoire sur une petite fille appelée Boucle d'Or, qui se perdait et se retrouvait dans une maison qui appartenait à trois ours.

— Des ours ? demanda Tandi. C'est quoi, des ours ?

Et Tengo lui montra le dessin de la page d'en face :

— Là, nigaude, tu ne vois pas ? C'est ça, des ours.

Et leur vieille grand-mère hochait la tête et répétait « haou... », émerveillée.

Tengo aurait voulu commencer tout de suite et lire tous les livres d'un coup. Choisir le livre par lequel il allait commencer le remplit du même plaisir qu'il éprouvait quand il tenait entre ses doigts un morceau d'argile flexible et la pétrissait en se demandant quel personnage, miniature d'homme ou d'animal, était caché à l'intérieur de la terre, attendant que ses doigts le libèrent.

Sa mère disposa les livres sur une étagère et donna à Tengo le plus facile pour commencer. Elle lui montra comment se servir du dictionnaire. Plus il lisait, plus cela lui semblait facile. Il passait de moins en moins de temps à modeler des figurines d'argile. En menant les vaches, pendant la traite, en balayant le sol de l'étable, il pensait aux merveilles du monde que les livres dévoilaient pour lui. Et, grâce aux livres de contes, il commençait à se faire une idée de ce que pouvait être ce pays de l'autre côté des mers.

Un après-midi, en tournant la dernière page du *Livre de Lecture pour l'École primaire,* alors qu'il fermait le livre et levait les yeux sur le veld immense, un souvenir lui revint, une chose qui était arrivée l'année d'avant et à laquelle il avait évité de penser parce que cela le rendait malheureux. Sissie était venue avec Frikkie passer à la ferme les petites vacances de Pâques. Ce jour-là, il était entré avec Frikkie dans la cuisine, apportant les œufs du poulailler. Sa mère, devant l'évier, récurait une casserole ; Madame roulait des pâtés à la table de la cuisine, et Sissie, assise à côté d'elle, lisait un conte à voix haute. Un coude posé sur la table et la joue appuyée sur la main, elle lisait d'une voix claire sans s'arrêter ni trébucher, et elle n'avait pas besoin de suivre les lignes du doigt — comme si, pour elle, lire était la chose la plus facile du monde.

Sa mère l'avait appelé à l'office, mais il n'avait pas entendu ce qu'elle lui disait. Il ne pouvait entendre que cette voix haut perchée qui lisait sans aucun effort des mots avec lesquels il lui aurait fallu lutter pour les déchiffrer, des mots qu'il aurait dû épeler, en suivant chaque lettre du bout du doigt et en leur donnant le temps de prendre forme, de prendre sens dans sa tête. Sissie qui avait trois ans de moins que lui savait lire beaucoup mieux que lui. Cela l'avait rendu très malheureux ; un goût de métal lui avait rempli la bouche, comme s'il avait mangé quelque chose d'amer. Et le goût d'amertume ne voulait pas disparaître.

Il était ressorti avec Frikkie pour jouer dehors mais il manquait toutes les balles et n'entendait pas ce que Frikkie lui disait, il n'entendait que la voix de Sissie, sa voix suraiguë de bébé qui lisait les mots si facilement...

Maintenant, lire lui était tellement facile qu'il était sûr d'être capable de lire des mots qui seraient trop difficiles pour cette petite sotte de Sissie.

Tous les matins, maintenant, en partant à la ferme, il emportait un livre, et chaque fois qu'il avait un moment de liberté il trouvait un coin à l'ombre et s'installait pour lire. Quand l'oubaas avait besoin de lui et ne le trouvait pas, il grommelait.

— Où est encore passé ce gamin ? Dans un coin avec un livre, je parie ! Tengo ! Où t'es-tu encore caché ?

La mère de Tengo, pendant son heure libre entre le déjeuner et le thé s'assit à la table de la cuisine pour écrire à sa sœur à Johannesburg.

> Dis à ta maîtresse, encore une fois, comme nous la remercions pour les livres qu'elle a envoyés. Dis-lui que le garçon boit tout ce qu'il peut lire et apprendre comme la terre desséchée boit la pluie...

Tengo ne parla jamais des livres à Frikkie : il avait honte d'être trop en retard sur lui alors qu'ils avaient le même âge. Et comme Frikkie n'entrait jamais dans la hutte, il n'eut jamais l'occasion de voir les livres sur l'étagère.

Un jour, pourtant, qu'ils étaient perchés tous les deux dans les branches d'un vieux pêcher noueux et cueillaient les fruits mûrs dont on ferait de grands bocaux à ranger au garde-manger, Frikkie remarqua, en mangeant une pêche :

— Mon oncle m'a dit que quelqu'un t'a envoyé une caisse de livres.

Tengo hocha la tête, tendit le bras pour attraper un fruit et y mordit sans répondre.

Chaque année Frikkie revenait à la ferme — pour les vacances d'été en décembre, pour les vacances d'hiver en juillet, et pour les petites vacances de fin de trimestre. Chaque année, le premier jour des vacances, il était dans sa chambre de la ferme et défaisait sa valise. Les deux garçons se voyaient si souvent qu'aucun des deux ne remarquait le changement de l'autre — les os plus marqués du visage, la voix plus grave, les mains plus fortes et les muscles plus durs.

L'année où ils eurent tous les deux treize ans, Frikkie arriva, comme d'habitude, pour les vacances de juillet. C'était l'hiver mais les journées étaient chaudes et lumineuses, le soleil brillait dans un ciel sans nuages ; seulement, la nuit tombait d'un coup, noire et froide après la brève flambée du coucher de soleil, le givre rendait l'herbe craquante et une couche de glace durcissait la surface de la citerne du jardin. Chaque matin, tout fondait aux premiers rayons du soleil. L'air était clair comme du cristal, pur et odorant, et le cri des oiseaux était aussi coupant et brillant qu'un miroir brisé. L'eau de la rivière était trop froide pour y nager et les branches des saules pendaient, jaunes et nues, au-dessus de la berge où l'herbe sèche s'accrochait, piquante, aux pulls des deux garçons.

— Il va y avoir une grande fête en l'honneur de mon oncle à la fin juillet, dit Frikkie à Tengo un jour qu'ils faisaient ricocher des cailloux sur l'eau de la rivière. C'est pour son anniversaire.

— Quel âge va avoir l'oubaas ?

— Cinquante ans. Tous mes oncles, tantes et cousins vont venir. Mes parents et ma sœur resteront toute la semaine. On va faire un grand festin. Mon oncle a dit qu'il allait abattre un bœuf et que ta mère ferait un énorme gâteau d'anniversaire — assez grand pour y mettre cinquante bougies.

— L'oubaas se fait vieux, remarqua Tengo.

— Quand il mourra, dit Frikkie, la ferme sera à moi, tout entière. Et tu travailleras pour moi et tu seras mon contremaître.

Tengo ramassa un gros caillou gris, bien lourd et bien plat et visa un tronc d'arbre sur l'autre berge ; il recula d'un pas et jeta le caillou avec un geste de tout le bras ; il frappa la souche en plein centre.

— Joli coup, dit Frikkie.

Il ramassa une pierre, visa, lança, et rata sa cible. Il se rassit, adossé au tronc d'un saule, arracha une poignée d'herbe sèche et la mâchonna.

— D'accord, Tengo ?

— D'accord quoi ?

— Tu veux bien être mon régisseur quand je serai le maître de la ferme ?

Tengo, d'un tir parfait, frappa la souche avec une deuxième pierre. Il resta un instant immobile, regardant les cheveux de Frikkie, du même jaune que les branches du saule, puis il fit demi-tour et s'éloigna.

— Hé ! Attends-moi ! cria Frikkie, quand, étonné de ne pas recevoir de réponse, il leva les yeux et découvrit Tengo à la moitié du sentier.

— Où vas-tu ? lui demanda-t-il en le rattrapant. Je vais chercher mon ballon de foot, on va faire une partie.

Mais Tengo marchait toujours, sur l'herbe flétrie du veld en hiver comme s'il était pressé d'arriver quelque part, comme s'il venait de recevoir un message, bien qu'il ne sût pas ce que le message disait.

Frikkie se mit à courir pour rester à sa hauteur.

— Tengo, hé, vieux, où vas-tu ?

Tengo courait maintenant, rapide, sentant ses jambes élastiques rebondir sur l'herbe du veld, sous le haut ciel bleu, et l'air pur et sec gonfler ses poumons.

— Ah, tu veux faire la course, c'est ça ! Bon, alors, le premier arrivé à la barrière...

Mais les pieds de Tengo flottaient sur l'herbe comme s'ils nageaient ; ils la touchaient à peine, le sol glissait seul sous ses pas ; le vent lui fouettait le visage et un sentiment d'urgence le poussait, toujours plus vite — il ignorait s'il courait pour fuir ou pour atteindre quelque chose, mais il courait toujours plus vite. Il atteignit la barrière longtemps avant Frikkie.

Les deux garçons s'adossèrent à la barrière, haletants, pour reprendre leur souffle.

Au loin, trois vautours planaient, suspendus en l'air, au-dessus d'une proie invisible, sans bouger, comme s'ils pendaient de cordes invisibles.

— Ils sentent l'odeur du sang, dit Frikkie, il doit y avoir un chasseur à l'affût. Regarde-les ! Ils attendent jusqu'à ce qu'ils puissent descendre sans danger et se repaître des restes de la boucherie.

Oom Koos était parti chasser avec des voisins et rapportait un grand daim kudu. Installé à la table sous le jacaranda, il travaillait à découper une cuisse du daim égorgé en fines lamelles pour faire du *biltong*.

— Ah, vous voilà enfin ! Je vous ai cherchés

partout, *skellums,* où étiez-vous passés ? Toujours à traîner quand il y a du travail. Venez m'aider à préparer le biltong.

Il avait rempli une cuvette de gros sel et d'épices et, au fur et à mesure qu'il découpait les lamelles de viande, il les tendait aux garçons qui les roulaient dans le mélange salé.

— Faites attention de bien les frotter, sinon la viande pourrit.

Ensuite, il fallait pendre chaque tranche de viande salée à un crochet métallique en forme de S et l'accrocher à une corde tendue entre deux branches de l'arbre, pour que le vent et le soleil la sèche jusqu'à ce qu'elle ressemble à une courroie de cuir raide.

— Sans le biltong, Frikkie, lui dit son oncle pendant qu'ils travaillaient, tes ancêtres, les Voortrekkers, les pionniers, n'auraient jamais pu survivre à la Grande Traversée. Du pain sec et du biltong...

Il sentit le regard de Tengo fixé sur lui.

— Tu te demandes ce que c'est que la Grande Traversée, pas vrai, Tengo ? Le Grand Trek...

— Oui, Maître, dit Tengo.

Mais il le savait. Il l'avait lu dans un des livres d'histoire qu'il avait chez lui, au kraal. Il passa un crochet dans une lanière de viande et la pendit à la corde.

— Dis-lui, Frikkie.

— C'est quand notre peuple — les Boers — se sont tous embarqués dans leurs chariots bâchés et sont remontés vers le nord depuis le cap de Bonne-Espérance.

— Très bien, mon garçon. Et ça s'est passé quand ?

— Oh, il y a presque cent cinquante ans.

— Et dis à Tengo pourquoi ils voulaient quitter le Cap, Frik ?

— Pour s'éloigner des Anglais.

Son oncle éclata de rire.

— Exactement ! Ça me fait plaisir de voir que tu écoutes bien en classe.

Ses mains rudes et puissantes, qui coupaient adroitement la viande en fines lanières, étaient couvertes de sang. La lame bien aiguisée du couteau renvoyait des éclairs de soleil.

— Les Anglais étaient très durs pour les nôtres, les Afrikaners, continua-t-il. Ils en avaient fait pendre plusieurs, simplement pour avoir fouetté des cafres qui leur avaient volé du bétail. Ensuite ils les ont forcé à libérer leurs esclaves en leur promettant qu'ils les dédommageraient pour leur perte. Mais, quand les Boers sont venus demander leur indemnisation, les Anglais leur ont dit : « Désolés, mais si vous voulez votre argent, vous devez prendre le bateau et faire six mille miles sur l'Océan pour aller le chercher en Angleterre. » Et c'est comme ça qu'ils perdirent tout l'argent qu'ils avaient investi pour acheter des esclaves. Ils commencèrent à haïr les Anglais — leur favoritisme pour les sauvages, qui n'étaient même pas chrétiens, contre les Boers qui craignaient et respectaient Dieu. Alors ils décidèrent de tout vendre : leurs fermes, leurs meubles... Ils emballèrent tout ce dont ils pouvaient avoir besoin dans leurs chariots bâchés : du sel, du sucre, de la farine, des graines, beaucoup de poudre... et leurs Bibles. Ils firent monter leurs femmes et leurs enfants dans les chariots, prirent leurs serviteurs et menèrent leur bétail, bœufs et moutons, derrière eux. Ils attelèrent leurs bœufs pour tirer les chariots, et partirent. Et je peux te dire qu'il leur a fallu un fameux courage. Ils se sont lancés à l'aventure à travers une région de l'Afrique où pas un homme blanc n'avait mis le pied avant eux. Ils furent les premiers occupants de cette partie du pays. Et tes ancêtres étaient parmi eux, Frikkie. C'est ainsi que ta famille a gagné cette ferme. Nous l'avons payée de notre sang. Tu savais tout ça ?

— Oui, Oom Koos, mais c'est bien plus intéressant quand tu le racontes que quand mon prof d'histoire rabâche ses cours.

— Tu devrais l'écouter, mon garçon. Ces Voortrekkers étaient des gens très braves. Ils aimaient profondément la terre. Et ils l'ont payée de larmes de sang. Après avoir laissé les Anglais derrière eux, ton peuple à toi, Tengo, leur fit la guerre, et les trompa lâchement, et les égorgea exactement comme je viens d'égorger ce daim.

— Comment les ont-ils trompés, Oom Koos ? demanda Frikkie.

Tengo écoutait tout en roulant la viande dans le sel.

— Comment ? Les chefs indigènes avaient accepté de vendre la terre à nos ancêtres, ils s'étaient mis d'accord : « Oui, vous pouvez prendre ça et ça, de la rivière aux arbres, c'est à vous. » Et puis, quand les Boers ont dételé les bœufs et mis leur bétail à paître — ils avaient même commencé à semer et à construire leurs maisons — les hordes *impi* * ont dévalé avec leurs *assegais* et leurs *knobkerries,* ils les ont tous massacrés et ils ont volé tout le bétail. Il y a eu de terribles batailles entre les Boers et les Cafres. Ils étaient beaucoup plus nombreux mais leurs lances ne pouvaient rien contre nos fusils et ils ont payé cher de ne pas avoir respecté la parole qu'ils nous avaient donnée.

— Quand est-ce que le biltong sera prêt, Oom Koos ? demanda Frikkie.

Son oncle s'essuya les mains avec un torchon et lui tira l'oreille.

— Alors ton estomac t'intéresse plus que l'histoire de ton peuple, je vois !

— *Eina !* Ça fait mal ! protesta Frikkie en se frottant l'oreille avec le poignet, car ses mains étaient couvertes de sang et de sel.

— Dis, quand est-ce qu'on pourra le manger ? J'adore le biltong de daim.

— Skellum ! Oom Koos ébouriffa d'une main la fine chevelure jaune de son neveu. Avec cette sécheresse, et la bonne brise qui souffle, ça ne devrait pas prendre plus de deux semaines.

— Deux semaines ! Mais c'est drôlement long ! On en donnera un peu à Tengo, n'est-ce pas, mon oncle ? Il nous a aidés à le préparer.

— Je n'aime pas le biltong, dit Tengo. C'est trop sec et trop salé, et ça a un goût de sang.

L'oubaas éclata de rire :

— Tant pis pour toi, ça en fera plus pour nous.

Tant Sannie, de la porte de la cuisine, leur cria que le déjeuner était servi.

— On arrive, répondit l'oubaas. Toi, Tengo, reste ici.

Il coupa une longue branche et la lui tendit.

— Reste là, et chasse les mouches avec ça, qu'elles ne viennent pas se poser sur la viande. Frikkie, emporte la cuvette à la cuisine et donne-la à laver à Sélina.

Il essuya soigneusement le sang de son couteau de boucher et rentra dans la maison.

Tengo, assis sur le banc, se mit à agiter la baguette pour chasser les mouches attirées par l'odeur des morceaux de viande. *L'oubaas peut être très fort, et très riche, et très intelligent,* pensait-il tout bas, *mais il ne sait pas tout. Et il ne sait pas qu'il y a des choses qu'il ne sait pas...*

Tengo avait commencé à lire les livres d'histoire. Une deuxième caisse était arrivée de Johannesburg — des livres pour plus grands.

Grâce à ses lectures, Tengo comprenait quelque chose que le maître n'avait jamais compris, et Frikkie non plus. Il avait découvert, dans ces livres d'histoire, que les Boers n'avaient jamais réalisé que pour les Africains, l'idée que la terre puisse être achetée, ou vendue, ou échangée contre des lits, des casseroles ou des miroirs, n'avait aucun sens. Comme le ciel, ou la pluie, ou la lumière du jour, que personne ne pouvait acheter, la terre était là, simplement, pour ceux qui y vivaient et y faisaient paître leur bétail ; pour eux, leurs troupeaux étaient leur bien le plus précieux, et les plaines herbeuses comme les rivières étaient là pour que les bêtes mangent et boivent.

Les Boers, quand ils arrivèrent dans leurs chariots, crurent que les chefs africains leur vendaient la terre. Ils ne savaient pas que ce qu'on leur donnait, c'était seulement le droit d'y faire paître leur propre bétail, et même de cultiver la terre — mais pas de *la posséder*, de l'enclore, d'en prendre possession définitivement pour eux seuls. « C'était deux façons différentes de voir les choses, pensait Tengo, tandis que les mouches bourdonnaient, en rond, furieuses, autour de sa badine. C'était deux peuples différents, avec chacun sa façon de voir le monde, et les deux élevaient du bétail et voulaient la même terre pour leurs troupeaux. Nous étions là avant eux. Mais leurs fusils étaient plus forts que nos lances... »

Il était allé chasser plusieurs fois avec le

vieux maître. C'était si facile, de loin, de viser, de faire feu ; et un grand daim kudu, à cent mètres, s'effondrait et roulait sur le flanc. Il avait vu le maître, à côté de lui, sortir son couteau de chasse et ouvrir d'une entaille le ventre fumant de l'animal abattu pour le vider. En levant les yeux, il avait vu les vautours immobiles dans le ciel, attendant patiemment leur tour de descendre se repaître des restes abandonnés sur l'herbe du veld.

Les tribus, avec leurs boucliers de peau et leurs assegais, n'avaient pas eu plus de chance devant les fusils des Boers que le kudu contre celui du vieux maître. Les Boers n'avaient pas compris les Africains, et les Africains n'avaient pas compris les Boers.

Tengo avait mal au bras à force d'agiter son chasse-mouches. Il décida que ça lui était égal si les mouches se posaient sur le biltong de l'oubaas ; adossé au tronc du jacaranda, il se plongea dans ses pensées, où il trouvait à présent la clé de bien des choses inexplicables jusqu'à l'arrivée des caisses de livres.

Il se rappelait qu'en déballant la première caisse, il avait senti qu'elle contenait quelque chose de magique. Maintenant, il pensait qu'il avait eu raison, que c'était peut-être un pouvoir magique de savoir, de comprendre certaines choses que Frikkie et le vieux maître ignoraient ; cela lui donnait un pouvoir sur eux, un pouvoir qu'il n'avait jamais eu, un pouvoir qui diminuait leur prise sur lui.

Après avoir fini d'explorer la deuxième caisse de livres, il en avait attendu une autre, plein d'espoir. Chaque fois qu'il voyait le vieux maître sortir de la camionnette un colis plus ou moins semblable, son cœur battait à l'idée que c'était peut-être pour lui. Mais cela faisait plus d'un an qu'il n'y avait pas eu de nouvel envoi de livres de Johannesburg. Sa mère, elle, était sûre qu'il finirait par en arriver de nouveaux.

— Patience, disait-elle, la maîtresse de ma sœur est une femme bonne. Elle ne t'oubliera pas.

Mais Tengo était convaincu qu'elle l'avait oublié.

Un cri, de la fenêtre de la cuisine, vint couper le fil de ses réflexions.

— Tengo ! Feignant de cafre ! rugissait le vieux maître. Je ne t'ai pas mis là pour que tu rêvasses sous les branches ! Chasse ces maudites mouches de mon biltong !

Tengo leva sa branchette et un nuage de mouches s'éleva de la viande et s'envola en bourdonnant.

Frikkie adorait les soirs d'hiver à la ferme. Sélina allumait un feu dans la salle à manger et, une fois le dîner fini et la table débarrassée, elle écartait les cendres avec le tisonnier et empilait des morceaux de charbon d'un noir brillant sur les braises brûlantes. Frikkie s'allongeait sur le tapis, devant le foyer, et regardait les langues de flamme lécher le charbon jusqu'à ce qu'il rougisse et s'illumine à son tour. Sa tante et son oncle, assis à la grande table, s'absorbaient, elle dans sa couture ou son tricot, lui dans les comptes de la ferme. A la maison, Frikkie lisait des illustrés, mais Tant Sannie ne lui permettait pas d'en apporter à la ferme. Elle disait que ça ne servait qu'à bourrer de stupidités le crâne des enfants. Il y avait une radio, mais ils ne s'en servaient que pour écouter les informations et la météo. Les dimanches où ils ne pouvaient pas aller à l'église à Doringkraal, ils écoutaient parfois un prédicateur dire un sermon en afrikaner. Il n'y avait rien à lire dans la maison, à part la vieille Bible qui avait accompagné la famille dans la charrette à bœufs pendant le Grand Trek, et une pile de revues d'agriculture. Frikkie, allongé sur le ventre devant la cheminée, feuilletait les annonces de moissonneuses-batteuses, de tracteurs, d'engrais et de machines à traire jusqu'à ce qu'il soit l'heure d'aller au lit.

Il soupirait de satisfaction, heureux de n'avoir à penser à rien : pas de devoirs à faire, oublier le nouveau maître si sévère qui distribuait les coups de canne pour un oui pour un non, la moindre faute d'orthographe ou une minute de retard après la récréation. Ici, il pouvait se laisser vivre. Il observait les flammes bleutées qui bondissaient sur le charbon. Le feu crépitait et jaillissait, une pluie de cendres fines tombait à travers le pare-feu, les flammes bleues, à la chaleur intense, tournaient à l'orange et au cramoisi. Il se demandait quand allait naître le veau de Tessie, et espérait que ce serait une génisse et qu'elle donnerait autant de lait que sa mère.

Sélina, dans la cuisine, s'emmitoufla dans un manteau d'hiver bien chaud qui avait appartenu à Madame. Heureusement, toutes les deux étaient grandes et fortes, et le manteau lui allait bien. Elle avait fini la vaisselle, astiqué jusqu'au dernier recoin de la cuisine. Elle prit les restes d'un gigot de mouton que Madame lui avait dit d'emporter si elle voulait, et les mit dans son vieux cabas de plastique noir. Il restait assez de viande sur l'os pour que sa mère fasse un bon ragoût pour toute la famille, ça ferait une sauce pour manger la purée de maïs. Elle se passa un châle autour de la tête et des épaules, éteignit la lumière et sortit dans le froid mordant de la nuit. Il n'y avait pas de lune, et le ciel ruisselait d'étoiles. Tengo avait appris toutes sortes de choses passionnantes à propos des étoiles, mais elle les voyait toujours comme des lumières éclatantes qui scintilleraient derrière de petits trous percés dans le noir de la nuit.

Du tournant où la route de la ferme commençait à descendre vers le bouquet d'eucalyptus, elle aperçut la lueur pâlotte des lumières du kraal. En s'approchant, elle distingua le rayonnement orangé du brasero de charbon qui chauffait la hutte, et dont la lueur réconfortante se répandait par les deux petites fenêtres.

Dans le silence de la nuit africaine, elle hâta le pas vers sa famille.

Tôt ce matin-là, la grand-mère de Tengo allumait le feu du petit déjeuner quand elle entendit la voix de Frikkie qui appelait :

— Tengo, Tengo !

Un instant après, il traversait le kraal en courant vers elle.

— Lettie, est-ce que Tengo est levé ?

Tengo sortit de la hutte en se frottant les yeux.

— Tengo ! Tessie a mis bas cette nuit ! On est restés debout presque toute la nuit mon oncle et moi, et le vétérinaire est venu. Tessie a vraiment passé un mauvais moment, mais maintenant elle va bien.

Le père de Tengo vint à la porte.

— C'est une génisse ?

— Oh, oui, Timothy. Une belle petite génisse blanche. Dépêche-toi de t'habiller, Tengo. Il faut que tu viennes la voir.

En attendant Tengo, Frikkie remarqua un petit taureau d'argile rouge posé sur le rebord de la fenêtre. Il le prit avec précaution et se mit à l'examiner de près. La vieille dame, accroupie près de son chaudron de fer, tournait patiemment la cuiller de bois dans l'épaisse purée de maïs. Tout en haut de l'eucalyptus, un oiseau sifflait une petite chanson et, dans l'air glacé et transparent du petit matin, une série de trilles gazouillantes lui répondaient.

La première chose que vit Tengo en sortant de la hutte fut le petit taureau dans la main de son ami.

— C'est toi qui l'as fait ? demanda Frikkie.

Tengo hocha la tête.

— Tu en as fait beaucoup comme ça ?

— Quelques-uns.

— Tengo, donne-le-moi, tu veux bien ?

Tengo hésita. Cela lui faisait plaisir que le taureau ait tellement plu à son ami qu'il le lui demande, mais en même temps cela l'ennuyait de le lui donner, comme si l'animal d'argile provenait d'une partie de sa vie qu'il ne voulait pas mêler à son amitié pour le garçon blanc.

En silence, Frikkie attendit, observant l'air fermé de Tengo qui le regardait comme s'il ne le connaissait pas.

— Tengo, s'il te plaît...

La vieille dame remuait toujours le porridge. Timothy sortit de la hutte en s'étirant avec de grands bâillements.

— Prends-le, dit finalement Tengo.

— Merci.

Frikkie prit un air dégagé pour cacher son soulagement. Ç'aurait été un coup pour lui si Tengo le lui avait refusé. Mais le petit taureau était si beau — les muscles bandés, débordant de force comme s'il allait se mettre à courir — que Frikkie ne pouvait pas cacher sa joie.

— Je vais le garder dans ma chambre de la ferme, il y restera toujours, Tengo, je ne le ramènerai jamais chez mes parents à la ville.

Viens, vieux, assez flemmardé, allons voir le petit veau. Le premier arrivé à la barrière...

Ce soir-là, alors que Frikkie était déjà au lit, son oncle ferma le gros livre noir où il prenait note de tous les événements de la ferme. Il venait d'y inscrire la naissance du veau de Tessie. Les aiguilles de Tant Sannie cliquetaient sur son tricot, de grandes chaussettes de laine grises comme celles que son mari portait toujours.

— Tu aurais dû voir ces deux garçons, ce matin, quand ils sont venus à l'étable, dit Oom Koos. Frikkie est descendu au kraal réveiller Tengo, il était tellement excité qu'il ne pouvait pas attendre. Ils ont regardé Tessie lécher son nouveau-né, d'un air... Je t'assure, Sannie, voir leurs visages, j'en avais la gorge serrée, ces deux visages, un Blanc et un Noir... On aurait dit qu'ils regardaient se réaliser un miracle.

Tant Sannie tira un peu de laine et commença un nouveau rang.

— Eh oui, ces deux-là jouent ensemble depuis qu'ils ont trois ans, Koos. Ils ont grandi ensemble, à la ferme. Ils ont ça dans le sang.

— C'est un cafre intelligent, ce Tengo, remarqua Oom Koos. Et il travaille dur. S'il reste ici, dans quelques années je pourrai lui confier la laiterie. Mais... je ne sais pas... Tu as vu ce petit taureau en terre qu'il a donné à Frikkie... Crois-moi, Sannie, ce négrillon est trop malin, ça finira par lui attirer des ennuis.

Sa femme roula son tricot et le rangea dans le panier à ouvrages, avant de répondre :

— Les cafres tranquilles et silencieux comme lui, il faut les avoir à l'œil plus que les autres. Ils ne disent rien, mais ils pensent trop, on ne peut jamais savoir ce qu'ils ont derrière la tête. Il est temps d'aller dormir, Koos. Tu es resté debout presque toute la nuit, avec la naissance du veau de Tessie. Tu as l'air fatigué.

Chapitre six

La dernière semaine de juillet, les préparatifs de l'anniversaire de Oom Koos battaient leur plein. Les parents de Frikkie arrivèrent avec sa sœur. Sa mère, Tant Sannie et Sélina commençaient dès le petit matin à rôtir, découper, éplucher, rouler, farcir des saucisses, remuer des sauces, enfourner tartes, biscuits et gâteaux. La cuisine de la ferme ruisselait toute la journée d'odeurs exquises. Le père de Frikkie aida Oom Koos à abattre et découper le bœuf et à suspendre dans le jardin des guirlandes de lumières de toutes les couleurs ; ils allèrent un jour à Doringkraal d'où ils rapportèrent un plein chargement de caisses de bière, de brandy et de sirops pour les enfants.

Sa mère était prise toute la journée et c'est Frikkie qui devait s'occuper de sa sœur. Il était habitué à avoir la ferme pour lui, à aller et venir librement, et il n'aimait guère traîner Sissie derrière lui quand il aidait à la traite ou montait sur le tracteur, quand il descendait à la rivière ou jouait au foot avec Tengo. Elle n'arrivait pas à les suivre à la course, elle ne savait pas jouer au ballon, et les deux garçons essayaient souvent de lui fausser compagnie. Mais elle les rattrapait en protestant plaintivement. Quand par miracle ils arrivaient à se débarrasser d'elle, elle allait se plaindre aux grandes personnes qui grondaient Frikkie.

Derrière le grillage du poulailler, elle regardait les garçons ramasser les œufs.

— J'ai rien à faire, je m'ennuie.

— Viens nous aider, dit Frikkie sans se préoccuper de sa voix maussade.

— Non. J'aime pas les poules. Elles vont me piquer les jambes.

— Pourquoi veux-tu qu'elles te piquent les jambes, elles ont tout ce qu'elles veulent à manger. Et puis tu ne dois pas avoir très bon goût, même pour une poule.

Les garçons éclatèrent de rire, et elle donna un coup de pied dans le grillage du poulailler.

— Je vais dire à maman que tu te moques de moi avec Tengo, cria-t-elle, et elle partit en courant vers la maison.

Tengo était soulagé de son départ. Il n'aimait pas Sissie. Elle avait un visage tout rond et tout rose et des yeux bleu clair, et ses cheveux étaient plus pâles que de la paille sèche, et tirés en arrière en deux petites tresses toutes raides. Elle lui faisait l'effet d'être restée trop longtemps dans l'eau de Javel et d'être toute décolorée. Au soleil, elle devenait tout de suite écarlate et elle devait toujours sortir avec un chapeau. Et elle ne s'adressait jamais à Tengo directement.

— Dis-lui que c'est mon tour, disait-elle à Frikkie, dis-lui de m'en cueillir une... dis-lui que c'est par là...

Quand il lui tendait ce qu'elle avait demandé, elle ne disait jamais merci. Il était bien content qu'elle ne vienne presque jamais à la ferme.

Ils rapportèrent le panier plein d'œufs à la maison et la mère de Tengo lui demanda de les ranger au garde-manger. En entrant dans la petite pièce fraîche, il déposa le panier sur le sol de dalles rouges et regarda les étagères. Jamais il n'avait vu autant de nourriture à la fois. Tout était plein de haut en bas. Des couvercles de filet protégeaient des mouches les grands plats pleins de viande crue et de saucisses faites à la maison, qu'on appelle *boerewors*. Il y avait des saladiers de *bobotie*, de la viande hachée bien épicée couverte d'une couche de sauce à la crème et décorée d'un dessin de feuilles de citronnier. Il y avait du *melkert*, délicieuses tartelettes à la crème, et des *koeksusters*, qui sont des gâteaux roulés cuits dans un sirop qui leur donne une couleur dorée — tous les plats que les Afrikaners préparent pour les plus grandes fêtes. Et il y avait aussi l'énorme gâteau qu'avait fait sa mère, avec un glaçage rose et blanc, décoré de petites billes d'argent.

Frikkie entra dans le garde-manger et Sissie entra derrière lui.

— Pas mal, hein, Tengo ?

— C'est une vraie fête.

— Tant Sannie m'a dit que je pourrais mettre les bougies sur le gâteau, se vanta Sissie. Cinquante bougies !

— Tu veux un koeksuster, Tengo ? proposa Frikkie.

— Oh, je vais le dire à Tant Sannie ! Et Sissie courut à la cuisine.

Elle revint aussitôt avec sa tante.

— Ça va, vous deux, prenez un koeksuster chacun et ensuite tout le monde dehors. Nous avons bien assez à faire sans avoir en plus des enfants dans les jambes.

Le lendemain, Frikkie et Tengo étaient débarrassés de Sissie, qui dut rester au lit avec de la fièvre et mal à la gorge. Ils accomplirent leurs tâches habituelles et, l'après-midi, jouèrent gaiement au football, ravis de retrouver leur liberté.

Ils allèrent se reposer sous le jacaranda et Frikkie sortit de sa poche un morceau de biltong.

— Tu en veux un bout ?

Tengo secoua la tête.

— Oh, zut, je n'ai rien pour le couper. J'ai dû laisser mon canif dans la chambre.

Juste à ce moment-là, Oom Koos l'appela.

— Frikkie, viens me donner un coup de main à la pompe.

— J'arrive, Oom Koos. Tengo, sois gentil, va me chercher mon canif dans la chambre. Je crois que je l'ai laissé sur la table de chevet.

Tengo traversa la cuisine, dit à sa mère où il allait et entra dans la maison. Il n'allait presque jamais au-delà de la cuisine ; après, c'était la zone réservée aux maîtres. Il y avait un long couloir, avec la salle à manger d'un côté et le salon de l'autre. La porte du salon était ouverte et il jeta un coup d'œil sur les meubles bien cirés, les chaises et le sofa de tapisserie, les tables basses ornées de vases et de bibelots sur des napperons de dentelle, une vitrine où était disposé un service à thé en porcelaine. La pièce, orientée au sud, était froide et sombre. Sa mère lui avait dit qu'elle ne servait que quand le pasteur venait prendre le thé. Le couloir tournait à droite, il savait que la chambre de Frikkie était la dernière au fond. Il passa devant une porte ouverte et vit Sissie qui était au lit.

Dans la chambre de Frikkie, sur l'étagère, le petit taureau d'argile rouge trônait sur un napperon en crochet. Le canif était posé à côté. Il le prit et sortit de la chambre. Il était au milieu du couloir quand il entendit Sissie l'appeler :

— Tengo !

Il s'arrêta sur le seuil de la porte de sa chambre.

— Entre.

Il entra.

— Qu'est-ce que tu viens faire dans la maison ?

— Frikkie m'a demandé d'aller lui chercher son canif.

— Tu dois dire *maître* Frikkie.

Il ne répondit pas.

— Pourquoi ne vient-il pas le chercher lui-même ?

— Il aide votre oncle à la pompe.

— Et pourquoi est-ce qu'il a besoin du canif ?

— Pour couper le biltong.

— Pour vous deux ?

— Non.

— Non ? Pourquoi ?

— Je n'aime pas le biltong.

Sissie était en chemise de nuit jaune, et autour d'elle sur le lit traînaient les crayons avec lesquels elle coloriait un livre d'images.

— Je veux un morceau de biltong. Dis-lui de m'en apporter.

Des pas s'approchèrent et Madame entra dans la pièce.

— Tengo ! Qu'est-ce que tu fais dans la chambre de la jeune Madame ?

— Il est venu chercher le couteau de Frikkie, dit Sissie.

— Bon, puisque tu l'as trouvé, emporte-le et file. Et que je ne te reprenne plus à traîner ici, tu m'entends ?

Il sortit. Du couloir, il entendit Madame dire d'une voix coupante :

— Ne laisse jamais entrer un garçon noir dans ta chambre, petite sotte, plus jamais, tu as compris ! Tu dois apprendre à faire attention, tu n'es plus une enfant.

En traversant la cuisine, sa mère lui dit quelque chose qu'il n'entendit pas, il continua sans s'arrêter et sortit dans le jardin.

Frikkie vint le rejoindre aussitôt.

— Tu as trouvé mon couteau ?

Tengo le lui tendit.

— La prochaine fois, va le chercher toi-même.

— Qu'est-ce qui se passe ?

Tengo garda le silence. Pourquoi Sissie était-elle venue à la ferme, pensait-il, désorienté et malheureux. Il aurait voulu être ailleurs, loin de Frikkie, loin d'eux tous. Il lui dit qu'il rentrait au kraal et laissa Frikkie, occupé à couper et à mâcher des tranches de biltong à l'ombre du jacaranda.

Un vent glacé s'était levé et il pénétrait par le trou du coude de son pull. Il avait froid mais en même temps il bouillait intérieurement ; il se demandait pourquoi il avait honte et se sentait écœuré alors qu'il n'avait rien fait de mal.

Devant la hutte, sa grand-mère épluchait des légumes pour le repas du soir. Il s'assit par terre à côté d'elle, adossé au mur. Elle le regarda, intriguée.

— Tu te sens mal, mon garçon ?

Il secoua la tête.

— Qu'est-ce qui ne va pas ?

— Rien.

Elle laissait tomber, un par un, les légumes épluchés dans une bassine d'eau, une bassine rouillée et ébréchée. « Cette bassine, je l'ai vue à la même place, tous les jours de ma vie, aussi loin que je me souvienne », pensa Tengo.

— Tu t'es disputé avec le jeune maître ?

Il observait ses doigts noueux couper habilement des rondelles de carottes, orange contre la peau noire, et les laisser tomber dans le chaudron de fer.

— Non. Mais je ne comprends pas, grand-mère, je ne comprends pas ces gens, là-haut à la ferme, je ne comprends pas ce qui se passe dans leur tête...

Elle attrapa un oignon dans la bassine.

— Ils ne seront pas toujours là, enfant. Il y a eu un temps où ils n'étaient pas là. Et un jour, le temps viendra où ils n'y seront plus.

Le dimanche de la fête, Timothy, Tengo et le vieil Ezéquiel, avec quelques autres habitants du kraal à qui on avait demandé de venir aider, montèrent à la ferme tôt le matin.

Il devait y avoir soixante invités. Vers 10 heures les voitures commencèrent à arriver, faisant voler la poussière de la route. L'un des garçons fut affecté au parking, et il guidait les voitures jusqu'à un champ voisin des abreuvoirs.

On avait installé de grandes tables sous le jacaranda, couvertes de boissons et de nourriture ; le vieux piano droit sur lequel la mère et la tante de Frikkie avaient peiné quand elles étaient enfants avait été transporté au jardin par quatre des travailleurs de la ferme. Le bois brûlait dans les barbecues et quand il fut chauffé à blanc, on mit les saucisses grasses à griller et crachoter sur les braises, avec les steaks et les côtelettes. Le soleil brillant faisait vibrer l'air au-dessus des grillades, et les parfums alléchants flottaient jusqu'au kraal et attiraient les enfants vers la maison. Massés le long de la clôture, ils observaient en bavardant, dans leurs vêtements usés, déchirés, effilochés, curieux de voir la fête des maîtres. Certains des plus grands portaient des bébés, leurs frères ou leurs sœurs, sur le dos, noués dans des couvertures ; les bébés aussi tendaient le cou pour voir par-dessus leurs épaules.

Ce jour-là, Tandi toussait et dut rester au lit, soignée par sa grand-mère ; sa mère lui avait promis de lui rapporter sa part du banquet. Elle jouait avec des poupées dont elle avait hérité quand la mère de Sissie avait obligé sa fille à faire le tri de son placard à jouets.

Tengo allait et venait, très occupé à transporter les caisses de sirop et les plats de viande, à débarrasser les assiettes sales et à en apporter de propres. A l'office, le vieil Ezéquiel essuyait les assiettes que lui tendait Sélina et, tous deux en riant, plaisantaient dans leur langue sur les habitudes des Blancs.

Quand ils en eurent assez de manger, Frikkie

et une troupe de cousins à lui commencèrent à se poursuivre entre les tables et à se bagarrer, et Oom Koos leur ordonna d'aller jouer dans le champ, de l'autre côté de la clôture. Frikkie traversa la cuisine au pas de charge pour aller chercher son ballon de foot dans sa chambre ; en ressortant, il se trouva nez à nez avec Tengo qui apportait une pile d'assiettes sales.

— Quelle fête ! Tu ne trouves pas, Tengo ? lança-t-il au vol. On va jouer au foot avec mes cousins.

Tengo tendit les assiettes au vieil Ezéquiel, qui les gratta avant de les passer à Sélina pour les plonger dans l'eau savonneuse.

— Aide-nous à essuyer, Tengo, demanda sa mère.

Il prit un torchon sec et s'installa devant l'évier, mais il voyait par la fenêtre les groupes bruyants des invités et, au-delà du jardin, apercevait les garçons qui couraient autour du ballon.

Quand le soleil commença à tomber sur l'horizon comme une grande assiette rouge, on alluma les guirlandes de lampions de couleurs et leur lueur tomba sur les enfants de la ferme qui regardaient toujours à travers la clôture, jetant des reflets roses, verts et or sur leurs visages étonnés, dans la nuit tombante. On apporta le gâteau d'anniversaire et les invités s'exclamèrent d'une seule voix quand Sissie alluma les cinquante bougies. Leurs flammes dansaient, tremblantes, illuminant les visages alentour, et projetaient de grandes ombres grotesques sur les tables et sur le sol.

Oom Koos remplit d'air sa large poitrine, gonfla les joues, et des applaudissements bruyants éclatèrent quand, d'un seul coup, il souffla toutes les bougies. Le vieil Ezéquiel, qui observait la scène par la fenêtre de la cuisine, déclara :

— Le vieux maître est toujours fort comme un bœuf.

On découpa le gâteau et on le servit à la ronde avec des tasses de café fumant. Puis la danse commença. La mère de Frikkie s'assit au piano, appuya à fond sur la pédale d'amplification, et les vieux airs du folklore afrikaner commencèrent à surgir, métalliques, du vieil instrument. Les danseurs s'alignèrent en deux rangées — les hommes d'un côté et les femmes de l'autre — et se mirent à danser, tourner, sauter et virevolter au rythme des vieilles danses traditionnelles : « Jan Pierewiet », « Ek soek my Dina », et la délicieuse « Suikerbossie ».

Sissie entra dans la cuisine en gloussant avec deux de ses cousines, rouges d'excitation, échauffées par la danse, portant chacune une assiette avec une part du gâteau d'anniversaire.

— Maman m'a dit d'aller me reposer un peu, Sélina, on va dans ma chambre manger le gâteau.

Juste à ce moment-là, Frikkie entra en trombe, une cruche à la main.

— Sélina, maman voudrait encore du lait pour le café.

Dans sa hâte, il bouscula une des filles, laissa tomber la cruche et fit voler l'assiette de gâteau.

— Oh, Frikkie, regarde ce que tu as fait ! protesta Sissie.

Un tas de vaisselle brisée et de gâteau écrasé couvrait le sol à ses pieds, le linoléum était tout éclaboussé de morceaux de glaçage roses et blancs, et les billes d'argent avaient roulé aux quatre coins de la cuisine.

Tengo rangeait des assiettes propres sur les étagères de l'office quand il entendit le bruit de vaisselle brisée. Il passa la tête par la porte de la cuisine pour voir ce que c'était. L'une des cousines, une grosse fille en short, avec une petite frange raide de cheveux noirs coupés trop court, regardait Frikkie d'un air accusateur, une main sur sa bouche largement ouverte.

— Tant Sannie va être furieuse, Frikkie, tu vas y avoir droit !

— Oh, ça ne fait rien, dit l'autre cousine. C'était une petite fille mince, de douze ans environ, couverte de taches de rousseur, avec une crinière de cheveux roux frisés.

— Le boy n'a qu'à nettoyer, continua-t-elle en se tournant vers le vieil Ezéquiel.

— Hé, boy, Jim, machin, viens un peu essuyer ce gâchis ; là par terre.

Tengo se retrouva au milieu de la cuisine sans savoir comment. Le choc de ce qu'il venait d'entendre l'avait propulsé d'un coup de la porte de l'office comme une catapulte. Et il était debout devant la petite fille, tremblant d'une colère si violente qu'il suffoquait et n'arrivait pas à parler. Il ne pouvait pas croire qu'il avait bien entendu — une petite fille inconnue, s'adresser au vieil Ezéquiel, aimé et respecté de tous, comme si c'était le dernier chien de la ferme : il n'en croyait pas ses oreilles.

Enfin, Tengo retrouva l'usage de la parole et prononça d'une voix tendue, terrible, sans élever le ton, les mots qui lui venaient du plus profond de sa colère.

— Tu n'as pas le droit d'appeler ce vieil homme « boy ».

Il fit un pas en avant.

— Un peu de respect !

Sa voix se fit plus forte à mesure qu'une rage froide montait en lui.

— Tu as compris ? C'est un des anciens de notre tribu — il est plus âgé que le vieux maître — il appartient à la famille du chef ! Qui t'a donné la permission de lui parler comme ça ?

Les poings serrés comme s'il allait la frapper, il la regardait droit dans les yeux, tout près, et sa voix retomba, sifflante entre ses mâchoires serrées.

— Ne dis plus jamais ça, plus jamais, tu m'entends !

Un silence glacial se fit dans la cuisine. Un robinet mal fermé gouttait et on n'entendait que le « flop » régulier des gouttes qui tombaient, une à une, dans l'eau de l'évier. La mère de Tengo, pétrifiée, les mains dans l'eau savonneuse, regardait par-dessus son épaule et attendait la suite avec appréhension. Le vieil Ezéquiel regardait les enfants, le visage figé dans un petit sourire gêné, et repassait pour la millième fois le torchon sur l'assiette qu'il essuyait, et qui tournait, sèche et luisante, interminablement entre ses mains.

Tengo sentait son cœur bondir dans sa poitrine, cogner contre les côtes et chasser l'air de ses poumons, et il avait du mal à respirer. Les poings serrés, la bouche sèche, il s'entendait haleter, le regard vrillé sur la petite fille rousse.

Frikkie, muet, le regardait, stupéfié de la violence de la colère de Tengo.

La petite fille avait fait deux pas en arrière. On lisait dans ses yeux un mélange de peur et d'incrédulité et elle avait pâli si brusquement que ses taches de rousseur ressortaient sur la blancheur de la peau. Soudain, redressant son cou maigre, elle projeta la tête en avant.

— Comment oses-tu me parler sur ce ton ! cracha-t-elle, tu n'es qu'un petit cafre insolent...

Sélina s'interposa en hâte, en se séchant les mains sur son tablier.

— Du calme, mes enfants, ne vous disputez pas. Ce n'est rien, ce n'est pas la peine d'en faire une histoire.

Elle vint se mettre entre Tengo et la petite fille rousse, qui furent bien forcés de s'écarter.

— Maintenant, jeunes filles, allez vous reposer dans la chambre de mademoiselle Sissie. Et vous, Kleinbass Frikkie, allez donc chercher une autre tranche de gâteau pour votre cousine.

Et, de ses bras tendus, elle poussa les filles vers la porte du couloir.

— Tengo, je dirai à ma tante que tu as été insolent, jeta Sissie en sortant de la cuisine, avec une joie mauvaise. Et je suis sûre que mon oncle te donnera des coups de son *sjambok* * !

Et elle partit en courant avec un éclat de rire.

Sélina se mit à genoux entre les deux garçons et commença à ramasser les morceaux de vaisselle cassée. Tengo et Frikkie se regardaient pardessus son dos.

La tête de Tengo lui faisait mal, comme si quelque chose essayait de sortir de son crâne. L'expression de son visage terrifiait Frikkie : il ne reconnaissait pas Tengo, il avait l'impression d'avoir en face de lui une autre personne.

— Ne t'en fais pas, Tengo. Je vais leur dire de ne pas en parler à ma tante.

Tengo ne le regarda même pas.

— J'y vais tout de suite.

Et Frikkie sortit, en direction de la chambre de sa sœur.

— Tengo ? appela sa mère.

A genoux par terre, elle le regardait avec inquiétude. Mais il ne la voyait pas. Il dénoua la serviette qu'il avait attachée en tablier autour de sa taille, la jeta sur la table et sortit. Il dépassa sans les voir les danseurs du jardin, passa à côté du piano où un groupe s'était réuni autour de la mère de Frikkie et chantait à l'unisson leurs chansons afrikaners ; il franchit la barrière et le groupe d'enfants de la ferme qui regardaient la fête à travers la clôture, et les garçons blancs qui luttaient de toutes leurs forces aux deux bouts d'une longue corde. La nuit tombait sur le veld, quelques étoiles clignotaient faiblement dans le ciel. Il continua son chemin par la colline, jusqu'aux berges de la rivière et là, il s'assit, adossé au tronc d'un saule effeuillé, triste et déconcerté. L'intérieur de sa poitrine lui faisait mal, et son cœur était si douloureux qu'il avait l'impression qu'on l'avait labouré à grands coups de pioche. Le silence de la nuit tranquille n'apaisait pas son agitation intérieure. Il ne trouvait pas de mots pour décrire ce qu'il ressentait. Il resta assis au bord de l'eau sombre, bouleversé, tandis que la nuit profonde s'épaississait, glacée, autour de lui.

Dans la cuisine, après le départ de Tengo, le vieil Ezéquiel apporta une poubelle et Sélina y entassa les morceaux de porcelaine et les débris de gâteau. Tous les deux évitaient de parler de ce qui venait de se passer, honteux de l'attitude de la petite fille rousse. Sélina nettoya le linoléum à la serpillière et quand il ne resta plus trace de l'incident, elle se redressa en soupirant.

— Tengo se fait du souci. Il a changé, depuis quelque temps. Elle se sentit soudain très fatiguée ; elle n'avait cessé de travailler depuis le petit matin. Il m'inquiète, conclut-elle, en retournant à l'évier d'un pas lourd.

Le vieil Ezéquiel s'était remis à essuyer les assiettes.

— Ce n'est plus un enfant, Sélina. Et ça fait mal. Ça fait mal de vivre dans un monde comme celui-là. Et c'est ce qu'il est en train de découvrir. C'est ça qui le tarabuste.

Sélina essaya de fermer le robinet de l'évier d'un geste rageur.

— J'aimerais bien que l'oubaas répare ce robinet. Ça fait je ne sais combien de fois que je le lui demande. Ce « flop, flop, flop » toute la journée, ça me tape sur les nerfs.

Frikkie alla droit à la chambre de sa sœur. Les trois filles, assises sur le lit, mangeaient leur gâteau. La cousine grassouillette l'accueillit d'un regard réprobateur.

— Je croyais que tu nous apportais une autre part de gâteau ?

— Je suis venu vous dire que vous avez intérêt à ne pas dire un seul mot à maman ni à Tant Sannie de ce qui vient de se passer.

— Pourquoi pas ? Ce n'est qu'un sale petit cafre insolent, dit la cousine rousse.

— Et il a levé la main sur elle ! ajouta l'autre cousine. Il mérite le sjambok.

— Pour me faire plaisir, dit Frikkie. N'en parlez pas. A personne. S'il vous plaît. Je ne veux pas qu'il ait d'ennuis.

La cousine rousse hocha la tête et rejeta ses cheveux derrière l'épaule.

— Bon, si tu veux. Moi, ça m'est bien égal.

— Nous, on ne dira rien, fit l'autre cousine. Mais, et Sissie ? Elle, c'est sûr qu'elle va rapporter.

— Sissie ?

— Quoi ?

— Tu ne diras rien à maman. Ni à Tant Sannie.

— Pourquoi ça ?

— Parce que je te le demande.

— Qu'est-ce que tu me donnes en échange ?

— Ce que tu voudras.

Elle regarda le plafond d'un air pensif, essuya l'assiette du bout du doigt et y lécha un morceau de glaçage rose. Puis elle jeta sur son frère un regard rusé.

— D'accord. Tu me donnes le petit taureau en terre qui est sur ton étagère ?

Frikkie eut envie de la battre, mais il se contint.

— Tout ce que tu veux sauf le taureau.

— C'est pas du jeu ! Bon, alors (elle cacha d'un air hypocrite le sourire qui relevait ses joues rondes), alors ta bille géante, celle qui est marbrée rouge et vert ?

Elle savait que c'était le clou de sa collection. Frikkie faillit se mettre en colère, mais il se contint. Il serra les dents de toute sa force, et durcit les poings dans ses poches.

— D'accord. Tu peux la prendre. Mais tu vas me donner ta parole que tu ne diras rien.

— Promis.

Il fit un pas vers elle, menaçant.

— Sissie, tu sais ce qui arrive aux gens qui ne tiennent pas leurs promesses ?

— Laisse-moi tranquille, Frikkie ! gémit-elle en reculant pour s'écarter de lui. Je te promets... je te jure...

La cousine rousse ne le quittait pas des yeux.

— Pourquoi tu fais une histoire pareille ? Qu'est-ce que ça peut te faire ce qui arrive à un garçon indigène ? Tu es devenu un *kaffir-boetie,* un ami des Nègres, maintenant ?

Ses deux cousines gloussèrent.

Frikkie sentit que le rouge lui montait au visage.

— Je vous préviens, toutes les trois... dit-il seulement, et il sortit de la pièce.

Le lendemain de la fête était un dimanche, et c'était aussi le dernier jour des vacances de Frikkie. Il devait rentrer en voiture avec sa famille après le thé. Le matin, tout le monde alla à l'église à Doringkraal et il fut bien obligé d'aller avec eux. A peine rentré, il courut enlever ses habits du dimanche et descendit au kraal dire au revoir à Tengo. Il l'avait cherché sans succès la veille au soir pendant que les domestiques nettoyaient les restes de la fête.

Devant la hutte, la grand-mère de Tengo, assise sur une natte, se chauffait au soleil. Au creux de sa jupe brillait une quantité de petites perles de toutes les couleurs, et elle était occupée à tresser, avec du fil et une aiguille, une bordure de perles autour d'un rond de filet pour faire un de ces napperons qu'on pose sur les plats pour les protéger des mouches. Quand elle en aurait fini un bon nombre, elle irait s'asseoir au bord de la route pour les vendre, le dimanche après-midi, aux automobilistes qui voudraient bien s'arrêter pour en acheter.

— Bonjour, Lettie. Je viens dire au revoir à Tengo.

— Haou, Kleinbaas, vous partez déjà !

Elle attrapait les perles du bout de l'aiguille, les faisait glisser sur le fil et les tissait pour former le dessin de la bordure.

— Ça fait déjà un mois que je suis là, dit Frikkie, en regardant apparaître le motif multicolore sous les doigts noirs noueux.

— Comment fais-tu pour enfiler ces perles, elles sont minuscules, et sans lunettes !

— Haou, Kleinbaas. Pourtant, mes yeux, ils ne sont plus aussi bons qu'autrefois.

— Tengo est à l'intérieur ?

— Non, Kleinbaas. Tengo n'est pas là.

— Tu ne sais pas où il est ?

— Il est allé rendre visite à des cousins, avec son père et Tandi, à la ferme de Meneer Van Rensburg.

Les Van Rensburg étaient des voisins qui vivaient à quelques kilomètres de la ferme d'Oom Koos.

— Et il revient quand ? demanda Frikkie, consterné.

La vieille dame suçota le bout d'une aiguillée de fil, leva son aiguille vers la lumière et passa le fil dans le chas du premier coup. Elle haussa les épaules, concentrée sur son ouvrage.

Tengo savait qu'il partait aujourd'hui, et il était quand même sorti sans le voir. Frikkie aimait que les choses restent à leur place, que rien ne change. Ça le perturbait de devoir partir sans dire au revoir à Tengo. Il aurait voulu lui raconter qu'il avait donné sa plus belle bille marbrée pour le défendre de la langue maligne de Sissie. Il enfonça le bout de sa chaussure dans la poussière et jeta un coup d'œil, à travers le bouquet d'eucalyptus, vers l'endroit où le chemin de terre rouge rejoignait la route principale qui allait le ramener à la ville, à l'école.

— Dis à Tengo que je suis venu lui dire au revoir, Lettie.

— Oui, Kleinbaas.

— Et dis-lui que je le verrai aux petites vacances, au printemps.

— Oui, Kleinbaas.

— Au revoir, Lettie.

— Au revoir, Kleinbaas.

Son aiguille, comme un poisson d'argent, volait entre les perles, au creux de sa main, et les attrapait une à une pour les faire glisser sur le fil. Plongée dans son travail, elle ne leva pas les yeux.

Frikkie revint lentement à la ferme, en traînant les pieds. En montant la côte, il regardait la maison, posée au sommet de la colline, longue et basse avec ses murs blanchis à la chaux sous le toit de tôle ondulée peinte en rouge.

Sur le *stoep,* la véranda qui courait sur toute la longueur de la maison, il y avait des fauteuils en osier et une vieille balancelle, posés sur le sol de dallage rouge ; le valet de chambre, à quatre pattes, un pot de cire à côté de lui, était occupé à polir les dalles ; Tant Sannie lui avait dit qu'elle voulait les voir briller comme un miroir, qu'il ne reste pas trace de poussière et des taches laissées par les invités de la veille. A l'un des bouts du stoep, il y avait un grand bougainvillier qui, au début de l'été, fleurissait en un ruissellement de pourpre. Frikkie avait toujours détesté quitter la ferme, détesté la fin des vacances, détesté rentrer en classe... et le printemps était encore loin. Il aimait que les choses restent à leur place... il détestait qu'elles changent...

Quand il arriva à la maison, tout le monde était à table, et son père le gronda pour son retard. Après le déjeuner, ils se mirent à faire les bagages et à charger la voiture dans une agitation débordante. Il fallait ranger les œufs, le beurre, la crème, du biltong, un demi-mouton, des pots de confiture et de conserves préparés par Tant Sannie. Il n'y eut pas une minute pour descendre au kraal.

Après le thé, Tant Sannie l'embrassa et Oom Koos se mit en garde comme un boxeur, les poings levés, et esquissa quelques crochets en direction de l'estomac de Frikkie.

— Allons mon vieux, ne fais pas cette tête-là, dit-il en lui soulevant le menton de son poing énorme. Tu retournes à l'école, pas en prison !

— C'est la même chose, dit Frikkie, et tout le monde éclata de rire.

Tant Sannie et Oom Koos, sur le stoep, agitèrent la main jusqu'à ce que la voiture soit hors de vue, et Frikkie et Sissie en firent autant jusqu'au tournant où le chemin rejoignait la grand-route et où la ferme disparut.

Frikkie, à genoux sur la banquette, regardait tristement par la vitre arrière la distance grandir. Au-dessus de la colline, il voyait encore le panache de fumée unique qui s'élevait tout droit dans le ciel, depuis la cheminée de la ferme ; plus loin, au creux de la vallée, derrière les eucalyptus, une brume d'un gris-bleu flottait au-dessus des feux de charbon des huttes de terre battue du kraal.

Que tout reste pareil... que rien ne change...

Chapitre sept

Après le départ de Frikkie, Tengo comprit qu'il ne pouvait pas continuer comme avant. Il fallait que quelque chose change. Il faisait son travail, mais il était inquiet, insatisfait. D'habitude, quand Frikkie retournait à l'école il lui manquait mais, cette fois, même s'il avait été à la ferme, Tengo savait qu'il l'aurait évité. Il n'avait pas voulu le voir après la nuit de la fête et c'était exprès qu'il n'était pas au kraal pour lui dire au revoir. Il se sentait seul, séparé de tous, de Frikkie, des habitants blancs de la ferme, de ses parents et de tous les habitants du kraal. Il n'avait plus aucun plaisir à travailler à la ferme. Même ses livres, sur l'étagère, il les avait lus et relus si souvent qu'ils ne l'intéressaient plus. Il avait cessé d'espérer l'arrivée d'une nouvelle caisse ; il savait que les gens de Johannesburg l'avaient oublié.

Il était silencieux et renfrogné. Maintenant, il se mettait en colère pour un tas de choses qu'avant il ne remarquait même pas. Il avait tellement besoin de savoir, de comprendre, et personne à qui parler de ce qui le tracassait. Ses parents prenaient les choses comme elles étaient. Ils ne posaient pas de questions, et ils n'avaient pas de réponses pour ses questions à lui.

— Qu'est-ce qui t'empêche d'avoir une ferme à toi ? demanda-t-il un jour à son père. Pourquoi est-ce que tu dois travailler toute ta vie pour le vieux maître ?

Son père laissa échapper un petit rire.

— Ça coûte très cher, une ferme, mon fils. Où veux-tu qu'un Noir trouve assez d'argent pour s'acheter sa propre ferme ?

Une nuit que sa mère, en arrivant à la hutte après son travail, se laissait tomber lourdement sur une des chaises basses à côté du brasero de charbon, trop fatiguée pour enlever son manteau et ses chaussures, Tengo lui demanda :

— Quel âge a la maîtresse ?

— Le même âge que moi, Tengo.

— Alors, pourquoi est-ce qu'elle ne peut pas servir elle-même le dîner de l'oubaas et débarrasser la table, ça te permettrait de rentrer plus tôt et de dîner avec nous ?

Sa mère le regarda puis regarda le feu. Elle leva les mains pour les chauffer devant les braises de charbon.

— Ça ne sert à rien de poser des questions auxquelles on ne peut pas répondre, Tengo. L'important, c'est d'avoir un travail, assez à manger, et un toit qui nous abrite et nous permette de rester tous ensemble. Le reste n'a pas d'importance.

Tengo garda le silence. Mais il savait qu'il devait y avoir une réponse à sa question. Et il savait aussi qu'il devait y avoir d'autres choses aussi importantes dans la vie que d'avoir du travail et de quoi manger.

Quand il fut endormi, sa mère dit à son père :

— Je me fais du souci pour Tengo. Il n'est plus heureux. Quelque chose le tracasse et je ne suis pas tranquille. Il a besoin de livres, d'autres livres. Il a besoin de faire des études. Je croyais que la maîtresse de Matilda continuerait à envoyer des livres, mais beaucoup de temps a passé...

— C'est un garçon intelligent, Sélina. Nous devrions peut-être le laisser partir pour qu'il puisse aller à l'école...

— Non !

Le cri lui avait échappé.

— Non, Timothy, ne me demande pas de me séparer de lui.

Il lui tapota l'épaule.

— Eh bien, prenons patience. A son âge, tous les garçons sont anxieux, c'est normal. Il finira par s'apaiser.

— Ce Tengo ! gémit Oom Koos, un soir qu'il était assis devant le feu avec sa femme, après le dîner, vers la fin de l'hiver. J'avais de grands projets pour lui. Mais maintenant, je me demande... Il a l'air de vouloir devenir un de ces cafres renfrognés qui ne te regardent jamais en face quand tu leur parles...

— Il devient insolent ? demanda Tant Sannie.

Elle glissa un œuf à repriser en bois dans le talon d'une chaussette et commença à tisser une reprise bien nette, avec un fil de laine, sur le trou que son mari avait percé dans le talon.

— Non... Il fait tout ce qu'il a à faire. Mais avant, il était gai, vif, plein de bonne volonté ; et maintenant... je ne sais pas ce qu'il s'est mis dans le crâne.

Il secoua la tête, et regarda le feu.

— Ces cafres, tu peux me croire, on peut passer sa vie avec eux sans arriver à savoir ce qu'ils ont dans la tête.

Le printemps arriva et inonda de vert le brun brûlé du veld. Les bourgeons, sur les branches des saules, explosèrent en feuilles jaunes et délicates, et la rivière, depuis le haut de la colline, se teignait de reflets d'or pâle. Les pousses de maïs pointaient dans les champs qui s'étendaient, vert tendre, jusqu'à l'horizon, les buissons revivaient et les agneaux nouveau-nés couraient en trébuchant et en poussant des bêlements pathétiques si leurs mères s'éloignaient de quelques pas.

Les petites vacances arrivèrent et Frikkie revint à la ferme. Il courut visiter tous ses coins favoris, puis partit à la recherche de Tengo. Il le trouva en train de balayer l'étable.

— Tengo ! Je suis revenu ! Je croyais que ce trimestre ne finirait jamais. Crois-moi, vieux, c'est un fameux soulagement d'être débarrassé du vieux Steenamp le Serpent.

Tengo s'appuya sur le balai.

— Qui est-ce ?

— Mon prof d'histoire, et il est drôlement sévère. On doit apprendre des listes de dates interminables : « Quelle est la date de la bataille de Blood River ? Des guerres du Matabélé ? Du raid de Jamieson ? De la guerre des Boers ? » Et si tu ne peux pas répondre du tac au tac, bam ! Un bon coup de canne sur la main. Et je peux te dire que ça fait mal. Qu'est-ce que c'est casse-pieds de devoir apprendre toutes ces vieilles histoires poussiéreuses. Enfin, dix jours sans le Serpent, je n'arrive pas à y croire. Bon, je vais défaire ma valise. Appelle-moi quand tu auras terminé ici, on a le temps de faire une partie de foot avant la nuit.

Tengo se remit à balayer, pensif. Blood River, il avait lu ça dans un de ses livres d'histoire. Mais les guerres du Matabélé ? se demandait-il tout en travaillant, et la guerre des Boers ? Qu'est-ce que ça pouvait bien être ? C'étaient des choses qui étaient vraiment arrivées. Il brûlait du désir de savoir. Il lui semblait que son ignorance le rendait aussi faible et impuissant que les agneaux qui suivaient leurs mères en bêlant.

Une fois balayée la dernière des stalles, il rangea le balai et prit le raccourci, à travers le veld, pour rentrer au kraal. Il n'avait pas envie de jouer au football avec Frikkie.

Les dix jours de vacances de Frikkie passèrent trop vite et s'achevèrent bientôt. Il ne vit pour ainsi dire pas Tengo. Il y avait beaucoup de travail à la ferme, et Frikkie passait chaque jour de longues heures sur le tracteur avec Oom Koos, à épandre de l'engrais, tracer les sillons, vaporiser des insecticides.

— Tengo peut venir en tracteur avec nous ? demanda-t-il un matin à son oncle.

— Non. Les cafres ne comprennent rien aux moteurs, répondit Oom Koos. Avec les animaux, d'accord, et pour les travaux de force. Mais si tu leur donnes une machine, ils te la fichent en l'air en deux minutes. Il vaut mieux les laisser s'occuper de ce pour quoi ils sont faits.

Les deux garçons jouèrent au football une ou deux fois, mais Frikkie se rendait compte que Tengo ne s'intéressait pas vraiment au jeu et pensait à autre chose quand il essayait de marquer entre les deux poteaux du fil à linge qui leur servaient de but, le même depuis leur plus tendre enfance. Un jour qu'ils trayaient les vaches ensemble, Frikkie, en levant les yeux, avait surpris un regard étrange sur le visage de son ami, et Tengo avait détourné les yeux aussitôt. Le gobelet qui leur avait servi si souvent à boire le lait encore chaud dormait, pendu à son crochet, et aucun des deux ne parut s'en souvenir.

Le dernier jour des vacances, ils descendirent ensemble à la rivière. Tengo n'était pas vraiment hostile, mais il ne parlait pas et n'avait pas l'air d'entendre ce que disait Frikkie. Ils jetèrent des cailloux dans l'eau et firent des ricochets, et Frikkie était sur le point de raconter à Tengo qu'il avait acheté le silence de sa sœur au prix de la plus belle bille de sa collection quand quelque chose le retint. Sans savoir exactement pourquoi, il décida qu'il ferait mieux de ne pas en parler — il y avait, dans l'attitude de Tengo ces derniers jours, quelque chose qui l'intimidait.

— Ces vacances ont passé si vite, remarqua-t-il distraitement. Quand je reviendrai cet été, j'aurai quatorze ans.

— Moi aussi, dit Tengo.

— Viens, on va se mesurer pour voir qui est le plus grand.

Ils se mirent dos à dos, appuyant leur tête l'une contre l'autre.

— Attends, pas comme ça, dit Tengo. Là, colle-toi au tronc de l'arbre.

Il ramassa un bâton et l'appuya sur la tête de Frikkie. Puis, avec une pierre pointue, il fit une marque dans l'écorce à l'endroit indiqué par le bâton.

— A toi.

Frikkie mesura Tengo, puis ils s'écartèrent

pour examiner les deux marques. Celle de Frikkie était inscrite trois bons centimètres au-dessus de celle de Tengo.

— Tu as intérêt à te mettre à manger un peu plus de *mielie-pap* * si tu veux me rattraper, le taquina Frikkie.

Ça ne fit pas rire Tengo. Quand ils se séparèrent à la barrière, il se contenta de lui dire au revoir et partit sans se retourner. Frikkie le regarda s'éloigner le long du chemin de terre rouge, avec son pull trop serré, les mains dans les poches de son short kaki, poussant une pierre à coups de pied en s'enfonçant dans la vallée.

— Tengo, appela-t-il, on se verra pour Noël... Au revoir ... Tengo...

L'écho de la vallée lui renvoyait sa voix : « voir... Tengoooo... » Mais Tengo n'avait pas l'air d'entendre. Il ne se retourna pas, ne fit pas un signe d'adieu ; il continua son chemin, en poussant toujours son caillou devant lui.

Les jeunes pousses de maïs grandirent et s'alourdirent ; les épis soyeux commençaient à prendre forme ; les agneaux et les veaux de l'année n'avaient plus l'air de nouveau-nés, et la bougainvillée de la terrasse explosa en mille fleurs d'un rose ardent et forma un refuge d'ombre fraîche au coin du stoep, à l'abri de la chaleur écrasante qui y régnait toute la journée. La terre était sèche et dure. Tous les matins, Oom Koos s'avançait au bord du stoep qui dominait le vaste territoire de la ferme. Chaque matin, il levait les yeux et examinait le ciel, cherchant un nuage, si petit soit-il, qui puisse annoncer la pluie. Mais le ciel de décembre semblait peint d'une couche étanche de vernis bleu qu'aucun nuage ne pouvait transpercer. Et chaque fois, inquiet, il secouait la tête et rentrait prendre son petit déjeuner.

L'après-midi, Tant Sannie s'installait sur la terrasse, dans son fauteuil d'osier, à l'ombre de la bougainvillée. Elle avait l'habitude de faire la sieste après le déjeuner, mais il faisait si chaud qu'elle étouffait dans sa chambre. Elle travaillait à sa broderie. Elle avait commencé des napperons pour la vente de charité qui aurait lieu à l'église avant Noël. Il s'agissait de réunir des fonds pour aider de pauvres Blancs dont le ministre avait décrit la triste situation à la congrégation.

— Nous ne pouvons pas permettre que des Afrikaners comme nous vivent comme des cafres, leur avait-il dit. C'est notre devoir de venir en aide à nos frères, à nos sœurs moins fortunés...

Avec un fil de soie rouge, elle brodait sur son napperon quelques fleurs au point coulé, puis levait les yeux pour examiner le ciel. Tous les fermiers de la région commençaient à s'inquiéter de la sécheresse. Si la pluie tardait encore, la récolte de mielie serait perdue ; et l'eau du barrage baissait chaque jour ; déjà, pour boire, les animaux devaient s'avancer dans la boue en pataugeant. Le dimanche, à l'église, le ministre avait prié pour que la pluie arrive.

Un cri s'éleva de la cuisine, avec un bruit de vaisselle brisée. Tant Sannie, agacée, fit claquer sa langue, posa son ouvrage dans la corbeille et entra dans la maison. Sélina rassemblait les débris de porcelaine peinte pour les jeter.

— Sélina ! Ce saladier fait partie du service de porcelaine qui a appartenu à la grand-mère du maître ! Qu'est-ce qui t'arrive, ma fille, ça ne peut pas continuer comme ça ! Hier une tasse, aujourd'hui le saladier, et vendredi tu as laissé brûler le pain !

— Haou, Madame, je suis vraiment désolée.

Elle se redressa et jeta les morceaux dans la boîte à ordures.

— Je ne sais pas ce que j'ai... C'est parce que j'ai le cœur bien lourd... j'ai beaucoup de soucis.

— Qu'est-ce qui se passe, Sélina ? demanda Madame sèchement. Et pourquoi n'es-tu pas venue me dire que tu avais des problèmes ?

— C'est Tengo, Madame.

— Tengo ! Il a fait des bêtises ? S'il a des ennuis avec la loi, nous ne pouvons rien pour lui, tu le sais bien.

— Oh, non, Madame. Tengo est un bon garçon. Il ne fait rien de mal. Non, Madame. Il nous rend fous. Il veut nous quitter, quitter la ferme. Il veut aller à l'école. Et c'est tout ce qu'on peut en tirer, jour et nuit, nuit et jour.

— A l'école ! Mais pour quoi faire, il n'est pas heureux à la ferme ? Nous le traitons bien. Il a l'estomac plein.

— Non, Madame. Vous et le vieux maître, vous êtes bons pour nous. Ce n'est pas ça. C'est un garçon intelligent et il a toujours désiré avoir une instruction..., apprendre. Seulement quand ma Zinsi nous a quittés pour aller à l'école, elle est tombée malade et elle est morte — c'était peu de temps après qu'on eut perdu le bébé — et depuis j'ai peur de le laisser partir.

— Il n'y a pas de quoi avoir peur, l'école de Boesmanskloof n'est pas très loin, il pourrait y aller toute la semaine et revenir le week-end.

— Non, Madame. Il ne veut pas de cette école-là. Ses cousins lui ont dit que ce n'est pas une bonne école. Il veut aller à l'école à Johannesburg.

— Johannesburg ! s'exclama Madame. Cet enfant est devenu fou. Mais il a une idée de ce qui se passe là-bas ? Le faubourg noir est un endroit terrible, crasseux, et plein de bandits et d'assassins. Et en plus, maintenant, c'est plein d'agitateurs qui passent leur temps à provoquer des troubles et se remuent tellement que la police doit venir à chaque instant pour essayer de rétablir l'ordre.

— Je sais, Madame, dit Sélina, avec un profond soupir, et en secouant la tête. C'est ce qu'on n'arrête pas de lui dire, Timothy et moi... tous les jours. Mais il dit que si ses cousins — Joseph et les autres — arrivent à aller à l'école à

Johannesburg, il y arrivera bien aussi. Joseph est très bon élève ; il se prépare pour l'examen d'entrée à l'université. Et Tengo veut en faire autant.

— Et qu'est-ce que tu penses faire, Sélina ?

— J'ai écrit à ma sœur, à Johannesburg. Elle a une maison dans le faubourg, avec mon frère, sa femme et sa belle-mère. J'ai écrit pour demander si Tengo pourrait aller vivre avec eux et suivre l'école. Mais, oh, Madame : mon cœur... j'ai le cœur bien lourd.

— Le maître ne va pas être content quand il saura ça, Sélina. Après toutes les dépenses qu'il a faites et l'apprentissage qu'il a donné à Tengo à la ferme. Il a bien assez de soucis avec la sécheresse.

— Je suis désolée, Madame.

— Tu veux que le maître essaie de parler à Tengo et de lui faire entendre raison ?

— C'est inutile, Madame. Sa décision est prise.

— Bon.

Elle s'essuya la lèvre supérieure avec son mouchoir.

— Je suis navrée de tes problèmes, Sélina, mais je ne veux plus de porcelaine cassée.

Elle retourna sur la terrasse, rouge, échauffée, l'air mécontent et se laissa tomber dans le fauteuil d'osier, qui craqua sous son poids, et reprit sa broderie interrompue.

Ce soir-là, au dîner, Sélina entra dans la salle à manger, comme d'habitude, avec un plateau.

Elle le posa sur la desserte et porta les plats un par un sur la table. Le maître prit le couteau à viande et le fusil à affûter et se mit à aiguiser la lame acérée.

— Eh bien, Sélina ?

De ses grandes mains aux doigts épais, il découpait délicatement le blanc du poulet en tranches fines et régulières.

— Qu'est-ce que c'est que ces bêtises qu'on me raconte ? Tengo veut aller à l'école à Johannesburg ?

— C'est la vérité, Maître. Timothy et moi, nous sommes bien ennuyés de le laisser partir, mais il n'y a rien à faire. Il dit que si nous ne lui permettons pas d'aller à Johannesburg, il partira sans notre permission.

— Ce qu'il lui faut, à mon avis, c'est une bonne râclée pour lui faire oublier toutes ces sottises une bonne fois.

Sélina, debout, le plateau dans les mains, ne répondit pas. Madame déposa dans chaque assiette un peu de chou et une pomme de terre bouillie.

— Il y est déjà allé, au faubourg, chez son cousin ?

— Non, Maître. Il ne connaît pas Johannesburg.

L'oubaas laissa échapper un petit rire.

— Alors, ne t'en fais pas. Il lui suffira d'y jeter un coup d'œil pour revenir en courant à la ferme. C'est moi qui te le dis. A ta place, je ne me ferais pas trop de mauvais sang, Sélina, il ne risque pas d'y rester bien longtemps.

— Oui, Maître.

Et elle retourna à la cuisine.

Tant Sannie coupa en deux sa pomme de terre et attendit qu'elle refroidisse.

— Je le savais bien, depuis l'arrivée de ces caisses de livres, que tout ça finirait mal.

Elle piqua un morceau de pomme de terre à la pointe de sa fourchette et souffla dessus.

— La tête farcie d'idées malsaines pour un cafre...

Elle porta la fourchette à sa bouche, y déposa le morceau et se mit à exsuder sa chaleur en soufflant entre ses lèvres entrouvertes.

— Avant, c'était un négrillon parfaitement docile et travailleur.

— Tant que les indigènes restent à leur place, tout va bien. Oom Koos posa dans l'assiette de sa femme deux tranches de la viande brune qu'elle préférait. Mais une fois qu'ils commencent à avoir des idées, ils ne veulent plus rester à leur place et c'est le début des ennuis. C'est pour ça qu'ils ont toute cette agitation, dans les faubourgs. Crois-moi, quand j'étais petit, jamais personne à la ferme n'aurait imaginé qu'un cafre veuille apprendre à lire et à écrire.

Il approcha la saucière et versa un peu de jus sur ses légumes. Sa femme enchaîna :

— Sélina est complètement retournée. Elle passe son temps à laisser tomber et à casser la vaisselle, et à laisser brûler les repas. Regarde, ces pommes de terre ont attaché. Tu devrais peut-être essayer de parler à Tengo, Koos.

Il secoua la tête.

— Une fois qu'un cafre a pris une décision, Sannie, il n'y a plus rien à faire. Rien ne le fera changer d'avis.

La terrible chaleur de la journée s'adoucit un peu à la tombée du soir quand les étoiles commencèrent à clignoter contre le ciel violet. Les grenouilles coassaient leur chanson dans le lac presque sec et les chiens de la ferme levèrent le nez et aboyèrent à l'unisson vers la lune qui s'élevait lentement au-dessus du bouquet d'eucalyptus. Timothy, Sélina et la grand-mère, assis devant la hutte, jouissaient de la fraîcheur de la nuit. A l'intérieur, Tandi et Tengo dormaient.

— Tous ces livres que j'avais obtenus, disait Sélina, j'étais tellement contente. Je pensais que ça lui suffirait et qu'il resterait avec nous.

Elle soupira.

— Tu pensais que les livres apaiseraient sa soif, dit Timothy. Mais ces livres sont comme du sel : ils n'ont servi qu'à l'augmenter.

— C'est les livres qui le séparent de nous, continua Sélina. Et il a appris à Tandi à lire et à compter. Dans quelques années, elle aussi va vouloir nous quitter.

La vieille dame sortit une petite boîte de la

poche de sa jupe, y plongea le pouce et l'index, renifla la prise et éternua.

— Le veau quitte la vache, dit-elle, et l'agneau quitte la brebis. Pourquoi les enfants devraient-ils être différents ?

Elle fit claquer le couvercle de la boîte et la remit dans la poche de sa longue jupe rapiécée.

Tengo était en train de vider un seau de lait dans un des grands bidons de métal quand l'oubaas entra dans la laiterie.

— Eh bien, Tengo, qu'est-ce qu'on me dit ? Ça fait des années que je t'apprends le travail de la ferme, que je m'occupe de toi, que je te nourris. Et juste au moment où tu commences à pouvoir te rendre utile, tu veux t'en aller ? Tu n'es qu'un négrillon ingrat, voilà ce que tu es.

— Non, Maître. Le Maître a été bon pour moi. Mais je veux apprendre. Je veux avoir une instruction.

— Et pour quoi faire ? Qu'est-ce qui ne va pas dans l'instruction que je te donne ? Reste ici, et quand tu auras dix-huit ans, tu seras un travailleur agricole qualifié. Et je paie bien mes boys quand ils savent travailler.

Tengo baissa les yeux et fixa le sol.

— Je veux étudier des choses qu'on ne peut pas apprendre à la ferme.

— Le problème, avec toi, c'est que tu commences à avoir la tête enflée. Et tu n'es pas le seul malheureusement ! Il y en a beaucoup trop parmi les tiens. A semer la zizanie d'un bout à l'autre du pays. Si les Noirs savent rester à leur place, on peut continuer à vivre et à progresser tous ensemble. Mais s'ils commencent à dépasser les bornes, crois-moi, Tengo, ils vont au-devant de graves ennuis.

Tengo garda le silence. Il ne comprenait pas ce que le vieux maître voulait dire. Mais ce qu'il comprenait, c'est que l'oubaas, et aussi ses parents, étaient des obstacles sur son chemin, qu'ils voulaient l'empêcher de faire ce que quelque chose en lui demandait, exigeait, sans trêve et sans repos. Quelque chose qui voulait savoir, qui bouillonnait de questions et ne le laisserait pas en paix jusqu'à ce qu'il trouve un endroit où il puisse découvrir quelques-unes des réponses.

— Bon, dit le Maître, si ta décision est prise, il n'y a rien à faire. Mais tu le regretteras, négrillon. Et tu reviendras en courant me supplier de te reprendre. Respire un peu ce bon air, continua-t-il en gonflant sa large poitrine, pur, propre... Tu vas regretter l'air pur et le silence de la ferme quand tu seras plongé dans la crasse, la puanteur et le vacarme de la ville, tu peux me croire. Et à ce moment-là, tu te demanderas : « Pourquoi n'ai-je pas écouté le vieux maître ? »

Sur ces mots, il tourna les talons et sortit.

La réponse de Matilda finit par arriver.

> Si Tengo désire tellement faire des études, je crois que ce serait une erreur de l'obliger à rester à la ferme. Si vous pouvez vous arranger pour envoyer de temps en temps un peu d'argent, cela nous aidera à faire face aux dépenses supplémentaires de la maison, et la famille prendra soin de lui s'il vient vivre au faubourg. Mais n'oubliez pas : c'est un endroit dangereux. D'un autre côté, ici, il recevra une éducation sérieuse. S'il arrive à passer son examen d'entrée, il pourra aller à une des universités noires et il deviendra peut-être professeur ou même pasteur.

Elle demandait qu'ils lui envoient un télégramme pour préciser la date d'arrivée de Tengo. Malheureusement, elle ne pourrait pas quitter son travail pour aller le chercher à la gare. Mais elle donnait toutes les indications pour qu'il puisse trouver la maison de ses patrons. Il y arriverait facilement en bus. Elle disait aussi qu'il arrive de préférence un vendredi. Il passerait une journée avec elle et, le dimanche, son jour de sortie, elle l'emmènerait au faubourg. Elle envoyait ses salutations les plus chaleureuses à toute la famille.

Sélina garda la lettre plusieurs jours dans la poche de son tablier. Elle avait besoin de rassembler toutes ses forces pour parler à Tengo et commencer les péparatifs de son départ.

Chapitre huit

Par la fenêtre du train, Tengo regardait le paysage défiler sous ses yeux : les dunes du veld parsemées de buissons épineux ; quelques moulins dont les ailes immobiles semblaient attendre le vent ; des vaches qui buvaient dans des mares boueuses, entourées de petits oiseaux blancs qui se pavanaient fièrement entre elles et les débarrassaient de leurs tiques en leur picorant les flancs ; les plantations de mielie qui s'étendaient à perte de vue et les toits des fermes qui brillaient au soleil ; des groupes de huttes en terre battue avec des nuées d'enfants noirs tout nus qui rampaient dans la poussière au milieu des poulets et des chats. Quand, de temps en temps, le train ralentissait à un passage à niveau, il voyait aussitôt apparaître des enfants noirs qui tendaient les mains en criant : « Un penny, un penny, un penny ! » Des fenêtres des wagons occupés par les Blancs, tombaient des pièces, des biscuits ou des oranges, et les enfants se ruaient sur le talus pour les ramasser.

Tout était sec, jauni, brûlé ; on voyait les pierres nues dans le lit des rivières, craquelées par la sécheresse. Et le ciel d'un bleu dur, comme un couvercle posé sur la terre desséchée, renvoyait la chaleur en vagues frémissantes sur le veld et sur les champs.

Tengo tâtait à chaque instant la poche de sa chemise pour sentir le froissement rassurant de la feuille de papier où il avait copié les instructions pour arriver jusqu'à la maison des patrons de sa tante à Johannesburg. Il l'avait bien lue une douzaine de fois : « Sortir de la gare par la porte principale, tourner à gauche avant la prochaine rue, prendre le bus numéro 12, demander au chauffeur de te laisser à Winchester Drive... » Même s'il avait perdu le papier, ça n'aurait pas eu d'importance ; il le savait par cœur. Il était un peu tendu, mais en même temps il sentait son cœur se ruer joyeusement — comme le train — vers quelque chose qu'il avait désiré si longtemps qu'il s'était presque rendu malade de penser qu'il ne l'obtiendrait peut-être jamais.

Il était soulagé que sa mère ne soit pas venue à la gare ; cela aurait rendu le départ trop difficile. Toute cette dernière semaine, il l'avait vue si sombre et silencieuse qu'il avait à chaque instant envie de lui dire : « J'ai changé d'avis, je ne pars pas, je ne pars plus » pour ne plus la voir si triste. Mais il ne pouvait pas. Il devait partir.

Le matin, pendant qu'il rangeait dans une petite valise en carton les quelques affaires qu'il emportait, sa grand-mère lui avait apporté une demi-douzaine de napperons de filet bordés de perles pour en faire cadeau à ses parents de la ville.

— Tu en donneras un à la maîtresse de Matilda, lui avait-elle dit.

Il avait mis aussi dans la valise quelques-uns de ses animaux d'argile. Il n'avait pas eu l'intention de les prendre mais sa mère avait insisté, ils feraient plaisir à ses cousins. En le regardant les emballer dans du papier journal et les glisser entre ses vêtements, Tandi lui avait demandé :

— Quand est-ce que tu reviens, Tengo ?

— Oh, avait-il répondu, plein d'importance, je viendrai pour les vacances.

— Comme le kleinbaas Frikkie ?

— Exactement.

— Et c'est quand, les vacances ?

— Il n'a seulement pas commencé l'école, interrompit leur grand-mère, et tu lui demandes déjà quand sont les vacances.

— Mon amie Dimasala m'a dit que dans le faubourg, il y a plein de tsotsis, et qu'ils sont très méchants, reprit Tandi.

— Je ferai attention. Tiens, Tandi, c'est pour toi.

Il lui offrait un petit veau à la tête levée de côté comme s'il cherchait sa mère. Mais Tandi n'avait pas l'air de vouloir le laisser partir.

— Je t'écrirai, lui promit-il. Et toi, il faudra

que tu me répondes. Ce sera une bonne occasion de t'entraîner à écrire.

— Je voudrais bien que tu restes avec nous, Tengo, dit Tandi. C'était une petite fille menue et maladive, avec une toux que rien ne guérissait et, en voyant ses grands yeux profonds fixés sur lui, Tengo sentit sa gorge se nouer.

— Je dois partir, Tandi. Maintenant, tu vas pouvoir dormir dans mon lit, tu ne seras plus obligée de partager celui de grand-mère.

Le train allait directement de Doringkraal à Johannesburg, Tengo n'avait pas de changement à faire. C'était un train mixte, de marchandises et de voyageurs, et il s'arrêtait à toutes les plus petites gares de la ligne. Sa mère avait donné à Tengo un paquet de sandwiches et une bouteille de plastique remplie de thé au lait crémeux et sucré. Il avait dit au revoir à ses parents sur le chemin de la ferme. Son père avait posé sa valise à l'arrière de la camionnette et Tengo était monté sur le siège avant, à côté de l'oubaas. Il était heureux que sa mère n'ait pas pleuré en l'embrassant avant qu'il monte dans la voiture. Ses parents étaient restés au bord du chemin, devant la maison, agitant la main, et il avait répondu à leurs signes, penché par la fenêtre, jusqu'à ce que le tournant de la route les fasse disparaître derrière les arbres.

Alors Timothy avait regardé sa femme avec inquiétude ; mais elle avait dit simplement :

— Il faut que j'aille éplucher les légumes pour le déjeuner.

Et il l'avait regardée partir lentement, lourdement, vers la porte de la cuisine. Puis il était allé à la laiterie stériliser les bidons de lait.

Les parents de Tengo lui avaient donné de l'argent pour acheter son billet de train, mais en arrivant à la gare, quand il avait plongé la main dans sa poche pour chercher l'argent, le vieux maître l'avait arrêté :

— Garde ton argent, Tengo. Tu vas en avoir besoin là où tu vas.

L'oubaas avait acheté son billet à Meneer Viljoem, le chef de gare.

— Tiens, mets-le dans ta poche et ne le perd pas, lui avait-il dit, et prends ce *bonsella,* tu ne le mérites pas, mais enfin... Et il lui avait tendu un billet de cinq rands.

Avant de prendre le ticket et l'argent, Tengo avait joint les paumes de ses mains en signe de remerciement, puis il les avait ouvertes pour recevoir le cadeau.

— Merci, Maître.

Le train était entré en gare. En tête venaient les wagons réservés aux Blancs — avec des sièges recouverts de tapisserie, remarqua Tengo, comme les fauteuils du salon à la ferme. Ensuite venaient les wagons à bestiaux et, en queue, les voitures de troisième classe pour les passagers noirs, avec des sièges en bois sales.

— Monte, monte, lui dit Meneer Viljoem, ne reste pas là à regarder comme un âne.

Tengo monta et le chef de gare claqua la porte du wagon derrière lui. Il n'y avait personne dans la voiture ; Tengo posa sa valise sur le porte-bagages métallique au-dessus d'un siège et se pencha par la fenêtre. Le train sentait le métal et la poussière de charbon. Sur le quai, l'oubaas et le chef de gare bavardaient en riant et allumaient une cigarette. Tengo empoigna à deux mains le bord de la fenêtre. Il n'arrivait pas à croire qu'il était vraiment dans un train.

Soudain, Meneer Viljoem regarda sa montre, lança un coup de sifflet, sortit de sa poche un drapeau vert et l'agita. L'oubaas cria :

— Tu es parti, *totsiens*, Tengo, au revoir !

Et le train démarra en cahotant, laissant derrière lui la gare et Doringkraal.

Tengo agita la main par la fenêtre. Il avait la bouche sèche et son cœur bondissait. Il pensa : « Le train va si lentement que je pourrais encore sauter. » Mais bientôt il prit de la vitesse, le toit rouge de la petite gare s'effaça et il n'y eut plus que le veld, à l'infini, de tous les côtés. Il s'assit, se laissa aller contre le dossier de bois, et regarda le paysage courir devant la fenêtre.

A la gare de Johannesburg, il y avait plus de gens que Tengo n'en avait jamais vus. Un homme était monté dans son wagon à la gare d'après Doringkraal et avait dit à Tengo qu'il l'amènerait à son arrêt de bus. Il avait presque l'âge de son père ; il raconta à Tengo qu'il travaillait dans un supermarché de Johannesburg et qu'il était rentré au kraal pour voir sa femme qui avait eu un bébé. En fait, le bébé avait déjà six mois, mais il n'avait pas pu prendre de congé plus tôt parce qu'on lui avait déjà donné quelques jours pour les funérailles de son père. Il aurait pu prendre un congé sans salaire, mais le bébé était son cinquième enfant et il ne pouvait pas se permettre de perdre de l'argent.

Tengo donna à l'homme un de ses sandwiches et ils partagèrent la bouteille de thé, tiède mais rafraîchissant. Plus tard, le train fit un long arrêt dans une petite gare et l'homme descendit sur le quai et revint avec une bouteille d'orangeade gazeuse pour chacun. Il avait proposé à Tengo de descendre se dégourdir les jambes mais Tengo eut peur que le train parte sans lui et préféra rester assis.

Maintenant, il suivait l'homme à travers la cohue et le vacarme de l'énorme gare, jusque dans la rue. L'homme éclata de rire en voyant Tengo regarder, bouche bée, les trottoirs pleins de monde, les hauts immeubles et les files de voitures qui encombraient la chaussée et remplissaient l'air du bruit des klaxons et du rugissement des moteurs. Ils tournèrent à gauche et, vers le milieu du pâté de maisons, l'homme lui montra l'arrêt de bus, lui serra la main et lui souhaita bonne chance pour ses études, avant de disparaître dans la foule.

Dans une vitrine, une horloge marquait 5 heures. Les gens rentraient du travail. Ils se ruaient dans la gare, les Blancs d'un côté, les Noirs de l'autre, par deux entrées différentes, et formaient de longues queues aux arrêts d'autobus. Une odeur d'essence flottait dans l'air et le vacarme résonnait comme un roulement de tambour dans les oreilles de Tengo. A chaque instant, des autobus rouge et blanc à impériale s'arrêtaient aux arrêts réservés aux Blancs. Aux arrêts des Noirs, les queues étaient plus longues et, quand finalement un bus arrivait, il était si plein que les gens s'y entassaient les uns sur les autres et que beaucoup de passagers pendaient, accrochés d'une main à la plate-forme extérieure. Tengo supposait que les bus bondés devaient ramener les travailleurs noirs vers les faubourgs, autour de la ville, car quand le 12 qui allait vers la banlieue résidentielle arriva, il était à moitié vide. Il y monta et posa sa valise à côté de lui. Il dit au chauffeur où il allait, et celui-ci encaissa le prix du trajet, poinçonna un ticket et le lui tendit en disant qu'il le préviendrait quand ils arriveraient à son arrêt.

Tengo caressa le papier dans la poche de sa chemise : « Descend à Winchester Drive. Traverse la rue au feu rouge ; dépasse le centre commercial, là où il y a des tables avec des parasols jaunes installées autour d'une fontaine ; continue par Winchester Drive ; après cinq rues, tu trouveras le numéro 77, un haut mur blanc avec de grandes grilles de fer forgé et une plaque de cuivre marquée “ Docteur Miller ”... »

Le bus sortit de la ville, et Tengo, émerveillé, regardait défiler les belles maisons et les jardins de la banlieue. A un feu rouge, devant une école, il vit un groupe de garçons en blazers bleus, pantalons gris et casquettes, qui sortaient d'une école, à pied ou à bicyclette. Sur un terrain de jeu en gazon, délimité par des lignes blanches, il vit plusieurs garçons vêtus de blanc, et un groupe d'uniformes bleus qui regardaient, assis sur des bancs ; un des garçons en blanc lança une balle et un autre la frappa avec une batte et se mit à courir, pendant qu'un troisième se lançait à la poursuite de la balle volante à travers tout le terrain. Le bus démarrait quand Tengo réalisa que c'était une partie de cricket. Les poteaux de bois, aux deux bouts de la pelouse étaient sûrement les buts que le lanceur devait essayer de frapper. Des années durant, il avait joué au cricket avec Frikkie dans la cour de la ferme, et Frikkie lui avait souvent raconté comment se déroulait une vraie partie, avec deux équipes de onze joueurs et des buts de chaque côté du terrain. Pourtant, ces silhouettes blanches parsemées sur l'herbe le laissaient perplexe... il n'avait jamais imaginé les choses comme ça.

« Winchester Drive », cria le chauffeur. Sa valise à la main, Tengo descendit du bus. Il suivit les instructions qu'il savait par cœur et arriva devant le numéro 77. La grille était fermée. A travers les barreaux de fer forgé, Tengo découvrit une grande maison, si haute qu'il lui semblait qu'on avait posé deux maisons l'une sur l'autre sous le toit de tuiles rouges, au bout d'une longue allée qui serpentait entre des pelouses d'un vert tendre bordées de parterres de fleurs. Un homme noir en salopette kaki était agenouillé devant un parterre de fleurs.

— *Dumela*, cria Tengo pour attirer son attention, et l'homme leva les yeux et répondit :

— Dumela.

— Je viens voir ma tante...

— Ah, oui. Entre. Ouvre la porte et entre, ce n'est pas fermé. Ta tante t'attend.

Tengo poussa la grille et la referma soigneusement derrière lui, comme il avait appris à le faire à la ferme.

— Tu arrives du train ?

Tengo fit signe que oui.

— Suis l'allée et tourne le coin de la maison vers l'arrière-cour, tu trouveras la porte de service. Ta tante est dans la cuisine.

En remontant l'allée, il vit, derrière un haut grillage métallique, deux jeunes filles blanches vêtues de jupes très courtes qui couraient d'un bout à l'autre d'un terrain d'argile rouge en se renvoyant une balle par-dessus un filet. Un peu plus loin, il y avait une grande piscine carrée remplie d'une eau verte, autour de laquelle des tables et des chaises peintes en blanc étaient installées sous des parasols de couleurs vives. Trois voitures étaient garées devant la maison. Il arriva à une cour pavée, où des vêtements séchaient sur un fil à linge, devant un jacaranda en fleurs, aussi bleu que celui de la ferme. La porte de service était grande ouverte. Il frappa et, avant de comprendre ce qui lui arrivait, il sentit se refermer sur lui les bras de sa tante qui le serrait sur sa large poitrine.

— Tengo ! C'est toi ! Tu étais un tout petit garçon la dernière fois que je t'ai vu. Laisse-moi te regarder ! Tu es tout le portrait de ton père !

— Et toi, tu es juste comme ma mère, dit Tengo timidement.

— Viens, entre, entre.

Elle le fit entrer dans une grande cuisine blanche et accueillante, pleine de machines blanches comme elle. Dans un coin, une jeune femme noire repassait du linge sur une planche à repasser.

— Dora. Il est arrivé. Le fils de ma sœur est arrivé. C'est Tengo.

La jeune femme lui sourit.

— Haou ; dumela, Tengo.

— Il ressemble à son père comme deux gouttes d'eau. Tu vas être grand et mince comme lui, Tengo. Assieds-toi, assieds-toi. Tu dois avoir faim après un voyage pareil. Ton cousin Joseph avait hâte de te voir arriver.

Elle le fit asseoir à une grande table blanche et lisse et lui donna un gobelet de thé et une assiette de sandwiches de viande froide, avec une orange. Pendant qu'il mangeait, elle bavardait, posait des questions, lui expliquait ses projets. Il dormirait sur un matelas par terre dans la chambre du jardinier et, le dimanche, ils rentreraient ensemble au faubourg.

Quand il eut fini de manger, elle dit qu'il devait avoir chaud et qu'il avait l'air fatigué et l'emmena aux chambres des domestiques où elle lui montra comment se servir de la douche. Il resta un long moment sous le jet d'eau froide, laissant ses aiguilles piquantes pénétrer sa peau. La ferme, le kraal, l'oubaas, Frikkie... tout cela semblait un rêve qu'il aurait rêvé dans une autre vie.

Cette nuit-là, sur son matelas posé par terre dans la chambre du jardinier, il s'endormit comme une masse, sans entendre le jardinier qui parlait encore.

Le samedi matin, Tengo prit son petit déjeuner très tôt, alors que toute la famille dormait encore. Dora lui montra la cuisine et lui expliqua comment marchaient toutes les belles machines blanches : une machine à laver le linge, une machine à laver la vaisselle, une machine pour battre et mélanger et une autre pour hacher la nourriture, une pour griller le pain, et même un couteau électrique pour découper la viande. Il la regarda mettre un paquet de linge sale dans une des machines et vit les vêtements tourner dans l'eau mousseuse derrière un hublot de verre. A la ferme, il y avait une vieille machine à laver avec une manivelle sur le dessus, mais rien à voir avec cette machine-ci. Il aurait bien voulu que sa grand-mère la voie ; elle faisait sa lessive sur une pierre plate de la rivière.

Sa tante, devant l'évier, faisait la vaisselle.

— Pourquoi tu ne laisses pas la machine laver la vaisselle à ta place ?

— Oh, non, on ne touche pas au lave-vaisselle, répondit Matilda, ce n'est pas pour nous. C'est Madame qui s'en sert quand nous ne sommes pas là, nos jours de congé.

— Mais Dora a la permission de se servir de la machine à laver ?

Dora éclata de rire :

— C'est qu'ils ne font jamais leur lessive eux-mêmes !

Un peu plus tard, il fit la connaissance de la famille Miller, qui descendait prendre le petit déjeuner. Il y avait deux filles et deux garçons à la maison. Sa tante lui avait dit que le fils aîné était parti faire ses études en Angleterre. Quand ils virent Tengo, parents et enfants le saluèrent amicalement et l'interrogèrent sur ses projets d'avenir. Il offrit à Mme Miller le napperon bordé de perles qu'envoyait sa grand-mère. Elle le remercia, et dit à Matilda de le mettre dans le tiroir de l'office.

— C'est à toi que j'ai envoyé les livres, n'est-ce pas ? lui demanda-t-elle.

— Oui, Madame. Merci, Madame.

Il pensait qu'elle allait expliquer pourquoi elle avait cessé d'en envoyer, mais elle n'en parla pas.

— Et maintenant, tu veux aller à l'école et

faire des études sérieuses ? demanda le docteur Miller.

— Oui, Maître.

— Très bien, Tengo, reprit Mme Miller ; je suis sûre que tu t'en sortiras très bien. Si nous pouvons t'être utile en quoi que ce soit, n'hésite pas à nous le demander.

— Il va te falloir de l'argent pour acheter des livres, dit le docteur Miller. Tu diras à Matilda combien cela coûte, et nous te ferons parvenir l'argent.

— Oh, le Maître est trop bon, dit Matilda.

Claire, l'aînée des filles, celle qu'il avait vue la veille jouer au tennis — c'est le jardinier qui lui avait dit ce qu'était le tennis — enroula autour de son doigt une longue mèche de ses cheveux noirs. Il savait par sa tante qu'elle avait quinze ans. Elle était en train de manger une tartine de beurre.

— On vit dans un pays merveilleux, dit-elle d'une voix douce. Lui, il doit payer l'inscription et les livres d'école, et pour moi, tout est gratuit. Combien de temps encore cela peut-il durer comme ça ? interrogea-t-elle, comme si elle s'adressait à la lampe qui pendait au-dessus de la table de la cuisine.

Tengo n'en revenait pas : voilà qu'une jeune fille blanche posait précisément la question qui le tracassait depuis si longtemps. Et elle qui recevait une éducation gratuite, elle demandait pourtant pourquoi les Noirs devaient payer la leur. C'était une autre nouveauté, une autre idée à laquelle réfléchir. C'était une nouvelle surprise, et pour lui un nouveau sujet de réflexion.

— Ça va changer, patience, ça va changer, dit le docteur Miller. Et en attendant, ma salle d'attente doit être pleine de patients. Au revoir, je file.

Il sortit et on entendit sa voiture démarrer.

Matilda avait apporté à la cuisine quelques-unes des figurines d'argile de Tengo pour les montrer à ses maîtres. Alignés sur le rebord de la fenêtre, il y avait quelques vaches, un taureau à la tête baissée, comme s'il était sur le point de charger, quatre bœufs et un chien errant, comme ceux de la ferme, maigre et mélancolique, en argile jaune.

— Tu as fait cela tout seul, Tengo ? Personne ne t'a appris ? C'est très bien, dit Mme Miller, très réussi, vraiment. Tu devrais étudier l'art, à l'école.

Tengo hocha la tête, sans comprendre. « Étudier l'art », qu'est-ce que cela voulait dire ?

Dans la matinée, il aida Dora à faire l'argenterie. Elle lui dit qu'il fallait la faire chaque semaine, qu'elle en ait besoin ou non. Sous le jacaranda de la cour, la table était couverte de couteaux, de cuillers et de fourchettes, en plus d'un service à thé et un service à café en argent, ainsi qu'une soupière avec sa louche et plusieurs plateaux. Dora étalait sur chaque pièce un liquide qui, en séchant, formait une couche crayeuse, puis frottait avec un chiffon doux jusqu'à ce que le métal brille comme un miroir. Tengo, fasciné, regardait émerger sous son chiffon la surface polie de l'argent qui reflétait à la perfection les taches vertes des feuilles et les grappes mauves des fleurs du jacaranda. Il fit briller la soupière et s'amusa à regarder son visage, déformé et à l'envers, nager au fond comme si on l'avait puisé dans quelque étrange soupe. Claire, en maillot de bain, une pile de livres et de papiers sous le bras, s'approcha de la table.

— J'ai bien regardé tes sculptures, Tengo...

— Qu'est-ce que c'est, Madame ?

— Ces animaux d'argile que tu as faits. Ils sont vraiment très bien, tu sais.

— Merci, Madame.

— Ne m'appelle pas Madame. Appelle-moi Claire.

— Oui, Madame, dit Tengo, et les deux autres éclatèrent de rire.

— Non, Tengo, sérieusement. Tu es doué. Tu devrais vraiment étudier l'art.

— Je ne sais pas ce que ça veut dire : étudier l'art.

— L'art... l'art, c'est le dessin, la peinture, et ces choses que tu fais avec de l'argile. Attends, je reviens.

Elle posa son chargement sur la table, rentra dans la maison et ressortit au bout d'un moment avec plusieurs gros livres, bien plus épais que tous ceux que Tengo connaissait.

— Regarde. Ce sont des livres d'art. Quelques-uns des plus grands artistes qui aient jamais existé. Regarde, là c'est Rembrandt... là, Van Gogh... Michel-Ange, lui était aussi sculpteur ; il faisait des statues, comme toi, mais en marbre. Regarde, tu ne trouves pas ça magnifique ? Tiens, lis-les ; tu comprendras ce que c'est que l'art.

Elle ramassa ses livres et ses feuilles.

— Bon, il faut que j'aille revoir mes cours, j'ai mon examen la semaine prochaine.

Et elle alla s'installer au bord de la piscine, allongée dans l'herbe au milieu de ses livres ouverts.

Tengo posa la soupière d'argent et le chiffon et commença à tourner les pages de l'un des livres d'art. Au bout d'un moment, Dora remarqua :

— Je vois que je vais devoir finir l'argenterie moi-même...

Il ne leva même pas les yeux. Il étudiait chaque page minutieusement avant de passer à la suivante. Le papier sur lequel étaient imprimées les images était épais et moelleux, comme la crème qui s'échappait du lait dans l'écrémeuse de la laiterie. Il y avait tant à voir à chaque page qu'il aurait voulu s'y attarder indéfiniment, mais le besoin d'en voir plus le poussait en avant et il tournait les pages, une à une, infatigablement. Et ça ? Qui cela pouvait-il être ? Peut-être un saint homme... c'était la statue d'un vieil homme barbu, avec des cornes sur la tête comme celles qu'il avait faites à son taureau, et à l'expression de son visage on sentait qu'une chose terrible venait de se produire... Du marbre ! Elle avait dit que c'était du marbre, mais ça ne ressemblait pas du tout à la matière dont étaient faites les billes marbrées de Frikkie.

Dora avait fini d'astiquer couteaux, fourchettes et cuillers ; elle les rangea dans une boîte plate en bois tapissée de flanelle verte et les remporta à la cuisine. Ensuite elle revint chercher le reste de l'argenterie, mais Tengo ne s'aperçut même pas de son départ. Depuis deux jours à peine qu'il avait quitté la ferme, c'était un monde nouveau qui s'était ouvert à lui, plein de choses étranges et imprévisibles. Mais de tout ce qu'il découvrait, il n'y avait rien de plus merveilleux, de plus stupéfiant, que les peintures et les sculptures apparues sur les pages des livres d'art. Absorbé, fasciné, il tournait les pages, dévorant chaque image des yeux, la laissant pénétrer jusqu'au fond de lui...

Parfois, à la ferme, au coucher du soleil, ou quand le clair de lune illuminait le veld silencieux, il éprouvait une émotion profonde de sentir le monde si plein de beauté et de mystère. En tournant les pages, la même émotion le troublait, et il la reconnaissait sans savoir ce qu'elle signifiait.

Ce soir-là, après le dîner, il laissa les livres d'art sur la table de la cuisine. Mais, allongé sur son matelas de la chambre du jardinier, il voyait les couleurs et les images réapparaître devant ses yeux fermés et illuminer ses rêves.

Le dimanche matin, il prit le petit déjeuner très tôt avec sa tante. Elle prépara le déjeuner et le dîner de la famille, et, après leur avoir servi le petit déjeuner, elle enleva son uniforme et son tablier, mit ses vêtements du dimanche, et ils partirent tous les deux pour le faubourg.

Chapitre neuf

Quelques jours avant le début des vacances de Noël, Oom Koos téléphona pour dire que son voisin, Meneer Van Rensburg, allait en ville rendre visite à sa sœur et qu'il rentrerait à la ferme le dernier jour des classes. Si Frikkie pouvait partir ce jour-là après le déjeuner, il pourrait voyager avec lui en voiture.

Frikkie obtint la permission de quitter l'école avant l'heure. En lui tendant son bulletin de notes, son professeur commenta :

— J'aimerais que ton travail t'enthousiasme autant que l'idée d'aller à la ferme de ton oncle, Friederick.

Mais Frikkie se moquait bien de ne pas avoir de bonnes notes, il avait passé tous ses examens et c'était bien suffisant. Il savait qu'il pourrait faire un bon fermier même s'il n'était pas bon en histoire, en géométrie ou en physique.

Quand Meneer Van Rensburg passa le chercher, il l'attendait devant la grille avec sa valise, et il prit grand plaisir au voyage en voiture et à la conversation sur la sécheresse, le prix du lait, la récolte de mielie et le nouveau taureau que Meneer Van Rensburg avait payé à prix d'or parce qu'il espérait qu'il améliorerait la race de son bétail.

— Laissez-moi à l'entrée du chemin de la ferme, dit Frikkie quand ils arrivèrent, mon sac n'est pas lourd, je finirai à pied. Merci beaucoup, Meneer.

L'après-midi était calme et chaud. Les cigales frottaient frénétiquement leurs pattes de devant et remplissaient le silence de leur crissement mélodieux. Le cœur de Frikkie débordait de bonheur à l'idée des six longues semaines qu'il allait passer à la ferme : pas d'école, pas de Steenamp le Serpent pour lui rendre la vie impossible, six semaines de liberté.

Du chemin de la ferme se détachait un petit sentier qui menait au kraal, à travers champs, et il décida de couper par là et de passer voir si Tengo était chez lui. A son approche, l'un des chiens jaunes presque sauvages du kraal se mit à grogner et japper ; il ramassa une pierre et la jeta vers le chien pelé qui bondit dans les buissons. Il n'y avait personne. Le kraal semblait désert sous la lumière ardente du soleil d'été. Même la vieille Lettie était invisible. Les poulets cherchaient refuge dans les quelques coins d'ombre qui subsistaient. Frikkie posa sa valise devant la hutte et s'approcha de la porte pour jeter un coup d'œil à l'intérieur. Après la lumière du dehors, il lui fallut un moment pour s'habituer à l'obscurité qui régnait à l'intérieur. Il entra. Dans le cercle du mur de terre, il n'y avait que quelques meubles, mais sans une poussière, et le sol de terre battue était balayé de frais. Accrochés à des fils tendus, des rideaux de coton à fleurs, délavés — il se rappelait les avoir vus, des années avant, dans le salon de sa tante — divisaient la pièce en plusieurs compartiments dans l'un desquels la vieille Lettie dormait sur un petit lit de camp. La pièce était imprégnée d'une odeur de fumée et de l'âcre parfum de la purée de maïs fermenté.

Frikkie, surpris, aperçut dans la pénombre une étagère chargée de livres, et il allait voir de quels livres il pouvait bien s'agir quand la vieille dame s'étira, ouvrit les yeux et se redressa :

— Oh, c'est le kleinbaas.

Elle fit pivoter ses jambes, sous la longue jupe, pour s'asseoir au bord du lit.

— Bonjour, Lettie. Je ne voulais pas te réveiller. Je cherche Tengo.

— Tengo, répéta-t-elle dans un bâillement. Il n'est pas là.

— Il est là-haut à la ferme ?

— Non, Kleinbaas. Tengo n'est pas là. Il est parti.

La vieille Lettie n'est pas bien réveillée, pensa Frikkie.

— Je vois bien qu'il n'est pas là, Lettie. Quand revient-il ?

— Nous ne savons pas, Kleinbaas. Deux ans... peut-être trois...

— Lettie ! Qu'est-ce que tu racontes ! Où est Tengo ?

— Tengo est parti. A Johannesburg.

— A Johannesburg ! Pour quoi faire ?

— Il va à l'école, à Johannesburg.

— A l'école ! Depuis quand ?

Elle haussa les épaules.

— Trois semaines... ou quatre...

— Mais, Lettie, c'est les vacances. Il n'y a pas d'école en ce moment !

Elle descendit du lit, traversa sur ses pieds nus le sol de terre battue de la hutte, ramassa un bol de porridge et sortit.

Frikkie la suivit. Le soleil, en sortant de la pénombre, était aveuglant.

— Lettie, est-ce qu'il va venir pour les vacances ?

Lettie, accroupie, rompait des brindilles pour allumer son feu et ne répondit rien.

Alors Frikkie ramassa sa valise et, lentement, reprit le chemin de la ferme. Une petite fille, un bébé attaché sur le dos dans une couverture, le salua au passage d'un « dumela » sonore, mais il ne l'entendit même pas. Il n'arrivait pas à croire que Tengo était parti pour aller à l'école. Il ne lui avait jamais parlé de ça. C'était sûrement la vieille Lettie qui devenait un peu gâteuse. Elle devait avoir dans les cent ans, maintenant, et elle ne savait plus très bien ce qu'elle disait... Mais elle avait gâché sa bonne humeur.

En remontant vers la ferme, il sentait son sac peser de plus en plus lourd au bout de son bras. Enfin, il arriva à la cuisine où il trouva Sélina en train de récurer une casserole.

— Kleinbaas Frikkie ! D'où tombez-vous comme ça ?

— Je suis venu dans la voiture de Meneer Van Rensburg. Il m'a déposé à la barrière d'en bas.

Il posa sa valise et se frotta la paume de la main, rouge et échauffée par le frottement de la poignée.

— Sélina, je viens de passer au kraal pour voir Tengo, et Lettie m'a dit qu'il est parti à Johannesburg.

— C'est la vérité, Kleinbaas.

— Mais, Sélina... mais, pourquoi ?

Elle rinça la casserole sous le jet d'eau chaude et la posa sur le séchoir.

— Pour aller à l'école. Ça faisait bien longtemps que Tengo voulait aller à l'école. Il veut apprendre. Nous avons essayé de le retenir ici aussi longtemps que nous avons pu. Mais finalement, il a décidé de partir. Elle haussa les épaules. Et il n'y a rien eu à faire.

— Mais je ne savais pas... il ne m'en a jamais parlé... à quelle école ?

— Une école du faubourg. C'est un garçon très intelligent, mon Tengo. Il n'a pas de mal à apprendre tout ce qu'il veut.

Elle soupira, remplit la bouilloire et la posa sur le feu.

— Mais, Sélina, c'est les vacances. Est-ce qu'il va venir ?

— Non, Kleinbaas. Le ministre de l'église méthodiste de ma sœur, il s'est arrangé pour que Tengo puisse suivre des cours supplémentaires pour rattraper les autres élèves. Il va travailler pendant toutes les vacances.

— Où est-ce qu'il habite ?

— Au faubourg, avec la famille de ma sœur. Tengo a beaucoup de cousins là-bas.

— Mais, Sélina...

Un sentiment d'impuissance l'envahit et il ramassa sa valise sans finir sa phrase. C'était exactement ce qu'il ressentait quand, à l'école, il recevait un coup de canne parce qu'il avait oublié une date de la leçon d'histoire ou quand il devait rester après les cours parce que tous ses exercices d'algèbre étaient faux. Pour lui, ce découragement, c'était l'école ; à la ferme, il ne l'avait jamais éprouvé. Ici, tout était toujours exactement comme il le désirait. Et maintenant... Tengo était parti. Tout était gâché.

— Laissez-moi votre sac, Kleinbaas, je le monterai dans votre chambre quand j'aurai fini de préparer le thé. Vous avez l'air fatigué.

— Où est ma tante ?

— Dans la salle à manger.

Sélina posa les tasses et les soucoupes sur le plateau, versa le lait dans un pot et entra au garde-manger pour chercher la boîte à gâteaux.

Tant Sannie se leva de sa machine à coudre pour embrasser Frikkie.

— Comment s'est passé le voyage avec Meneer Van Rensburg ?

— Très bien. Tant Sannie, est-ce que tu savais que Tengo voulait quitter la ferme et aller à l'école ?

Elle fit claquer sa langue avec agacement.

— Crois-moi, Frikkie, je l'ai toujours dit, on ne peut rien tirer de ces cafres que des ennuis et des déceptions. Les heures qu'a passées ton oncle à essayer d'en faire un travailleur agricole qualifié, et voilà qu'il se met en tête qu'il lui faut une éducation ! Une éducation ! Quel besoin peut bien avoir un cafre d'une éducation ? Ça ne peut servir qu'à lui farcir la tête d'idées dont il ferait bien mieux de se passer, ça ne peut lui attirer que des ennuis.

Elle se rassit à sa machine et engagea rageusement un morceau de tissu sous l'aiguille. Elle appuya sur la pédale puis libéra l'aiguille et plia le tissu.

— Crois-moi, Frik, ils ne savent plus rester à leur place. Avant, ils étaient obéissants, reconnaissants mais maintenant... Maintenant, ils se mettent à créer des problèmes... des problèmes pour eux et pour nous. Ton oncle est très mécontent de ce qui est en train de se passer dans ce pays avec les Noirs. Il dit que nous allons devoir serrer la vis si nous ne voulons pas qu'ils passent les bornes.

— Mais Tengo... il est ici depuis toujours...

Tant Sannie se mit à rire.

— Ne fais pas cette tête, Frik. On dirait que tu viens de perdre un billet de dix rands ! Ça ne fait jamais qu'un ingrat de cafre de plus qui est parti. Ils sont tous pareils, ça ne vaut pas la peine de prendre cet air sinistre.

Elle referma le couvercle de sa machine à coudre.

— Ton oncle sera là pour le thé dans quelques minutes. La sécheresse l'inquiète beaucoup. Va vite poser tes affaires dans ta chambre et te laver les mains. Sélina t'a fait ton gâteau préféré.

Frikkie entra dans sa chambre, s'agenouilla sur le lit et regarda par la fenêtre les champs de maïs onduler à perte de vue, les feuilles jaunies et les tiges rabougries à cause du manque de pluie. Vers l'ouest, il apercevait la courbe douce de la vallée et le veld bruni et desséché ; il pouvait voir le bouquet d'eucalyptus et les fumées du kraal qui montaient dans le ciel sans nuages. Il se détourna et s'assit sur son lit pour regarder sa chambre et tous les objets familiers, tous exactement à leur place habituelle. Sur la commode, le petit taureau d'argile attendait, posé sur le napperon de crochet. Frikkie se leva et alla le prendre. Sous la caresse de son pouce, il sentait se gonfler les muscles tendus de la croupe ; au-dessus des mèches bouclées de son front, les deux petits bouts de cornes se dressaient et lui piquaient le doigt.

Il voulait que rien ne change, que tout continue comme toujours. Et voilà que Tengo était parti, sans même le prévenir... Il était habitué à Tengo. Ils étaient amis depuis qu'ils étaient tout petits. Et il était parti pour aller à l'école, sans lui avoir jamais dit que c'était ça qu'il voulait. La ferme ne serait plus jamais pareille après le départ de Tengo. Pourquoi fallait-il qu'il soit parti ? Il appuya le doigt sur les cornes du petit taureau rouge et les sentit s'enfoncer dans la chair.

— Frikkie !

C'était la voix de sa tante.

— Qu'est-ce que tu fabriques, mon garçon ! Oom Koos t'attend. Le thé est servi !

Il reposa à sa place le petit animal d'argile et alla se laver les mains. Après le thé, son oncle lui proposa de venir l'aider à traire les vaches.

— Je... je n'ai pas encore défait ma valise. Et puis... j'ai un peu mal à la tête. Je crois que je vais aller m'allonger un moment.

Tant Sannie lui tâta le front.

— Tu ne vas pas tomber malade, au moins, Frikkie ? Ça m'étonnait aussi que tu ne prennes qu'une seule tranche de gâteau. Tu aurais dû laisser Meneer Van Rensburg t'amener jusqu'à la maison au lieu de transporter ta valise à travers tout le veld par cette chaleur. Va vite t'allonger, mon enfant. Si tu n'as pas envie de te lever, Sélina t'apportera ton dîner au lit.

DEUXIÈME PARTIE

Chapitre un

Tengo ne faisait plus attention au bruit, aux odeurs et à la saleté. Cela faisait presque trois ans qu'il vivait au faubourg, et il avait fini par s'y habituer. Au début, cependant, sous le choc du vacarme et du surpeuplement, de l'impossibilité de s'isoler, de la violence quotidienne, de la tension et de la laideur du faubourg, il avait souvent pensé, la nuit, les yeux grands ouverts dans le noir : « L'oubaas avait raison... il avait raison... je ne peux pas, je ne m'y ferai jamais... je dois partir, il faut que je rentre à la ferme... »

Il savait bien que ce qu'il regrettait, quand il pensait à la ferme, c'était le veld immense et le haut ciel pur, la bonne odeur de l'air et la chaude haleine des vaches. Mais quand il se rappelait le vide, l'ennui, les questions sans réponses que lui posait tout ce qui l'entourait (les étoiles, les insectes et l'éclair argenté des bandes de petits poissons qui filaient dans la rivière), la façon dont l'oubaas parlait à ses parents et la façon dont ses parents se résignaient à leur sort, quand il se rappelait tout cela, il savait qu'il avait bien de la chance d'avoir pu y échapper.

Il ne pensait presque jamais à Frikkie. Sous le voile de smog, dans la hâte et le brouhaha de la vie du faubourg, ces journées passées près de la rivière, à grimper aux arbres et à faire la course à travers le veld, ressemblaient à un de ces rêves dont on se souvient à peine au réveil.

Ses parents, Tandi et sa grand-mère ne lui manquaient plus autant, ni l'odeur familière et rassurante de la fumée mélangée à celle du porridge qui imprégnait les parois circulaires de la hutte de terre. Ou plutôt, ils lui manquaient toujours mais il avait fini par s'y habituer. Il n'était pas retourné à la ferme depuis le jour où l'oubaas l'avait mis dans le train. Pendant les vacances scolaires, il travaillait dur pour rattraper son retard, le retard de toutes les années d'école qu'il avait perdues.

Quand il était venu vivre au faubourg, il avait espéré qu'il pourrait passer beaucoup de temps avec son cousin Joseph. Mais Joseph n'était presque jamais à la maison, et Tengo le voyait rarement.

Par chance, le révérend Gilbert, le ministre de l'église méthodiste à laquelle sa tante appartenait, s'intéressait à lui. Il avait à peu près l'âge du vieux maître, mais il paraissait plus âgé, avec son visage pâle aux traits tirés, ses cheveux blancs, et l'air soucieux qui ne s'effaçait jamais tout à fait de son regard bienveillant et ouvert. Il avait été à l'Université, en Afrique du Sud et en Angleterre, et donnait à Tengo des cours particuliers, surtout en maths et en physique. Ç'avait été plus facile de rattraper le retard en anglais et en histoire, mais il lui avait fallu beaucoup travailler, et il avait pris l'habitude de rester éveillé tard dans la nuit pour lire, à la lumière d'une petite lampe que le ministre lui avait donnée pendant que toute la maison dormait.

Tengo avait montré au révérend Gilbert ses petits animaux d'argile, et le ministre lui avait suggéré de suivre les classes d'éducation artistique. Mais quand Tengo s'était rendu compte de l'effort qu'il lui faudrait faire pour venir à bout du programme de l'examen d'entrée au collège, il avait compris qu'il ne pouvait pas se permettre de consacrer du temps à autre chose.

Parfois, il sentait, dans les doigts et la paume de ses mains, le besoin pressant d'un morceau d'argile, et souvent il rêvait qu'il modelait des personnages de terre rouge. Pourtant, en se réveillant, il se demandait quels personnages il aurait trouvé cachés dans l'argile s'il avait pu en modeler. Et si allait émerger, sous ses doigts, quelque chose de laid, quelque chose d'effrayant. Il se rappelait les sculptures de marbre qu'il avait vues dans les livres d'art et il pensait : « Un jour, quand j'aurai du temps, je pourrai penser à tout cela... et peut-être... »

Mais il ne pouvait pas, ou ne se permettait pas de compléter son idée.

Au début, on l'avait mis dans une classe d'enfants beaucoup plus jeunes que lui. Mais sa volonté d'apprendre était inébranlable ; il passa les tests sans difficulté et prépara l'examen d'entrée dans la classe supérieure. Bientôt, il put écrire à ses parents que non seulement on l'avait mis dans la classe qui correspondait à son âge, mais qu'il était maintenant presque toujours un des premiers du classement.

Chez lui, tout le monde souffrait de son absence. « La hutte semble vide sans toi », lui écrivait sa mère. Mais ils comprenaient qu'il ne pouvait pas prendre sur son temps d'étude pour venir les voir. Et le billet de train coûtait cher. Une visite à la maison était un luxe qu'ils ne pouvaient pas se payer.

Ses cousins le taquinaient parce qu'il n'y avait pas moyen de le tirer de ses livres pour l'entraîner jouer dehors avec eux. Mais Tengo trouvait plus de plaisir dans ses livres que dans une partie de football sur le terrain vague crasseux, semé de vieux pneus, de matelas défoncés et de tas d'ordures puantes. Il y avait beaucoup de chômeurs — parmi les jeunes et parmi les adultes — qui traînaient dans les rues, le regard vide, désœuvrés et abattus. Même les arbres, clairsemés au milieu du chaos de petites maisons à toits de tôle, collées les unes sur les autres, où s'entassaient un million de personnes, les hauts palmiers grisâtres, les sycomores et les jacarandas, avaient un air de déroute.

Tengo, au début, avait eu du mal à travailler car les quatre pièces de la maison débordaient toute la journée de gens, de bruit et de confusion. Des parents en visite restaient souvent dormir, et les voisins et amis apparaissaient à toute heure du jour et de la nuit ; des bébés tout nus rampaient dans tous les recoins et des enfants ne cessaient d'entrer et de sortir en trombe. Sa tante et son oncle travaillaient tous les deux en ville et devaient se lever avant l'aube pour prendre le premier train, entassés avec tous les travailleurs aux yeux brouillés qui passaient tant d'heures à aller à leur travail et à en revenir qu'il ne leur restait guère de temps pour dormir. La grand-mère s'occupait de la maison et des enfants pendant la journée, mais elle n'était plus jeune et c'était une lourde charge.

Sa tante était « fille de thé » dans les bureaux d'une agence de publicité, dans l'un des plus hauts gratte-ciel de la ville.

— Comment peuvent-ils t'appeler « fille de thé », avait demandé Joseph, pendant une de ses rares visites à la maison, alors que tu as presque cinquante ans ?

Ce jour-là, elle était épuisée, elle venait juste de rentrer de son travail et avait dû porter pendant tout le trajet un sac de provisions pesant, car, par décret du gouvernement, il ne pouvait y avoir dans les faubourgs noirs ni supermarchés ni grands magasins et elle était obligée de faire ses courses en ville, à la sortie de son travail, et de rapporter ses paquets chaque soir, dans les bus et les trains bondés. Sans même enlever son manteau, elle mit une casserole d'eau à bouillir et commença à éplucher les pommes de terre.

— Oh, Joseph, dit-elle, exaspérée, c'est toujours comme ça qu'on appelle la personne qui prépare le thé pour tout le bureau, « fille de thé », c'est le nom du travail, c'est tout.

La cuisine était trop petite, il n'y avait pas de place pour une table et tout le monde dînait dans la grande pièce, les assiettes sur les genoux, au milieu du vacarme de la télévision.

Tengo partageait une chambre avec un de ses cousins. Il s'entraînait à ne pas entendre le bruit des allées et venues et à concentrer son attention sur son travail. Quand l'époque des examens approchait, il allait à l'église où le ministre lui prêtait une petite pièce pour qu'il puisse étudier en paix. Ses professeurs l'encourageaient et il savait qu'ils étaient fiers de ses succès. S'il continuait ainsi, lui avaient-ils dit, il était sûr de réussir dans les premiers l'examen de fin d'études, ce qui lui permettrait peut-être d'obtenir une bourse pour aller au collège.

Pendant ses rares apparitions, Joseph ne parlait jamais des raisons de ses absences. Tengo l'aimait beaucoup, et, chaque fois qu'il pouvait passer un moment avec lui, il abandonnait volontiers ses livres. Mais son cousin avait changé — il était devenu silencieux et renfermé. Il avait abandonné l'école quelques mois à peine avant de terminer ses examens et d'entrer au collège. Quand Tengo lui demandait pourquoi, il détournait la conversation.

Un jour, pourtant, loin du tumulte et de l'entassement de la maison du faubourg, ils eurent une longue conversation. C'était un dimanche. Joseph, qui passait quelques jours à la maison, avait invité Tengo à l'accompagner en ville rendre visite à sa mère, qui ne pourrait pas prendre son jour de congé cette semaine-là parce que les Miller donnaient une garden-party. Dans l'après-midi, comme Matilda était occupée, ils allèrent se promener au lac du Zoo et s'assirent sur une pelouse, où des groupes pique-niquaient sous les arbres, flânaient au bord de l'eau ou lisaient les journaux du dimanche. Des chiens couraient fébrilement après les balles ou les bâtons que leur jetaient les promeneurs, et des bébés faisaient leurs premiers pas chancelants sous le beau soleil printanier. Sur le lac, quelques pédalos tournaient au milieu de bandes de canards.

— On est bien, ici, dit Tengo, en s'étendant sur l'herbe, ça fait bien longtemps que je ne n'avais pas vu autant de vert...

— Quand j'étais gamin, les Noirs n'avaient pas le droit de venir se promener ici, le lac était réservé aux Blancs, commenta Joseph, rêveur. Maintenant, ils nous donnent la permission, et ils s'imaginent qu'ils vont nous satisfaire avec ce genre de petites concessions. Ils croient qu'ils vont nous calmer en nous jetant quelques miettes...

Il se tut, absorbé dans ses pensées.

Quand Joseph s'enfermait ainsi dans sa colère, il devenait soudain lointain, inaccessible ; Tengo garda le silence et se mit à observer le ciel à travers les feuilles. Joseph sortit une cigarette de sa poche, l'alluma et se détendit un peu en aspirant les premières bouffées de fumée. Il fumait beaucoup, et il avait une toux chronique qui inquiétait sa mère et qu'elle attribuait toujours aux cigarettes.

— Le docteur Miller t'a dit plus de dix fois que ta toux ne guérira pas tant que tu ne cesseras pas de fumer, disait-elle dès qu'elle le voyait porter la main à la poche où il gardait son paquet. Mais il était presque toujours nerveux et tendu et ne pouvait pas se passer de tabac.

— Laisse-moi fumer en paix, maman, répondait-il chaque fois qu'elle revenait sur le sujet.

Il s'étira, couché sur le dos, et lança un jet de fumée vers le ciel.

— Au moins, ici, on a de l'espace et pas de bruit, ça change de la puanteur et du tintamarre du faubourg...

Tengo sentit qu'il pouvait se risquer.

— Joseph, tu avais toujours dit que tu voulais finir l'école et entrer au collège. Qu'est-ce qui s'est passé ?

— N'en parlons pas, Tengo. Je ne veux pas te distraire de tes études.

— Dis-le-moi.

— Qu'est-ce qui s'est passé ? Soweto, voilà ce qui s'est passé.

— Soweto ?

— La première fois que tous les enfants des écoles ont décidé de faire la grève. La première fois qu'« ils » ont envoyé la police dans un faubourg tirer sur des enfants et les tuer simplement parce qu'ils protestaient.

— Contre quoi ?

— Le gouvernement voulait imposer l'afrikaner comme langue officielle dans les écoles noires. On voulait nous obliger à abandonner nos manuels anglais et à faire toutes nos études dans leur langue à eux.

— Mais pourquoi ?

— Pourquoi ? Parce que c'est bien plus commode pour eux si on reste ignorants, qu'on est coupés de tout par une langue que personne au monde ne comprend à part ces maudits Afrikaners. C'est une bonne façon de garder le contrôle sur nous et de nous priver de tout contact avec le monde extérieur. Mais ça n'a pas marché. Vingt mille jeunes ont participé à la manifestation. La police a essayé de les arrêter, et des pierres ont commencé à voler. Alors la police a ouvert le feu et tué un garçon de treize ans. Après ça, plus rien n'aurait pu arrêter les gamins. Ils ont ramassé ce qu'ils ont pu, des pierres, des bâtons et des couvercles de poubelle contre les balles de fusil, et la police a continué à tirer jusqu'à ce qu'il y ait des centaines de morts, sans compter les milliers de blessés. La guerre contre des écoliers désarmés. Ensuite sont venues les émeutes, les voitures brûlées, et la révolte s'est étendue comme une traînée de poudre à tous les faubourgs du pays. Les gamins refusaient de céder. Et ils ont fini par gagner. Ils n'ont repris les classes que quand le plan d'éducation en afrikaner a été abrogé. J'étais encore petit, mais je me rappelle très bien. Après Soweto, les jeunes ont commencé à prendre conscience de leur force.

Tengo se tut un instant. Puis il revint à sa question :

— Mais alors, pourquoi n'as-tu pas fini tes études, Joseph ?

— Parce que, pour beaucoup d'entre nous, Soweto a changé notre façon de voir les choses. Après Soweto, j'ai grandi et j'ai commencé à comprendre qu'au lieu de nous donner une éducation, ils se contentaient de nous jeter un os. Dans les écoles et les universités noires, on n'a droit qu'à une éducation inférieure, des études au rabais. L'école bantoue est organisée pour faire de nous de meilleurs esclaves.

En écoutant son cousin parler, Tengo sentit une boule d'angoisse se former dans sa gorge. Il ne savait pas si l'enseignement qu'il recevait était ou non inférieur, mais ce qu'il savait c'est qu'il lui ouvrait des portes qui étaient restées pour lui jusque-là fermées et cadenassées, qu'il satisfaisait son besoin d'apprendre en même temps qu'il lui offrait chaque jour de nouveaux sujets de curiosité. Pour lui, c'était comme un festin interminable. Il se souvenait de toutes ces années à la ferme, quand il n'y avait aucun moyen de chercher des réponses à toutes les questions qui naissaient de ce qu'il voyait autour de lui. Il avait l'impression d'être attaché à une corde quand il aurait voulu courir librement à travers le veld. Joseph pouvait bien dire ce qu'il voulait mais, pour lui, rien ne pouvait être plus précieux.

Joseph se redressa et écrasa sa cigarette dans l'herbe. Après un coup d'œil sur Tengo, qui regardait toujours le bleu du ciel en silence, il demanda :

— Ce que je dis là te trouble, cousin ?

Tengo hocha la tête.

— C'est pour ça que j'ai préféré ne pas t'en parler jusqu'à aujourd'hui. Tu es encore très jeune. Et tu as encore plein de choses à apprendre, surtout que tu es entré à l'école en retard. Continue tes études, Tengo ; j'ai entendu dire que tu étais un élève très brillant. Mais je suis sûr que le moment viendra où ce qui se passe autour de toi t'apprendra d'autres choses, d'une autre façon. Et quand il sera temps, il faudra que tu décides ce qui est le plus important pour toi.

— Quand ça ?

Tengo était un peu effrayé, mais Joseph se leva et coupa court.

— Viens. Ça suffit pour aujourd'hui. Rentrons. Leur fête doit être finie, maintenant. Il va sûrement rester des tas de choses délicieuses à manger. Quand on a le ventre creux, c'est une bonne chose d'avoir des Blancs libéraux à portée de la main. Ils ont des problèmes avec leur conscience, ça les rend généreux.

— Les Miller sont des Blancs libéraux ?

— Exact !

— Le docteur Miller paie tous mes livres scolaires.

— Parfait. Il peut se le permettre, dit Joseph sèchement. Il payait aussi les miens quand j'allais à l'école. Ça lui coûte probablement beaucoup moins cher que la cotisation de son club de golf.

Pour Tengo, c'était une façon nouvelle de voir les choses. En rentrant, à pied, à travers la banlieue plongée dans la torpeur du dimanche, Tengo observait du coin de l'œil son cousin qui flânait à côté de lui, les mains dans les poches, la tête baissée, en sifflotant doucement.

— Joseph, qu'est-ce que tu fais ? Où vas-tu quand tu n'es pas à la maison ?

— Mieux vaut ne pas poser de questions, cousin, répondit Joseph sans se retourner. Moins tu en sais, moins tu cours de risques.

Chapitre deux

Pour Frikkie, les années d'école n'en finissaient pas. Après avoir passé son certificat junior, à seize ans, il aurait voulu quitter l'école, mais ses parents, son oncle et sa tante tenaient à ce qu'il aille jusqu'à l'examen d'entrée à l'université.

— Réfléchis un peu, mon petit vieux, lui dit Oom Koos. De toute façon, à dix-huit ans, tu vas devoir faire tes deux ans de service militaire. Alors, finis tes études, fais ton service, et quand tu auras vingt ans, tu reviens, la ferme sera toujours là et tu deviendras mon adjoint.

Il s'exécuta, fit ce qu'il fallait faire : passer les examens, finir ses études, effectuer son service militaire, en pensant que c'était autant d'obstacles à surmonter avant de commencer sa véritable vie à la ferme.

Oom Koos lui apprit à conduire la camionnette et il pouvait maintenant se servir lui-même du tracteur. Il aimait bricoler les machines et il devint un expert en réparations de mécaniques de toutes sortes. Oom Koos parlait d'automatiser la laiterie.

— Une bonne machine vaut cent fois mieux qu'un tas de cafres paresseux, répétait-il. Je vais te dire, Frikkie, quand tu auras fini ton service, nous installerons une machine à traire. Avec un bon mécanicien comme toi à la ferme, c'est la solution parfaite.

Avec les jeunes de son âge, Frikkie était timide et réservé, mais il fit la connaissance d'une camarade de classe de Sissie, Ina, dont il devint ami et, le samedi, il l'emmenait au cinéma et lui achetait une grande tablette de chocolat qu'ils se partageaient pendant la séance, en se la passant dans le noir sans quitter l'écran des yeux. Sissie taquinait beaucoup son frère au sujet d'Ina mais, en réalité, quand ils ne parlaient pas du film qu'ils venaient de voir, il ne trouvait pas grand-chose à lui dire. Un soir, en la raccompagnant chez elle, il lui raconta comment il deviendrait bientôt l'adjoint de son oncle à la ferme, et leur projet de mécaniser la laiterie.

— Ce n'est pas une vie pour moi, dit Ina. Quelle horreur, être abandonnée au milieu de rien du tout, avec rien à voir que le veld de tous les côtés, pas un seul endroit pour aller s'amuser... Très peu pour moi !

Elle rejeta ses boucles derrière son oreille d'un geste gracieux qui fit tinter le bracelet amulette qu'elle portait au poignet.

— Je vais apprendre la sténo et la dactylo et je travaillerai comme secrétaire dans la publicité, ou à la télévision, à Jo'burg. J'ai des cousins là-bas qui vont à la disco chaque fois que ça leur chante. Ici, c'est complètement mort. Il n'y a rien à faire, à part aller au cinéma, ou rester chez soi à se tourner les pouces. Vivement que je puisse partir. Tu as de la chance, toi. Tu vas bientôt entrer à l'armée, au moins tu vas pouvoir quitter ce trou perdu.

A sa première permission, en arrivant du camp d'entraînement, il trouva Ina qui était venue voir Sissie, et elles parurent impressionnées de le voir en militaire, avec son uniforme kaki dont les boutons étincelaient, ses grosses bottes à bout relevé qui brillaient comme des miroirs, et ses cheveux jaune paille coupés à ras. Le samedi soir, il les emmena toutes les deux au cinéma et elles descendirent fièrement la grande rue, pendue chacune à un de ses bras, et entrèrent la tête haute dans le hall du cinéma rempli de toutes leurs camarades de classe. Ina, dans l'obscurité, glissa sa main dans la sienne, ce qui compliquait sérieusement le découpage des carrés de chocolat.

L'entraînement militaire était rigoureux et exigeant mais Frikkie préférait cela à l'école et prenait plaisir à être une des meilleures recrues après avoir été toute sa vie un élève médiocre. Il faisait ce qu'on attendait de lui avec application et efficacité. L'expérience de mécanicien qu'il avait acquise à la ferme lui rendait de grands services. Il était très fort, et aucune marche, aucun exercice militaire ne le fatiguait. Les officiers l'appréciaient. Il s'entendait mieux avec eux qu'il ne s'était jamais entendu avec ses professeurs. Il aimait démonter son fusil pour le nettoyer et le graisser, et remonter exactement les pièces délicatement agencées. Il était souvent allé chasser avec son oncle et était champion au tir.

Il était cantonné dans un camp situé en bordure d'une petite ville proche de Johannesburg. Il allait de temps en temps en ville avec des camarades de peloton, mais il n'aimait ni le bruit, ni les gratte-ciel, ni le rythme fiévreux de la vie de la grande ville. Son seul ami était Pieter Uys, un garçon élevé comme lui à la campagne et qui n'avait qu'un seul désir : rentrer à la ferme de son père.

Tant Sannie lui envoyait régulièrement des exemplaires de revues d'agriculture et, pendant ses heures de liberté, il s'allongeait pour les lire sur sa couchette et faisait des projets pour moderniser la ferme quand il aurait fini son service militaire. Son capitaine insistait pour qu'il s'engage à la fin de son service et devienne militaire de carrière, et lui promettait qu'il ne tarderait pas à gagner ses galons d'officier. Mais il finit par renoncer à le convaincre.

— Pas moyen de garder ce *plaas-seuntjie* (ce petit fermier) loin de sa terre, admit-il après plusieurs tentatives inutiles.

Dès qu'il put prendre quelques jours de permission, Frikkie fila à la ferme. Oom Koos et Tant Sannie étaient fiers de voir leur neveu en uniforme.

— La vie militaire te réussit, Frikkie, dit sa tante, regarde-le, Koos, il est presque aussi grand que toi, à présent.

Elle lui tricotait un pull-over kaki, et en mesurant sur son bras la longueur de la manche, elle tâta son biceps puissant.

— Dur comme du fer ! Le pays est sûr d'être bien défendu avec des garçons comme toi !

Les travailleurs de la ferme se réunirent dans la cour pour admirer le kleinbaas dans son bel uniforme.

— Haou, plaisanta Timothy, vous êtes devenu tellement grand qu'il va falloir vous appeler le *groot-baas,* le grand maître, maintenant.

Sélina l'observait de la cuisine.

— Mon Dieu ! Le kleinbaas Frikkie est devenu un vrai soldat !

— Comment va Tengo ?

Depuis le départ de son ami, Frikkie n'était plus jamais descendu au kraal.

— Oh, il réussit tellement bien à l'école ! Il passera son examen de fin d'études cette année. Et ses professeurs pensent qu'il obtiendra une bourse pour entrer au collège. Il nous a écrit que ce qu'il voudrait c'est aller étudier aux États-Unis d'Amérique ! Vous vous rendez compte, Kleinbaas ?

— Aux États-Unis ?

La nouvelle mit Frikkie mal à l'aise, sans qu'il sache pourquoi ; mais, depuis les jours malheureux de l'école, il avait pris l'habitude de ne pas s'attarder sur les choses qui lui déplaisaient, et il se contenta de demander :

— Il y a un gâteau pour moi, Sélina ?

— Bien sûr, Kleinbaas. Dès que Madame m'a dit que vous veniez, je me suis mise à préparer votre gâteau préféré.

Il alla dans sa chambre enlever son uniforme, et ses lourdes bottes résonnèrent sur le linoléum du couloir. Le petit taureau d'argile rouge était à sa place sur la commode, et son ballon de football en bas de la penderie. Par-dessus la figurine, il jeta un coup d'œil par la fenêtre : la longue sécheresse continuait et la terre grillée cuisait toujours, jaune et desséchée, sous le soleil brûlant. « Tout était si vert quand nous étions enfants », se dit-il.

Il regarda, sans le toucher, le petit taureau, qui avait l'air de faire une petite pause avant de reprendre sa course. « Aux États-Unis... », se répéta-t-il, incrédule.

A table, à l'heure du thé, devant sa troisième tasse de thé et sa troisième tranche de gâteau, il commenta :

— Sélina dit que Tengo veut aller finir ses études aux États-Unis.

Tant Sannie fit claquer sa langue.

— Je te le dis, Frikkie, dit Oom Koos dont la

bouche se marqua d'un pli amer, décidément ces Noirs deviennent incontrôlables. Avec tous ces libéraux — ces imbéciles de kaffirs-boetie de l'étranger qui n'ont pas la moindre idée de ce que les agitateurs font pour soulever les Noirs dans ce pays — qui leur bourrent le crâne, les cafres finissent par croire qu'ils peuvent devenir nos égaux. Ça devient de plus en plus difficile de les faire rester à leur place. Et voilà qu'un Nègre de ferme veut aller faire des études aux États-Unis ! Qu'est-ce qui nous attend, après ça ? !

— Ce qui nous attend, c'est qu'*ils* vont prétendre un jour ou l'autre nous donner des ordres à *nous !* explosa Tant Sannie.

— Ça, jamais ! Oom Koos posa sa tasse de thé d'un geste brusque. Je combattrai cela jusqu'à la dernière goutte de mon sang s'il le faut !

Tant Sannie tapota gentiment le bras de son mari.

— Ne t'inquiète pas, Koos. Avec de beaux jeunes gens comme Frikkie pour nous défendre, il faudra bien que les cafres restent à leur place. Et elle jeta sur son neveu un regard heureux.

— En attendant, ils nous causent bien des ennuis, intervint Frikkie. Une des unités de notre base a été appelée pour aider la police à disperser une manifestation dans un faubourg des environs de Pretoria. Une émeute sérieuse. La police était vraiment débordée et nos gars sont arrivés juste à temps pour en tirer quelques-uns et faire fuir les autres. Ils jetaient des bombes d'essence, des pierres...

— Le seul langage qu'ils comprennent, c'est la matraque, souligna Oom Koos en tendant sa tasse pour qu'on lui resserve du thé. Et c'est tous ces gamins des faubourgs qui créent ce désordre. A quoi leur a servi d'aller à l'école ! Ça ne sert qu'à les rendre aigris et envieux, ils ne pensent plus qu'à prendre ce qui nous appartient. Si on leur cède un tant soit peu, ils prennent ça pour une preuve de faiblesse. Avec les Noirs, on ne peut pas discuter. La force, c'est le seul moyen de les maintenir à leur place.

— C'est ce que dit notre officier, à l'entraînement.

— Ça va déjà assez mal dans ce pays, sans toutes ces histoires avec les Noirs, continua Oom Koos. C'est la quatrième année de sécheresse. Si nous n'avons pas bientôt de la pluie, Frikkie, je me demande... je me demande ce qui va rester de la ferme pour quand tu reviendras du service.

Tant Sannie jeta sur son mari un regard inquiet.

— La pluie va venir, Koos, la pluie va venir. Patience. Le Seigneur écoutera nos prières.

Elle caressa sa grosse main rugueuse et prit un ton apaisant, comme si elle berçait un bébé, pour répéter :

— La pluie va venir.

Elle sucra, remua son thé, et reposa sa tasse devant lui.

— Allons, bois ton thé, Koos, et cesse de te tracasser. Tu sais bien que le docteur t'a dit que c'était mauvais pour ta tension.

Ils finirent leur thé en silence. Quand Sélina vint débarrasser la table, Tant Sannie lui dit d'envelopper le reste du gâteau.

— Le kleinbaas va l'emporter au camp, Sélina.

— J'aimerais bien que tu viennes nous faire la cuisine au régiment, Sélina, la nourriture est vraiment infecte, au camp.

— Haou, pauvre Kleinbaas, dit Sélina avec une sympathie sincère. Au moins, mangez tout ce que vous pourrez tant que vous êtes avec nous.

De retour à la base, Frikkie se remit à compter les jours. Il marchait, faisait l'exercice sous le soleil implacable, courait pendant des kilomètres, portait son sac pesant pendant des raids interminables, s'entraînait au tir, apprenait à se servir des gaz lacrymogènes, des balles de caoutchouc, des grenades à main et des fusils automatiques ; il assistait à des conférences sur le terrorisme, sur les techniques de la guérilla, sur les mouvements de libération noirs, astiquait ses boutons, ses boucles et ses bottes, et faisait son lit au carré tous les matins pour l'inspection du sergent, à côté duquel Steenamp le Serpent paraissait un homme doux et inoffensif. Mais, quoi qu'il fasse, il attendait. Il attendait de pouvoir remplacer son uniforme trop raide par de bons vêtements de travail usés ; il attendait de pouvoir enfin sentir tous les jours la douce tiédeur d'un flanc de vache contre sa paume, de pouvoir regarder, du haut du siège de son tracteur, la terre rouge s'envoler en vagues derrière lui et retomber en crêtes et en sillons réguliers sous les pales de la charrue, de sentir le parfum de poussière ensoleillée dans l'aire de battage, et l'odeur sucrée de l'été emmagasinée dans les balles de foin empilées sous le toit de la grange. Chaque nuit, en s'endormant sur le lit de camp trop étroit, il rêvait au moment où il se réveillerait chaque matin au premier cri du coq et verrait le ciel pâlir, dans la lumière naissante d'un nouveau jour, par la fenêtre de sa chambre de la ferme.

Chapitre trois

Tengo ne reconnaissait pas les fleurs de la plate-bande qu'il était en train de sarcler ; dans le jardin de la ferme, jamais il n'en avait vu. Quand il était petit, il arrachait les mauvaises herbes du jardin de la femme du vieux maître, mais elle n'avait jamais semé que deux ou trois variétés de fleurs, toujours les mêmes. Le jardin des Miller, lui, avait l'air sorti tout droit d'un livre. Mme Miller savait tout ce qu'on peut savoir sur le jardinage : elle lui avait expliqué quelles fleurs il faut planter à l'ombre, et lesquelles avaient besoin de recevoir directement les rayons du soleil, comment il fallait éclaircir et diviser les plantations des années passées, et comment élaguer les plantes grimpantes et les buissons. Tous les matins, coiffée d'un grand chapeau de paille, elle venait au jardin dire à Tengo ce qu'il aurait à faire dans la journée.

Il venait de tondre les pelouses, et on aurait dit de moelleuses moquettes vertes tendues entre la piscine et le court de tennis.

Après toutes ces années courbé sur ses livres, à la mauvaise lumière de sa petite lampe, c'était bon de sentir ses doigts plonger de nouveau dans la terre humide, le soleil qui lui chauffait le dos et les oiseaux qui gazouillaient en haut des arbres.

Ç'avait été une chance, pensait Tengo, que le congé du jardinier des Miller, appelé chez lui auprès de sa femme malade, ait coïncidé avec les vacances scolaires. Après être resté si longtemps loin de la ferme, il était heureux de pouvoir s'occuper du jardin pour un mois entier, et gagner un peu d'argent.

Le révérend Gilbert l'avait encouragé à accepter le travail quand Matilda lui avait dit que les Miller cherchaient un jardinier temporaire.

— Tu as travaillé dur toutes ces dernières années, Tengo. Je crois que tu en as trop fait, tu n'as pas pris un jour de repos depuis que tu as commencé à aller à l'école. Prends des vacances. Le travail manuel te fera du bien après l'effort intellectuel que tu as dû fournir. Après les vacances, il ne te restera plus qu'un an de classe, et je suis sûr que tu auras ton examen final avec diplôme de première classe, mon garçon. Alors, oublie tes livres pour un mois, profite du beau temps, et ne t'en fais pas.

Les enfants des Miller étaient en vacances aussi. Il n'en restait plus que trois à la maison. Les deux aînés des garçons avaient quitté le pays pour ne pas faire leur service militaire. Ils finissaient leurs études outre-mer, et ne pourraient jamais rentrer en Afrique du Sud, lui avait dit sa tante ; s'ils revenaient, ils auraient le choix entre l'armée et la prison. Le docteur et Mme Miller allaient maintenant chaque année leur rendre visite, d'abord en Angleterre où était installé l'aîné, puis aux États-Unis où vivait le deuxième.

La vie était paisible et calme ici, dans la banlieue résidentielle du nord. On avait peine à croire que le vacarme et la crasse du faubourg n'étaient qu'à quelques kilomètres de distance : cela semblait une autre planète. Tengo avait la chambre du jardinier pour lui tout seul, ce qui était une expérience toute nouvelle, et il y avait à manger tant qu'il voulait. Dans la chaude torpeur de l'après-midi, les colombes roucoulaient sur le toit du garage, les insectes vrombissaient dans l'herbe, et Tengo retrouvait le calme et la paix des jours d'été à la ferme. Il avait reçu, juste avant la fin du trimestre, une lettre de sa mère :

> Tandi est rentrée de l'hôpital. Le traitement qu'ils lui ont donné a l'air de lui faire du bien. Elle ne tousse presque plus, mais elle est toujours maigrichonne. Elle doit retourner voir le docteur assez souvent pour qu'il lui fasse ses piqûres. Il dit qu'elle a la tuberculose. Ta grand-mère et ton père sont en bonne santé. Le kleinbaas

Frikkie est venu passer quelques jours ici. Il avait l'allure d'un vrai soldat, dans son uniforme. Nous sommes allés voir ton cousin Benjamin à la ferme de Meneer Van Renstadt dimanche dernier. Il est venu pour les vacances. Il nous a raconté qu'il y a beaucoup de problèmes et d'agitation dans les écoles du faubourg. Ton père et moi, nous nous faisons du souci pour toi. Sois très prudent, mon fils, je t'en prie. Tiens-toi à l'écart, ne te laisse pas entraîner. Le plus important, c'est que tu passes ton examen final pour pouvoir aller au collége. C'est la seule chose qui compte. Ne te laisse pas distraire par ce qui peut se passer, et ne fais pas attention à ce que te disent les autres. Si tu veux vivre une vie meilleure, ce qui compte, c'est l'éducation et un bon travail...

Tengo tira sur une racine profondément enfoncée, et elle s'arracha avec un petit bruit agréable de terre mouillée. Il secoua la boue collée aux racines et s'assit sur les talons pour réfléchir. « Ne te laisse pas distraire par ce qui peut se passer, ne fais pas attention à ce que te disent les autres... » Si elle savait, si elle savait tout ce qui se passait dans le faubourg, tout ce qui s'opposait à ce qu'il se consacre à ses études... C'était presque un miracle qu'il ait pu seulement passer ses examens. Le cri de ralliement des brigades d'étudiants militants résonnait dans ses oreilles, le cri qu'ils scandaient en chœur inlassablement :

Libération d'abord. L'éducation après !
Libération d'abord. L'éducation après !

Il essayait de ne pas les écouter quand ils le pressaient de boycotter l'école. Il refusait de les entendre, de penser à ce qu'ils lui disaient. Il ne pouvait permettre que rien ni personne l'écarte du chemin sur lequel il s'était engagé. Il savait que ce qu'ils disaient était la vérité : l'enseignement qu'on leur donnait dans les écoles noires était un enseignement au rabais, le gouvernement avait décidé depuis longtemps que les Noirs n'avaient pas besoin d'en savoir plus que le strict nécessaire pour réaliser les travaux serviles qui leur étaient réservés, la plupart de leurs professeurs n'avaient même pas terminé le collège, et dans les classes des écoles blanches il n'y avait pas plus de vingt élèves alors que dans son école, ils étaient plus de quarante par classe.

Les étudiants militants voulaient boycotter l'école jusqu'à ce que la situation change pour les Noirs. Mais Tengo, même s'il était d'accord avec eux et savait à quel point tout cela était injuste, ne voulait pas abandonner ses livres avant d'avoir terminé ce qu'il s'était proposé, ce pourquoi il avait quitté la ferme.

— Je ne peux pas me permettre de penser à des choses comme la révolution, pas maintenant, répétait-il à son ami Elijah, qui était un des activistes. J'ai trop de travail, vieux. Quand j'aurai mon diplôme universitaire, je pourrai me mettre à réfléchir à tout ça.

— Mais c'est maintenant que ça se passe, Tengo, dit Elijah. Tout est en ébullition. Ça va bientôt devenir dangereux d'essayer d'aller aux cours. Les brigades de jeunes vont faire des piquets pour imposer le boycott. Il est même question d'empêcher nos parents d'aller à leur travail jusqu'à ce que le système commence à céder à nos demandes.

Tengo avait un nœud d'angoisse dans l'estomac.

— Je ne peux pas rester discuter avec toi, Elijah, je n'ai pas le temps, les examens approchent. Il faut que je rentre travailler.

Sur le chemin du retour, il se souvint d'un cousin d'Elijah qui avait obtenu une bourse pour aller poursuivre ses études dans un collège américain.

Ses réflexions furent interrompues par sa mère qui l'appelait, de la porte de la cuisine.

— Tengo, ton thé est servi sur la table de la cour.

Il alla s'asseoir sous le jacaranda et but à petites gorgées le thé brûlant bien sucré dans un grand gobelet émaillé ; et l'image d'un autre après-midi, sous un autre jacaranda, ressurgit devant ses yeux : Frikkie et lui, dans la cour de la ferme, au sol jonché du même tapis de fleurs mauves. Il pensait rarement à Frikkie. Et, quand cela lui arrivait, il sentait un petit pincement désagréable, qu'il ne comprenait pas et qu'il écartait bien vite, et il se hâtait de penser à autre chose. Il se rappelait un jour où il avait modelé un attelage de bœufs en argile qu'il avait disposés en deux rangs sous un petit joug de bois. Ils avaient l'air de bander toutes leurs forces pour tirer, patiemment, un chargement trop lourd. Et puis Tandi, sans le vouloir, avait cassé un des bœufs, le joug s'était renversé, les animaux s'étaient effondrés les uns sur les autres, tout était gâché. C'était ça, pensait-il en sirotant son thé, c'était exactement ce qu'il ressentait quand il pensait à Frikkie — quelque chose de gâché, par accident... mais quel accident ?

Claire sortit de la maison. Elle était maintenant étudiante à la grande université blanche de Johannesburg. Elle vint s'asseoir sur le banc à côté de Tengo et posa sur la table les livres qu'elle portait.

— Tengo, je suis en train de trier les livres dont je ne me sers plus. J'ai retrouvé ces livres d'art et d'histoire de l'art. Ils peuvent t'être utiles ?

— Je ne crois pas. Merci. Je n'ai pas de temps pour ce genre de choses, j'ai trop de travail pour préparer mon examen de fin d'études.

Son regard évitait les livres posés sur la table. Il ne voulait pas les voir, même pas les titres, pas maintenant.

— Tu fais toujours des sculptures d'argile ?

— Non.

— Quel dommage. Tu avais vraiment du talent, pourtant. Moi, je dessine. J'avais pensé devenir artiste, mais finalement, j'ai décidé de faire architecture. Je pourrai rendre plus de services à la société comme architecte.

— Tu veux dessiner des maisons ? Des immeubles d'habitation ?

— Oh non ! Pas du tout. Ce qui m'intéresse, c'est l'architecture communautaire, les projets de planification urbaine.

— Comment ça ?

— Eh bien... mon rêve, ce serait qu'un jour, quand cet ignoble gouvernement sera enfin renversé, et que ce pays sera administré d'une façon décente — une personne, une voix, et un logement décent, l'éducation et la santé pour tout le monde — mon rêve serait de dessiner un projet de communauté modèle : des faubourgs avec de bonnes maisons et des jardins pour tout le monde, des cliniques, des écoles, des garderies, des centres de loisirs pour les personnes âgées, des parcs, des piscines, des stades...

En l'écoutant, Tengo voyait ce qu'elle décrivait, comme si l'image apparaissait sur un écran de télévision à l'intérieur de sa tête, et le faubourg semblait se transformer sous ses yeux à mesure qu'elle parlait.

— Et tu pourrais dessiner tout ça ?

— Pourquoi pas ? Ce sera le sujet de mon projet de dernière année : une communauté urbaine modèle pour remplacer les faubourgs actuels. Et toi, Tengo ? Quels sont tes projets ?

— Il me reste encore une année à faire avant de présenter l'examen de fin d'études. Après, j'aimerais aller au collège au Cap. Je ne suis jamais sorti du Transvaal. J'aimerais bien voir la mer.

— Qu'est-ce que tu veux faire comme études ?

— Je ne sais pas encore. Il me reste tellement de choses à apprendre, tellement de choses que je veux savoir, c'est trop tôt pour décider ce que je veux faire.

Elle se leva.

— Tiens, garde ce livre. C'est une histoire de l'art. Un très bon livre. Tu le liras après tes examens.

A la fin des vacances, quand vint le moment de rentrer au faubourg pour reprendre l'école, le docteur Miller paya Tengo généreusement. Tengo le remercia, mais il ne joignait plus les mains, à présent, avant de recevoir ce qu'on lui donnait comme il le faisait naguère. Son cousin Joseph lui avait dit que c'était une marque de servitude de se comporter de cette façon avec les Blancs.

— Ça nous a fait plaisir de t'avoir à la maison, Tengo, dit le docteur Miller, en lui serrant la main. On dirait que ça a été un bon investissement de t'aider à payer tes études. Matilda m'a dit que tes professeurs pensent que tu auras un diplôme de première classe.

— J'espère que oui.

— Je serai heureux de continuer à t'aider quand tu seras au collège, Tengo.

— Merci.

Quand Tengo rentra au faubourg, Joseph était à la maison.

— Ta mère ne m'avait pas dit que je te trouverais ici, dit Tengo, heureux de le voir.

— Elle ne le sait pas, je viens seulement pour la nuit. Je repars demain matin à l'aube.

Tengo avait appris à ne pas demander à Joseph d'où il venait, où il allait ni pourquoi il était là. Il savait que si vraiment il voulait le savoir, Joseph le lui dirait. Et quand il l'aurait dit, ce serait comme avoir un fardeau de plus à porter ; il faudrait prendre des décisions, faire des choix, assumer le poids de ce que signifiaient les activités, les responsabilités de Joseph. Et, pour le moment, Tengo se sentait incapable de faire face à ce qui pouvait le détourner du chemin qu'il s'était tracé. Alors, il ne posait pas de questions. Et Joseph ne lui disait rien.

Après le dîner, ils s'assirent tous les deux sur les chaises de plastique, dans la petite cour de ciment devant la maison. Le coucher de soleil allumait de rouges splendides l'étendue désolée du faubourg. Joseph alluma une cigarette.

— Qui est cette Emma dont on m'a parlé ? demanda-t-il d'un air de taquinerie.

— Oh, c'est une fille de ma classe, dit Tengo vaguement. On se dispute toujours les premières places, elle et moi.

— Et qui gagne ?

— Parfois elle. Parfois moi. Elle aussi veut aller au collège. Elle est allée passer les vacances au kraal de sa grand-mère. Le bout de la cigarette de Joseph brillait dans l'obscurité. Tengo se mit à lui décrire le tableau que Claire lui avait dressé de la communauté modèle qu'elle voulait dessiner pour remplacer les taudis lugubres qui les entouraient. Joseph, en l'écoutant, laissa fumer sa cigarette jusqu'à ce qu'elle lui brûle les doigts. Il grogna et l'écrasa par terre puis sortit son paquet de sa poche et en alluma une autre.

— Et tu trouves que c'est un projet merveilleux, Tengo, tu en es sûr ?

— Mais oui ! Regarde-moi tout ça.

Il désignait de la main le paysage de toits de zinc empilés les uns sur les autres au-dessus des petites maisons de briques en désordre, la médiocrité sinistre du faubourg, l'écran de smog qui rougeoyait aux derniers rayons du soleil couchant.

— Ce n'est pas une vie pour des êtres humains.

— C'est une manière efficace de parquer la main-d'œuvre noire assez loin pour ne pas avoir à respirer la puanteur de leur misère, et assez près de la ville pour qu'ils puissent arriver à l'heure aux usines et aux bureaux, juste la bonne distance pour que l'économie fonctionne et que rien ne menace le luxe de leur vie.

— Mais, Joseph, c'est justement contre ça qu'elle est !

— Oh, Tengo, Tengo, tu ne comprends donc pas ? Ces Blancs libéraux, ils ont bon cœur, ce n'est pas la question, mais ils n'arrivent pas à comprendre ce qui est réellement en train de se passer. C'est trop tard, Tengo, trop tard, tu comprends ? Trop tard pour leurs bonnes intentions, pour leur égoïsme éclairé. Ils ont tellement à perdre. Et nous, nous avons tout à gagner.

— Mais, Joseph, elle parlait de réaliser tous ces projets après, une fois qu'on serait débarrassés de ce gouvernement. Elle parlait d'un système de « une personne, une voix ».

— Évidemment. Écoute-moi, cousin. Les Blancs libéraux, je ne dis pas que ce ne sont pas de bonnes gens. Sans eux, cet endroit serait purement et simplement l'enfer. Mais ils ne font que soulager un peu notre misère au lieu de faire changer les choses. Ils ont une conscience ; ça les gêne de voir la laideur, la pauvreté, la souffrance. Ils n'aiment pas voir jeter les gens en prison simplement parce qu'ils protestent, ça ne leur plaît pas de savoir que des enfants noirs souffrent de malnutrition. Ça les dérange. Ils ne peuvent pas jouir tranquillement de leur luxe quand ils savent que tout ça existe juste à deux pas d'eux.

— Mais c'est quand même mieux que les gens que ça ne dérange pas, non ? Les gens qui trouvent ça normal, qui pensent que les Noirs sont faits pour vivre comme ça ?

— Évidemment.

Joseph tira une grande bouffée de sa cigarette et rejeta la fumée avec un profond soupir.

— Et il y a même des Blancs qui travaillent avec nous pour que les choses changent vraiment, des gens qui sont prêts à faire des sacrifices, qui prennent des risques, qui vont en prison, qui comprennent que les Noirs doivent être libres. Libres, tu comprends ! Pas seulement qu'on leur permette de mener une vie un peu plus décente. Mais les gens comme Claire, ce qu'ils imaginent, c'est un avenir où, nous, on serait heureux et tranquilles dans nos faubourgs modèles pendant qu'eux, ils continueraient à vivre dans leurs superbes maisons de la banlieue, avec leurs piscines pleines d'eau purifiée et leurs courts de tennis bien balayés et bien proprement marqués de lignes blanches impeccables.

Il jeta d'un geste rageur sa cigarette à moitié fumée.

— Eh bien, j'ai du nouveau pour tous ces braves gens. C'est trop tard. Trop tard. Ils ont eu leur chance, et ils l'ont laissé échapper ! Quand notre tour viendra de prendre en charge ce pays, s'ils ont de la chance, s'ils sont encore en vie, c'est eux qui pourront aller vivre dans leurs merveilleux faubourgs modèles. Parce que les nôtres vivront dans leurs belles maisons, et c'est nos enfants qui nageront dans les piscines au lieu de traîner leur faim et leur ignorance dans des trous comme celui-là !

Et Joseph, penché en avant, les narines palpitantes, serrait les poings sur ses genoux.

Tengo avait le souffle coupé par la colère de son cousin, la véhémence qui venait d'engloutir les rêves d'avenir de Claire sous un flot d'indignation.

— Nous prendrons leurs maisons, continua Joseph, et nous en ferons des résidences officielles, des clubs de loisirs, des écoles, des cliniques. Pour le bien de tous ! Nous les donnerons aux familles nombreuses. Regarde seulement combien nous sommes, entassés les uns sur les autres dans ce... dans ce bouge ! Il désignait, d'un regard amer, la maison à laquelle ils tournaient le dos. Et pendant ce temps-là, les Miller, cinq personnes plus trois domestiques, ont leur énorme résidence pour eux tout seuls !

— Mais, Joseph, insista Tengo, je comprends ce que tu veux dire, mais ça n'empêche pas que les Miller sont des gens bien. Il n'y en a pas tellement des Blancs comme eux.

— Je sais, Tengo, je sais. Mais ils voudraient nous aider sans rien abandonner de ce qu'ils ont. Et s'il s'agit de partager équitablement, il n'y en a pas assez pour tout le monde. Nous sommes vingt-deux millions, et eux seulement quatre millions et demi. Et de toute manière, c'est trop tard. Écoute, vieux, tu ne vois pas ? Notre peuple a trop souffert. Il y a trop de malheur. Trop d'amertume. Et maintenant, tout ça est en train de se transformer en une terrible colère. Bien plus terrible que tout ce qu'ils peuvent imaginer. Et de cette colère, le changement va naître. Plus personne ne peut l'arrêter. Ce gouvernement Boer, il commence à sentir notre force. Et il commence à avoir peur. Les gouvernants s'imaginent qu'ils peuvent arrêter le flot avec deux ou trois concessions — comme l'abolition des Pass Laws qui nous obligent à présenter un laissez-passer à chaque coin de rue. On est toujours obligés d'avoir des papiers d'identité sur nous ; et même s'il n'y a plus de Pass Law pour nous empêcher d'aller en ville, ça ne change rien du tout. De toute façon, il n'y a pas de travail pour nous, et nulle part où habiter à part les faubourgs. Ils nous jettent des miettes. Mais c'est trop peu, cousin, et trop tard. On ne peut plus rien arrêter. Plus maintenant. Et la bonne volonté des Blancs libéraux sera balayée avec tous les maux que nous allons devoir faire disparaître. Je doute fort qu'elle puisse survivre à ce qui se prépare.

Ils se turent tous les deux. Le soleil s'était couché, il ne restait qu'une pâle lueur jaune dans le ciel qui noircissait comme le reflet d'un feu de joie dans le lointain. Tengo, qui comprenait que son cousin avait raison, sentait, effrayé, qu'il n'avait personne vers qui se tourner, que personne ne lui rendrait la sécurité. Les adultes n'y peuvent plus rien, pensait-il ; Blancs et Noirs, ils se sont montrés incapables de nous protéger ; et maintenant, quelque chose se prépare, quelque chose qui est déjà en train de naître. Et c'était effrayant de penser que, désormais, tout dépendait des jeunes, que c'était eux qui avaient le pouvoir de provoquer le changement.

— Mais, quel gâchis !... dit-il enfin.

— Oui. Ça et beaucoup d'autres choses... un fameux gâchis.

Ainsi, il avait fini par en venir au point qu'il avait tant voulu éviter. C'était comme si, en parlant à Joseph des projets de Claire, il avait mis le pied sans le savoir sur une bombe cachée sous la terre.

Cette nuit-là, il eut du mal à trouver le sommeil. Allongé dans le noir, dans la petite maison, il écoutait les bruits de tous ses occupants profondément endormis : respirations tranquilles, soupirs soudains, murmures, ronflements, un bébé qui pleurait et que sa mère berçait sur la couchette du salon qui leur servait de lit. Depuis qu'il avait quitté la ferme, il avait fait tout ce qu'il avait pu pour ne pas voir, pour ne penser qu'à ses études, qu'à son besoin de trouver les réponses à l'infinité de questions que le monde lui proposait. Plus il apprenait, avait-il découvert, plus il y avait de choses à apprendre ; et les réponses ouvraient toujours de nouvelles vagues de questions. Rien d'autre ne lui donnait la profonde satisfaction qu'il tirait de ses études : chercher des faits et des données dans les livres, les combiner avec ce qu'il savait déjà, les élaborer dans les devoirs qu'il rédigeait, résoudre des équations... donner forme, mettre de l'ordre dans le chaos de l'existence qu'il avait senti peser sur lui depuis qu'il était un tout petit garçon qui regardait les jours et les saisons passer et se déployer sur l'immensité inconnue du veld. Rien, sauf le modelage de l'argile, reconnut-il malgré lui dans l'obscurité profonde qui vibrait des rêves de tant de dormeurs — la sculpture, comme disait Claire. Mais ce n'était pas le moment de penser à ça, il y penserait plus tard, quand... Et comme toujours, son imagination refusa d'aller plus loin et l'idée resta en suspens, inachevée.

Il se rendait compte que chaque jour, sous ses pieds, resurgissaient de plus en plus souvent les mines cachées partout sous la terre, invisibles et prêtes à exploser ; il ne savait jamais quand et où une nouvelle bombe serait lancée et, malgré tous ses efforts pour ne pas y penser, il ne pouvait ignorer que l'histoire, au fil des années, en avait semé partout, et qu'elles pouvaient exploser n'importe où, n'importe quand. L'amertume poussait Joseph à lutter pour que les choses changent ; et bien qu'il ne lui en ait jamais parlé, Tengo savait que si la violence était la seule voie possible, alors Joseph était pour la violence. Il savait que Joseph avait raison de ne pas se résigner à la situation imposée aux Noirs.

Il avait appris dans ses livres que nulle part ailleurs, dans le monde entier, on ne privait les gens de leurs droits d'êtres humains à cause de la couleur de leur peau. Au fond, il l'avait toujours su, depuis qu'enfant il voyait l'oubaas et sa femme, la façon dont ils traitaient son père et sa mère, et Frikkie qui trouvait tout naturel que la terre et tous les privilèges lui appartiennent de plein droit, parce qu'il était blanc tandis que quelqu'un comme lui, Tengo, devait se contenter de ce qu'on voulait bien lui jeter, parce qu'il était noir. Jamais il n'avait pu admettre, comme semblaient l'admettre ses parents, sa grand-mère, ses oncles et tantes que c'était simplement l'ordre naturel des choses.

Mais maintenant, il avait peur... En écoutant Joseph, ce soir-là, il avait vu et senti déborder une rage incontrôlable, et il avait compris que pour que les choses changent cette force devait se libérer, et qu'elle pouvait détruire tout ce qu'elle rencontrerait sur son passage. A côté de lui, allongé sur le petit lit de fer, Joseph s'agitait, marmonnait, un cri rauque lui échappa, puis il se retourna et retomba dans un profond sommeil. Tengo, les yeux grands ouverts, sentit une tristesse immense l'envahir — pour lui-même, pour Joseph, pour tous ceux qui, dans la petite maison surpeuplée, cherchaient refuge dans le sommeil, pour eux tous qui étaient nés dans un pays, à une époque où il leur serait impossible de vivre une vie paisible par des moyens pacifiques.

Le lendemain matin, bien avant le lever du jour, il entendit Joseph se lever et s'habiller dans le noir. La porte d'entrée s'ouvrit et se referma doucement. L'oreille tendue, il devina le grincement de la grille, puis plus rien.

Chapitre quatre

Une nouvelle année scolaire commençait, et Tengo chassa de ses pensées l'agitation, la révolution et tout ce qui s'y rapportait. Le révérend Gilbert lui avait dit que si tout se passait bien à l'examen final, il était sûr de lui obtenir une bourse pour le collège, offerte par une synagogue de Johannesburg. Il se concentrait donc sur son travail et se tenait à l'écart des discussions politiques qui bouillonnaient comme une casserole posée sur un feu perpétuellement allumé ; toutes les conversations, entre ses camarades de classe comme dans le salon surpeuplé de la petite maison, ne parlaient que d'indicateurs dont les maisons avaient été incendiées et dont il ne restait pas une brique, et d'écoliers matraqués, fusillés ou arrêtés dans les manifestations de protestation qui éclataient dans tout le pays. La police et les soldats avec leurs blindés menaçants étaient devenus, dans le faubourg, une présence quotidienne, et, de temps en temps en allant à l'école ou en rentrant chez lui, Tengo passait à côté de voitures en flammes ou de tas de pneus incendiés par des foules en colère, ou installés comme barricades contre les fusils et les matraques de la police.

A certains moments, tel ou tel de ses camarades cessait de venir en classe, et bientôt le bruit courait qu'il avait été arrêté au cours d'un rassemblement ou simplement tiré de son lit en pleine nuit et emmené sans explications, parce qu'on le soupçonnait d'être un des dirigeants des écoliers. Parfois, quelqu'un disparaissait du jour au lendemain et on murmurait qu'il était passé « de l'autre côté de la frontière ». Au milieu de la colère qui montait et débordait, de la peur provoquée par la violence impitoyable des autorités, Tengo tenait bon et, fermé à tout ce qui n'était pas ses études, il travaillait avec un sentiment d'urgence désespérée. Il était comme un homme affamé, assis devant une table servie, et entièrement occupé à manger tout ce qu'il pouvait avaler le plus vite possible parce qu'il savait que quelqu'un allait venir et tirer sur la nappe, que tout : vaisselle et nourriture, allait s'écraser par terre, et que nul ne savait où, quand, comment, il y aurait un autre repas.

Pendant la journée, à la pause du déjeuner, et le soir, pendant le dîner, il avait toujours un livre à la main — un de ses livres d'anglais — et il se concentrait sur Dickens ou Shakespeare en essayant de ne pas entendre les discussions qui faisaient rage autour de lui à propos du désordre croissant et de l'agitation qui se répandait si vite que la répression ne pouvait rien pour l'arrêter. Le gouvernement avait interdit aux journalistes et aux reporters de la télévision de parler des violents affrontements qui opposaient les manifestants à la police et à l'armée, mais malgré tout, les nouvelles se répandaient comme une traînée de poudre.

L'agitation était dans l'air, dans les rues et dans toutes les conversations, tout comme l'odeur de caoutchouc brûlé qui flottait au-dessus de la ville et qu'alimentaient, jour après jour, les piles de pneus en train de flamber. Mais Tengo, imperturbable, gardait les yeux fixés sur l'examen final et sur sa scolarité, et restait à l'écart du tumulte qui croissait autour de lui.

— Tengo, l'avertit son ami Elijah, si tu ne nous rejoins pas bientôt, les camarades finiront par penser que tu es peut-être au service de nos ennemis.

— Voyons, Elijah, dit Tengo, avec un frisson de peur au creux de l'estomac, tu sais bien de quel côté je suis. Tout ce que je demande, c'est un peu de temps. J'ai commencé l'école tellement en retard, bien plus tard que vous tous. Je dois travailler de toutes mes forces pour rattraper le temps perdu. Après l'examen, vieux, après l'examen... Je n'ai pas le temps de penser à autre chose, en ce moment, je ne peux pas me le permettre. Dis-leur de me laisser tranquille jusqu'à ce que j'aie passé l'examen final.

Elijah rit et le rassura d'une bourrade amicale :

— Ne t'en fais pas, frère. On sait que tu es avec nous. Ton cousin Joseph répond de toi. Continue tes études, mon vieux. Quand le jour sera venu et que nous dirigerons ce pays, tu seras notre ministre de la Culture !

L'automne arrivait et il commençait à faire un peu plus frais. Un matin, en se réveillant, Tengo jeta un coup d'œil au réveil et vit qu'il était en retard. Il sauta du lit, s'habilla en toute hâte, courut se débarbouiller au robinet d'eau froide de la cour et avala en une bouchée son petit déjeuner, du thé et une tranche de pain. Il n'aimait pas être en retard pour partir à l'école, mais ce matin-là rien ne pouvait entamer sa bonne humeur. La veille, il avait travaillé une bonne partie de la nuit pour finir un devoir et il était content du résultat. Le sujet portait sur les causes et les effets de la Grande Traversée, et il avait choisi d'étudier et de critiquer le point de vue des Afrikaners qui se considéraient eux-mêmes comme les messagers de l'Alliance, comme si Dieu les avait chargés de défendre et de répandre la suprématie de l'homme blanc en Afrique du Sud, et qui cherchaient dans la Bible une justification du maintien des Noirs dans une servitude éternelle, puisqu'ils étaient les fils de Ham qui devaient rester pour toujours « bûcherons et porteurs d'eau ».

Il était sûr que son professeur d'histoire lui

donnerait une note excellente. En se hâtant vers l'école, il décida qu'il allait aussi montrer son devoir au révérend Gilbert. Il voulait parler avec le ministre de la façon dont les Boers utilisaient la Bible pour justifier leurs propres objectifs égoïstes et cruels. Il réfléchissait à la façon dont il présentait ses arguments, et à sa conclusion, où il affirmait que l'étroitesse de vue et le fanatisme des Afrikaners les mèneraient tôt ou tard à leur perte, et il arriva aux abords de l'école sans s'être aperçu qu'il se passait quelque chose d'anormal.

Il était tellement habitué maintenant, comme tout le monde dans le faubourg, à voir partout, chaque jour, les camions de police, « hippos » comme on les appelait maintenant, qu'il n'y prêtait plus attention. Mais cette fois, il y avait quelque chose de plus : le vrombissement assourdissant des hélicoptères qui tournaient au-dessus des toits, et une quantité de blindés de l'armée — des Casspirs, destinés spécialement à la guerre de brousse — qui se frayaient un chemin à travers les rues de terre défoncées. Et, tout autour de l'école, à cinq mètres l'un de l'autre, des soldats au fusil pointé.

Dans la cour, les élèves en ébullition criaient et gesticulaient, et beaucoup, collés aux grilles, lançaient des insultes aux soldats. De l'autre côté de la rue, un groupe des brigades juvéniles, en shorts kaki, chemises et bérets noirs, les poches pleines de pierres, essayaient d'empêcher les élèves d'entrer dans la cour de l'école. D'autres étudiants arpentaient la rue en brandissant des pancartes et en scandant : « Libération d'abord ! Éducation après ! »

Tengo prit conscience de la situation avec un coup au cœur. Parmi les étudiants qui marchaient dans la rue, il reconnut Alice, la sœur d'Elijah, qui tenait une pancarte où on lisait : « Arrêtez le massacre des écoliers ! » Il s'approcha d'elle.

— Alice, qu'est-ce qui se passe ?

— Aujourd'hui, on commémore l'anniversaire de l'assassinat de Betty Mikwena en boycottant l'école. Ça fait un an exactement qu'elle a été écrasée par un camion de la police en pleine manifestation pacifique. N'entre pas à l'école aujourd'hui, Tengo, ne va pas en classe. Sous aucun prétexte ! Sinon... C'est un avertissement, Tengo !

Et elle se pencha vers Tengo pour lui murmurer à l'oreille :

— Les camarades penseraient que tu es avec les flics, Tengo.

Puis, redressant sa pancarte, elle se dépêcha de rejoindre son groupe.

Soudain, Tengo se sentit encadré par deux uniformes bleus de la police anti-émeute.

— Tu allais à l'école, cafre ? demanda l'un des deux en afrikaner.

Et, sans lui laisser le temps de répondre, ils l'attrapèrent chacun par un bras et le traînèrent jusqu'à la grille ; là, ils le jetèrent brutalement dans la cour, d'une bourrade si violente qu'il se retrouva à genoux par terre, avec le contenu de son cartable répandu, livres et papiers, sur le sol autour de lui. Son devoir, qu'il avait recopié avec soin, avec sa marge bien nette et son titre souligné en rouge, traînait dans la poussière et les pages voletaient et s'envolaient dans la brise du matin. Une terrible bouffée de rage s'empara de Tengo. Il se releva, rassembla les feuilles avant que le vent les emporte, ramassa ses livres et refit son cartable. Puis il fit demi-tour et se dirigea vers la grille d'un pas décidé. Un soldat braqua son fusil sur lui.

— Tu restes dans la cour. C'est interdit de sortir.

Mais Tengo était tellement furieux qu'il aurait préféré se faire tuer par l'arme pointée sur lui plutôt que de devoir céder devant les hommes blancs en uniforme qui encerclaient l'école. Et, sans se laisser impressionner, il continua d'avancer.

— Reste où tu es ! cria le soldat.

A ce moment-là, de l'autre côté de la rue, les pierres commencèrent à voler, et en une seconde ce fut une véritable grêle qui obligea les soldats de la grille et les deux policiers à s'écarter. Tengo se glissa prestement par la porte et alla se fondre dans la foule qui s'était amassée sur la chaussée. Un groupe de policiers sauta d'un camion et se fraya un chemin à travers les groupes de jeunes à grands moulinets de leurs matraques. Tengo entendait le bruit des coups qui pleuvaient sur les crânes et les épaules. Des gens hurlèrent. Il passa à côté d'une fille qui perdait des flots de sang par une blessure au front, et continua d'avancer, traversant sans regarder la foule compacte jusqu'à l'autre côté de la rue.

Alice le rattrapa en courant.

— Bien joué, Tengo ! Quand on t'a vu en difficulté, on a commencé à jeter les pierres. Viens avec nous, camarade. Marcus a été blessé, tu n'as qu'à prendre sa pancarte.

Mais Tengo la dépassa sans s'arrêter, aveuglé par la colère et sourd à tout ce qui n'était pas le paroxysme de haine qui le submergeait. Il fonçait à travers le faubourg, poussé par la fureur qui avait éclaté en lui quand il s'était retrouvé par terre, à quatre pattes au milieu des feuilles répandues de son devoir qui flottaient au vent comme de vieux papiers sales arrachés d'un tas d'ordures. Il avait la bouche sèche, un mal de tête atroce et un rugissement dans les oreilles.

Il rentra tout droit à la maison. Il n'y avait personne. Ils étaient tous partis travailler. Même la vieille grand-mère, désormais, allait à la ville trois fois par semaine faire des lessives et du repassage. L'agitation continuelle qui secouait le pays avait un effet désastreux sur les affaires, il y avait de plus en plus de gens au chômage et le prix de la nourriture avait augmenté. Tengo savait que le peu d'argent que pouvait gagner la vieille dame représentait, pour eux tous, de quoi acheter un peu plus à manger. Il savait aussi que ses jeunes cousins, maintenant qu'il n'y avait plus d'adultes à la maison dans la journée, en profitaient pour traîner et prenaient excuse du désordre pour sécher l'école et ne pas faire leurs devoirs. Un jour en rentrant, il les avait croisés dans la rue, près de l'église, où ils étaient installés à fumer et à plaisanter avec un petit groupe d'enfants et d'adolescents.

Il entra dans la chambre et s'assit à la table branlante qui lui servait de bureau. Les coudes sur la table, il se couvrit les yeux de ses deux mains. Devant ses yeux fermés, sur l'écran des paupières, repassait interminablement la même image : cent fois, il se voyait, poussé, jeté par terre, le contenu de son cartable répandu autour de lui, dispersé, maculé. Dans ses oreilles les voix des policiers, l'ordre aboyé par le soldat, résonnaient, interminablement. Quelque chose qu'il avait éperdument désiré lui glissait des mains et s'échappait, et il était impuissant à le retenir. Sa colère se changeait en désespoir, en désarroi, et de gros sanglots sans larmes secouaient ses épaules. Leur bruit assourdi remplissait le silence de la petite maison. Au-dessus de sa tête, un hélicoptère passa, survolant les toits avec un rugissement qui fit tressauter la vaisselle et les cadres accrochés au mur.

Autrefois, un autre incident — mais pas si différent, il s'en souvenait — l'avait secoué ainsi. Il y avait bien des années, à la ferme, quand une petite fille blanche avait jeté au vieil Ezéquiel un ordre sans répliques, du même ton qu'elle aurait pris pour parler à un des chiens bâtards de la ferme ; oui, c'était alors la première fois qu'il avait éprouvé cette amertume, cette rage aveugle. Non. Non, il y avait eu une autre fois, avant, quand la maîtresse lui avait ordonné de sortir de la chambre de cette petite Sissie au visage décoloré. A l'époque, ça l'avait stupéfié, et déconcerté. Mais aujourd'hui, sous le coup de la brutalité de la police et des soldats, la même réaction prenait une violence, une rage qui l'effrayaient. Tenaillé par la fureur, il ne savait pas ce dont il serait capable devant une nouvelle provocation. Mais il savait que même si la pluie de pierres n'avait pas détourné l'attention des soldats, il aurait continué à avancer et franchi la grille de l'école, et que rien ne l'aurait arrêté.

Sa main gauche contre sa joue était tiède et gluante. Il l'examina et découvrit qu'il avait, en bas de la paume qui avait amorti sa chute, une éraflure qui saignait. Il avait mal à la hanche gauche, là où elle avait heurté le sol. Le genou gauche de son blue-jean neuf était déchiré. Il venait de l'acheter, avec une partie de l'argent qu'il avait gagné pendant l'été comme jardinier des Miller. Le reste, il l'avait envoyé à ses parents, au kraal. Un grondement lui échappa : *Et maintenant, comment vais-je faire pour continuer ? Ce qui vient de se passer est terrible...*

Comment allait-il faire, à présent, pour chasser tout cela de sa tête, pour continuer à ne penser qu'à ses études, à son diplôme de première classe ? Que se passerait-il si sa colère se rallumait chaque fois qu'il voyait un policier ou un soldat ? Ce qu'il s'était toujours refusé à regarder, à écouter, à admettre, ce qui l'effrayait en Joseph, il le portait en lui, à présent, comme une flamme qui lui brûlait la poitrine. Il laissa échapper un autre gémissement. Vers qui pouvait-il se tourner ? Ses parents vivaient dans un autre monde, ils ne pouvaient pas l'aider, ils ne le comprendraient même pas. Joseph ? Elijah ? Mais ils le pousseraient précisément au cœur de ce qu'il avait essayé d'éviter, de retarder... Le révérend Gilbert ? Il était bon, avisé, compatissant... mais il était blanc. Malgré sa profonde humanité, il ne pouvait pas comprendre véritablement ce que cela signifiait pour Tengo, ce qu'il venait de vivre, aujourd'hui, aux mains de ces hommes blancs en uniforme. Malgré tout son dévouement pour les Noirs et sa sympathie absolue pour leur souffrance, il regardait le monde de l'intérieur d'une peau blanche.

Tengo avait l'impression de chanceler au bord d'un précipice, de voir tout ce qui avait compté pour lui, tout ce pour quoi il avait tant lutté, tant travaillé, éparpillé, envolé derrière lui. Devant lui, il ne restait que l'obscurité et l'inconnu. Il laissa tomber sa tête entre ses bras repliés sur la table branlante. Il ne pleurait plus. Il était seul et désespéré.

Toute la semaine, l'école resta fermée. Les autorités firent placer des chaînes et des verrous sur les portes, et la police patrouillait devant la grille. L'école resterait fermée jusqu'à ce que « les éléments incontrôlés soient mis hors d'état de nuire de telle sorte que les étudiants décents et respectueux des lois puissent reprendre les classes en toute sécurité ».

La police faisait irruption à 3 heures du matin chez ceux qu'ils croyaient être des dirigeants des écoliers, et Elijah et sa sœur Alice furent arrêtés, de même que beaucoup d'autres jeunes du faubourg. Un comité de parents se forma pour exiger la libération de leurs enfants et pour dénoncer les coups et les mauvais traitements qu'ils subissaient dans leurs lieux de détention.

Pendant ce temps Tengo resta enfermé, seul. Il savait, par ses cousins et le reste des habitants de la maison, ce qui se passait, mais il restait isolé, plongé dans ses idées noires, incapable de retrouver même l'envie de travailler. Son devoir d'histoire, dont il était si fier, lui semblait dérisoire à présent ; traînaient sur le bureau ses feuilles soigneusement recopiées, chiffonnées, et tachées de terre. Il passait son temps allongé sur son lit, à lire des illustrés déchirés qu'il avait trouvés dans la maison, des histoires de cow-boys ou des aventures de gangsters de New York et de Chicago.

— Tu ne manges rien, Tengo, le grondait sa tante. Tu ne te sens pas bien ?

— Ça va très bien, je n'ai pas faim, c'est tout.

Elle le regarda avec inquiétude.

— En attendant qu'ils rouvrent l'école, pourquoi ne vas-tu pas voir le révérend Gilbert, Tengo, pour qu'il te fasse travailler ? Demande-lui de te donner des devoirs à faire. Tes cousins sont ravis de ne pas avoir de classes, malheureusement. Mais toi, ton examen approche, tu ne peux pas rester comme ça. Va voir le révérend, mon fils.

— Oui, tu as raison, peut-être.

Mais il n'avait envie de rien et ne fit aucun effort pour aller le voir.

Un après-midi, vers le milieu de la deuxième semaine de fermeture de l'école, Tengo était allongé sur le divan et regardait une émission de télévision pour enfants quand on frappa à la porte. Elle était ouverte, et le révérend Gilbert entra dans la pièce.

Gêné, Tengo bondit sur ses pieds et alla éteindre l'appareil.

— Bonjour, Révérend. Entrez. Asseyez-vous. Je peux vous apporter quelque chose à boire ? Un peu de thé ?

— Merci, Tengo, je boirais bien un verre d'eau. Il fait bien chaud, surtout habillé en serge noire... ajouta-t-il en passant un doigt sous le col dur qui lui servait d'uniforme.

Il s'assit sur l'un des fauteuils de cuir déchirés hérités du bureau du docteur Miller, but son verre d'eau, puis regarda Tengo, assis en face de lui sur le divan.

— L'école te manque, mon garçon ?

Tengo hocha la tête.

— Je me doutais bien que tu devais t'ennuyer. Je t'ai apporté des livres.

Il plongea une main dans la gibecière de grosse toile qu'il portait toujours, pendue à une épaule. Il en sortait, au hasard de ses visites dans le faubourg, des bonbons, des biscuits ou des joujoux pour les enfants, des formulaires officiels qu'il avait obtenus pour l'un ou l'autre de ses paroissiens, des tablettes de vitamine C qu'il faisait prendre à tous les enrhumés, des timbres, du Scotch... La gibecière militaire du révérend Gilbert était un sujet éternel de plaisanteries amicales dans le faubourg.

— Tiens. Ils ne sont pas inscrits au programme de l'examen, mais ça enrichira un peu tes journées d'oisiveté forcée. Voilà : ça, c'est trois nouvelles de Joseph Conrad. J'espère que *La Frontière fantôme* te plaira autant qu'à moi. Et essaie aussi celui-là, c'est de Camus, *L'Étranger*. C'est un livre puissant. Et voilà un recueil de contes de Tchekhov.

— Merci, Révérend.

Tengo prit les livres.

— D'après les rumeurs, l'école devrait rouvrir la semaine prochaine.

Tengo ne répondit pas.

— Tu dois avoir hâte de reprendre tes cours ?

— Je n'en peux plus, Révérend, explosa Tengo, je n'arrête pas d'y penser, je ne sais plus quoi faire. Même si l'école rouvre la semaine prochaine, ce n'est pas fini. Ça ne fait que commencer. Maintenant, il va arriver à chaque fois la même chose que la semaine dernière. Et j'ai peur qu'ils... J'ai peur que ça ne soit plus possible, que je ne puisse plus passer mon examen final.

— Ne dis pas une chose pareille, mon garçon ! N'y pense même pas ! Même si les événements se précipitent, même si le chaos s'installe, tu peux tenir bon. Tu connais le programme. Tes professeurs peuvent te donner du travail à faire à la maison. Et je peux t'aider. Viens me voir. Je t'aiderai, tu n'as qu'à me dire ce dont tu as besoin. D'accord, Tengo ?

Comme le garçon ne répondait pas il insista :

— C'est entendu, tu le feras ?

Mais Tengo gardait les yeux baissés, comme s'il examinait soigneusement le carré de tapis usé qui couvrait le sol de linoléum.

— Il y a aussi autre chose, Révérend... Vous comprenez... Ils vont commencer à faire pression, les camarades, je veux dire, pour que je boycotte les classes.

Il leva les yeux et regarda le ministre.

— C'est dur, Révérend. Vous comprenez, je suis d'accord avec eux. Ils ont raison de faire ce qu'ils font. Je sais bien que si nous voulons être libres, c'est à nous de gagner notre liberté. Ils ne nous la donnerons jamais si nous ne la prenons pas de force, ajouta Tengo avec amertume. Je n'aime pas la violence. Mais est-ce qu'il nous reste une autre manière de faire face à leur violence à eux ? Il ouvrit les mains, les paumes vers le ciel, en un geste d'impuissance désolée. Alors, je sais que je n'ai pas le choix, que ça me plaise ou non, je sais que je vais être obligé de les rejoindre, de prendre ma place dans la lutte. Mais ce que j'avais espéré... jusqu'à maintenant... J'aurais voulu... j'espérais seulement... que je pourrais d'abord passer mon examen final, vous comprenez...

Au fur et à mesure que Tengo vidait son cœur, une profonde tristesse envahissait le visage fatigué du révérend. Il alla s'asseoir sur le divan à côté de lui et lui passa un bras autour des épaules.

— Oh, Tengo, mon garçon, mon pauvre enfant...

Par la fenêtre, il voyait le ciel transparent qui accablait de lumière le paysage désolé du faubourg.

Dans le long silence qui suivit, Tengo pensait : il cherche les mots qui pourraient me consoler... mais il n'y en a pas...

— Oh, Tengo, je sais que c'est dur pour toi. Terriblement dur. C'est une injustice affreuse qu'un garçon comme toi se retrouve pris au piège de cette façon... une injustice affreuse. Je prie Dieu de me donner assez de force pour ne pas perdre l'espoir quand je vois ce que ce gouvernement est en train de faire aux Noirs... à des enfants ! Je n'aime pas la violence ni la tactique des camarades. Mais s'ils en sont là, c'est qu'on les y oblige à force de cruauté et d'injustice. Et il ne leur reste rien d'autre à faire que d'opposer la violence à la violence. C'est moi qui dis une chose pareille ! Et j'ai toujours cru être un homme de paix. Il y a déjà eu tant de souffrances... et il y en aura encore tellement, avant que les injustices soient redressées.

— Ceux qui sont vraiment dans la lutte, Elijah et Alice, par exemple, ils disent que c'est aussi la faute de nos parents, qu'ils n'auraient jamais dû se résigner à tout ça, à la façon dont le système traite les Noirs.

Le ministre secoua la tête avec tristesse.

— Ne faites pas de reproches à vos parents. Ils ont beaucoup souffert. Ils ont toujours voulu une vie meilleure pour leurs enfants. Ils ne comprennent pas bien la nature, l'intransigeance du pouvoir blanc. Mais ta génération a l'avantage de l'histoire, Tengo : la fin de l'époque coloniale, l'existence d'États indépendants en Afrique noire, le mouvement des droits civils aux États-Unis, la naissance d'une conscience noire... Ta génération est née à une époque différente, avec d'autres possibilités. Et maintenant le poids terrible du changement retombe entièrement sur vous.

— Je sais que je dois en prendre ma part, Révérend, que je dois me joindre à ce combat. Mais mes parents... ils ont fait tant de sacrifices pour que je puisse aller à l'école. Ça fait longtemps que je devrais travailler et gagner de l'argent au lieu de leur en coûter. Ils ont emprunté de l'argent à l'oubaas, à la ferme, pour pouvoir m'aider à continuer mes études, et il leur retient tous les mois une partie de leur salaire...

La main du révérend, sur son épaule, resserra son étreinte.

— Tengo. Écoute-moi. Tu es presque au bout. Ne laisse pas cet effort se perdre. Tiens bon. Si les classes sont suspendues, travaille chez toi. Viens me voir. Je t'aiderai autant que je pourrai. Passe ton examen. Des combattants de la liberté, mon garçon, il y en a des milliers. Et il n'y a pas tellement de Tengo. Un jour, quand l'Afrique du Sud sera libre, ils auront besoin de gens comme toi. Continue ce que tu as commencé, Tengo, et va jusqu'au bout.

Tengo se taisait et réfléchissait.

— Mais s'ils disent, s'ils viennent me dire : tu es resté assis devant tes livres au lieu de lutter à nos côtés, maintenant tu n'as aucun droit à faire partie de la société que nous allons construire, de la nouvelle Azania ?

— Dieu veuille qu'ils ne soient pas stupides et aveugles au point de ne pas comprendre que les gens instruits seront une des ressources les plus précieuses de leur nouvelle société, aussi précieuse que l'or et l'uranium.

— Et s'ils me traitent de traître ?

Le révérend soupira. Il se mit à fourrager

dans sa besace et en sortit une pipe et une blague à tabac.

— Ça ne te dérange pas ?

Tengo secoua la tête.

Le révérend Gilbert se mit à bourrer sa pipe lentement, puis l'alluma au bout de plusieurs allumettes, aspira profondément, et le parfum du tabac emplit la maison. Il fuma en silence un long moment avant de répondre :

— Ce sera dur, dans les deux cas — que tu te joignes à eux ou que tu décides de t'accrocher pour finir tes études. Il épousseta la cendre qui était tombée sur le genou de son pantalon. Quelle que soit ta décision, il va te falloir beaucoup de courage. Il n'y a pas de voie facile. J'aimerais que tu décides de continuer ton éducation.

— Ça va être difficile, Révérend.

— Je prierai pour toi, Tengo. J'ai la plus grande confiance en toi.

Ses bons yeux bruns étaient pleins de tristesse et son sourire faisait mal. Il regarda longuement Tengo, et le garçon pensa : c'est moi qui devrais le réconforter, le pauvre, il voudrait tellement nous aider, et il ne peut rien faire, ou si peu...

Le révérend tira sur les cordons qui fermaient sa besace, se la jeta sur l'épaule et prit congé. En arrivant à la barrière, il vida sa pipe en la cognant contre le pilier de ciment et la glissa dans sa poche.

— Merci pour les livres, Révérend, jeta Tengo, du seuil de la porte.

Le ministre se retourna.

— Lis-les, Tengo.

En s'éloignant, il caressa la tête de deux petits qui jouaient par terre, dans la poussière.

— Allez, dégage, criait le plus grand des deux, je suis en hippo, et je viens pour te tirer dessus !

L'autre, qui ne devait pas avoir plus de quatre ans, pointa un doigt comme une arme et visa son compagnon de jeu.

— Bang ! Bang ! Je te tue ! J'ai tué tous les Boers ! Tu es mort !

Le révérend Gilbert, les épaules voûtées, un pli profond au front, les joues creusées, poursuivit son chemin.

Chapitre cinq

Tengo essaya de lire les livres que le révérend lui avait prêtés. Mais lui qui avait toujours aimé lire, qui trouvait d'habitude grand plaisir à s'évader dans un roman, ne pouvait plus fixer son attention. Il se surprenait à regarder les mots comme s'ils refusaient de former une phrase, comme si chacun vivait d'une vie à part — comme des bœufs capricieux qui refusent de se laisser accoupler sous le joug. Il passait d'une nouvelle à l'autre avec l'espoir qu'un personnage ou une intrigue finirait par le retenir, mais le découragement l'emporta et il abandonna les livres pour regarder dans le vague par la fenêtre ouverte. Il avait l'impression qu'on venait de lui arracher tout ce qui lui avait donné, jusqu'à présent, la force de survivre et il flottait à la dérive, vide, perdu.

Au bout de trois semaines, l'école rouvrit ses portes. La reprise des cours, la routine des devoirs à faire et des leçons à apprendre lui rendit un peu de calme, il avait quelque chose à quoi s'accrocher, et il se remit au travail avec une ardeur renouvelée. L'examen final était maintenant la seule chose qui comptait pour lui ; s'il y arrivait, il était sauvé, il le sentait. Ses camarades d'école, impressionnés par la volonté, la concentration qu'ils percevaient en lui, le traitaient avec respect et les activistes le laissaient tranquille, à part quelques menaces isolées que l'un ou l'autre brandissait de temps en temps, plus par habitude que par conviction.

Mais cette paix précaire ne dura pas longtemps. Cela faisait deux mois que les cours avaient repris quand un nouveau boycott fut proclamé pour protester contre la présence des troupes dans le faubourg, où elles étaient maintenant installées en permanence, et pour exiger la libération des dirigeants écoliers qui étaient encore en prison.

— Faites sortir l'armée du faubourg, dit le porte-parole du Comité de crise des parents, et nous ferons rentrer nos enfants en classe.

— Faites d'abord rentrer les enfants en classe, rétablissez l'ordre et le respect des lois, et nous retirerons les troupes, répondaient les autorités.

Mais en réalité, c'étaient les écoliers qui posaient les conditions et les parents ne pouvaient rien négocier sans leur accord. Les portes des écoles restèrent closes.

Tengo ne pouvait pas aller voir ses professeurs pour qu'ils lui donnent du travail à faire chez lui : les militants auraient considéré cela comme une rupture du boycott. Les parents s'inquiétaient de voir leurs enfants manquer l'école, mais les menaces des camarades leur faisaient peur et ils étaient bien obligés de laisser leurs enfants suivre les consignes. L'hiver arriva, et chaque matin, dans le froid grisâtre de l'aurore, les travailleurs s'entassaient dans les bus et les trains qui les mèneraient à leur travail, le cœur serré de laisser leurs enfants traîner dans les rues du faubourg, abandonnés à eux-mêmes, sans école et sans surveillance.

Tengo, désespéré, alla demander de l'aide au révérend Gilbert. Il ne restait que quelques mois avant les examens. Le ministre l'aida à établir un plan de travail et lui proposa de venir le voir régulièrement pour corriger ses devoirs et suivre ses progrès. Mais Tengo n'y croyait plus ; il avait perdu sa confiance en lui.

Son oisiveté forcée lui rappelait la longue sécheresse, quand les travailleurs de la ferme au lieu de cultiver les champs étaient obligés de rester sans rien faire à regarder les récoltes se dessécher sur la terre calcinée. Il avait l'impression qu'il attendait la pluie.

Il passait de plus en plus de temps avec Emma Mbada, la fille de sa classe qui voulait comme lui continuer ses études au collège. Elle avait suggéré qu'ils pourraient, pendant le boycott, essayer de travailler ensemble. Elle était première de la classe en maths et en physique, et lui en histoire et en anglais ; ils s'aideraient l'un l'autre. Comme ils ne voulaient pas que les autres sachent qu'ils préparaient, malgré tout, les examens, Tengo faisait un grand détour pour aller chez elle. Elle était fille unique. Sa mère était infirmière dans une clinique du faubourg et son père travaillait comme clerc dans un cabinet d'avocats de Johannesburg. Ils étaient absents tous deux toute la journée, et les deux jeunes gens étaient tranquilles dans la petite maison accueillante et bien rangée. Il y avait même dans le bout de cour devant la maison un parterre de fleurs, et les chaudes couleurs des zinnias et des soucis resplendissaient au clair soleil de l'hiver.

Tengo et Emma, au début, travaillaient avec application, étudiaient leurs manuels, un chapitre après l'autre, faisaient des problèmes d'algèbre et de géométrie, en s'aidant d'un livre de solutions que leur avait trouvé le révérend Gilbert. Mais le boycott n'en finissait pas, et tout cela semblait avoir de moins en moins de rapport avec la réalité, avec ce qui se passait au-dehors, dans le faubourg ou dans le monde réel. Ils ne savaient même pas si les camarades leur permettraient d'assister à l'examen, à la fin de l'année. Et un jour vint où ils commencèrent à se parler, à se toucher, et les livres perdirent d'un coup leur importance — une seule chose comptait désormais : être ensemble.

Au bout de quelque temps, leurs séances de

travail n'étaient plus qu'une excuse pour se retrouver ; et, au fil des mois, ils finirent par ne plus même faire semblant d'ouvrir leurs livres. Dans leurs conversations, il n'était plus jamais question des examens ni de l'avenir. Ils vivaient dans le présent, sans espoir, privés de ce à quoi ils avaient, pendant des années, tout sacrifié, et ils ne pouvaient que se consoler, l'un avec l'autre, dans la petite maison silencieuse ; tandis que dehors, au-delà du parterre de fleurs flamboyantes, l'ordre qu'ils désiraient tant refluait loin de leurs vies et l'anarchie envahissait tout.

Des gangs de tsotsis, profitant du désordre, se déchaînaient, pillaient, détruisaient, jetaient des pierres aux Blancs qui passaient en voiture sur l'autoroute, volaient des autos qui les emmenaient dans des randonnées frénétiques et qui terminaient incendiées au beau milieu d'une des rues du faubourg.

Tengo s'enfonçait de plus en plus dans la dépression. Ce n'est que quand il était seul chez elle avec Emma qu'il arrivait à oublier, pour un moment, la tourmente qui s'était emparée du faubourg et emportait ses illusions d'avenir. Quand il n'était pas avec elle, il regardait passer le temps, perdu, en plein désarroi, comme si quelqu'un venait de mourir.

Il gardait dans sa poche une lettre de sa mère, à laquelle il n'avait pas trouvé le courage de répondre.

Puisque l'école est fermée et que tu ne peux pas passer ton examen pour l'instant, reviens à la maison, mon garçon. L'oubaas te donnera du travail à la ferme et tu pourras retourner au faubourg quand les troubles seront finis. Cela fait longtemps que tu n'as pas respiré le bon air frais de la campagne. Ta grand-mère se fait bien vieille et elle languit de toi. Et Tandi aussi. C'est une grande fille, maintenant. Elle est encore très mince mais, Dieu merci, elle est en bonne santé, et le docteur dit qu'il ne voit plus de signes de tuberculose. Elle doit quand même se faire examiner de temps en temps, au cas où ça reviendrait. La semaine dernière, nous avons enterré le vieil Ezéquiel. Le kraal ne sera plus le même maintenant qu'il n'est plus là. Il demandait toujours comment allaient tes progrès à l'école, et il disait que tu nous donnerais un jour beaucoup d'orgueil et de satisfaction. Quant à ton père et moi, nous pensons à toi du fond du cœur et avons tellement envie de te voir...

Quand il se rappelait le parfum de l'air du kraal, la splendeur du lever et du coucher du soleil sur les douces vagues du veld, la tiédeur du flanc des vaches contre sa joue pendant la traite, quand le lait retombait en écume dans le seau, Tengo avait une telle envie d'être à la ferme que tout son corps lui faisait mal. Mais il ne pouvait se décider à partir. Il attendait. Il ne pouvait qu'attendre. Il ne savait pas pourquoi, mais il savait qu'il devait attendre.

Il y eut une grande crise dans la maison de sa tante quand on découvrit que Miriam, sa cousine de quinze ans, était enceinte. Sa tante pleurait de désespoir.

— Ce n'est pas ce que nous voulions pour toi, gémissait-elle. S'ils n'avaient pas fermé les écoles, cela ne serait jamais arrivé.

Ce n'était pas la seule mère qui pleurait. Beaucoup de jeunes gens, empêchés d'aller à l'école, tournaient en rond sans rien faire et l'ennui les poussait à faire des bêtises. Chaque soir, les parents qui rentraient de leur travail tremblaient en se demandant quelles nouvelles les attendaient à la maison.

Quand Tengo sut ce qui était arrivé à Miriam, il cessa brusquement de voir Emma. Le printemps vint et fit bientôt place à la chaleur écrasante de l'été, et il passait son temps allongé sur son lit, ou allait traîner seul dans les rues du faubourg, et plus rien ne le distrayait de son désespoir. Quand Emma vint lui demander pourquoi il l'évitait, il se contenta de grommeler d'un air maussade sans lever les yeux :

— Ça ne sert à rien. Rien ne sert à rien, tout ce qu'on peut faire pour rendre nos vies un petit peu moins amères, on doit le payer d'un prix terrible.

— Toi et moi ? demanda Emma.

— Toi et moi. Et tous les Noirs. Tu sais que Miriam va avoir un bébé ?

Puis, sans rien ajouter, il se replongea dans la contemplation du plafond ; il comprit qu'elle était partie en entendant le bruit de la porte qui se refermait.

Il aurait dû aller chaque semaine voir le révérend Gilbert pour lui montrer son travail, mais il n'y allait plus depuis longtemps. Le dimanche, quand sa tante allait à l'église, elle en rapportait des messages du révérend. Mais pour Tengo, voir le ministre signifiait se confronter à son propre abandon, à la perte de tous ses espoirs, et il ne se sentait pas capable d'affronter la douleur que cela lui causerait. Alors il l'évitait, n'ouvrait pas la porte quand il voyait, de la fenêtre, que c'était le révérend qui frappait, et faisait un détour quand il l'apercevait dans la rue.

Décembre vint et s'acheva ; c'était le mois où, dans tout le pays, on passait l'examen de fin d'études. Dans certains des faubourgs noirs où la situation était moins agitée, quelques élèves, sous la pression de leurs parents, se présentèrent à l'examen. Des cordons militaires étaient installés autour des centres pour empêcher les activistes d'interrompre les épreuves. Dans d'autres endroits, des ordres de police obligeaient les élèves à assister aux classes et à passer les examens ; mais beaucoup de jeunes, qui se refusaient à travailler sous la surveillance des policiers et des soldats installés jusque dans les classes, se contentaient de remplir leurs copies de gribouillages ou de mots d'ordre de défi.

Quand il lisait tout cela dans les journaux, quand il écoutait les histoires qui circulaient, Tengo pensait au terrible dilemne des parents qui voulaient que leurs enfants étudient et faisaient pression pour qu'ils se présentent aux examens, mais, du même coup, les exposaient aux représailles des dirigeants du boycott.

Dans le faubourg de Tengo, cela faisait presque toute une année que les écoles étaient fermées, et le jour des examens de fin d'études passa inaperçu, un jour comme tous les autres jours vides et secoués de violences sporadiques qui le précédaient et le suivaient.

Un groupe de dirigeants étudiants, parmi lesquels Elijah et Alice, furent relâchés. Elijah vint voir Tengo et le trouva allongé sur son lit et plongé dans un roman policier.

Quand il vit entrer son ami dans la chambre, Tengo bondit, avec un petit pincement au cœur.

— Elijah ! Mon vieux ! Ils t'ont relâché ! Comment tu te sens ?

Elijah avait maigri, mais son énergie inépuisable paraissait intacte.

— Eh bien, mon vieux Tengo, je peux te dire que c'est drôlement bon d'être enfin sorti de ce trou d'enfer. Je suis entier, vieux, ça va. Et toi, tu n'as pas l'air très en forme ?

Il tira une chaise et s'assit à côté du lit. Tengo fit un effort pour demander :

— Ça a été très dur, là-dedans ?

— J'ai eu de la chance. Ils m'ont un peu bousculé, mais rien de grave. Alice va bien aussi. Mais il y en a... je pourrais te raconter de ces histoires, mon vieux... ce qu'ils font à des gamins... Dans la même cellule que nous, il y avait un garçon de quatorze ans à peine. Ils l'ont pris à jeter des pierres sur des voitures. Et ils l'ont fouetté au sjambok. Et les sjambokhs ont des pointes d'acier, comme tu sais... Un autre gamin, de quatorze ans aussi, ils lui ont fait passer du courant électrique sous les ongles. Et une fille de douze ans — elle rentrait chez elle en courant, elle était juste allée chercher le pain — un policier lui a crié de s'arrêter. Elle a pris peur et elle a continué à courir de plus belle. Il l'a descendue d'une balle dans le dos !

Tengo écoutait Elijah en silence.

— Il paraît que finalement ces Boers de l'Église hollandaise réformée viennent d'être touchés par la lumière, mais ça vient trop tard pour les sauver. Ils ont juste découvert qu'il n'est écrit nulle part dans la Bible qu'ils doivent opprimer les Noirs...

Elijah éclata de rire.

— Mais ça ne changera rien de toute façon. C'est des mots, rien que des mots.

Tengo attendait. Il savait qu'Elijah était venu avec une idée précise. Enfin, il commença :

— Tengo. Les camarades m'ont demandé de te parler. Nous pensons que le moment est venu pour toi de te joindre à la lutte. Nous t'avons laissé tranquille jusqu'à maintenant pour que tu finisses tes études. Mais Dieu seul sait quand tu auras la possibilité de passer ton examen final. Et il y a des choses urgentes qui doivent être faites, frère. Il faut nous organiser. Ou bien ils cèdent sur ce que nous demandons, ou nous rendrons les faubourgs ingouvernables. Il est temps qu'ils comprennent que nous avons le pouvoir de paralyser tout le pays si nous le voulons. Et nous avons besoin de quelqu'un comme toi. Tu es intelligent, tu écris bien, tu peux rendre des services énormes au mouvement.

Tengo se taisait toujours. Elijah reprit :

— Comprends-moi bien. Ce n'est pas des menaces. Je suis chargé de te demander de te joindre à nous.

— Il faut que je réfléchisse, répondit Tengo.

— Les autres m'ont dit que personne ne te voit jamais. Tu ne sors pas. Je sais que tu veux finir tes études, qu'il n'y a rien de plus important pour toi, et que ce n'est pas facile. Mais on vit un moment passionnant, mon vieux. C'est possible ! On peut faire changer les choses. Maintenant. Alors, puisque de toute façon le boycott t'a empêché de continuer à te consacrer à tes études, tu ferais mieux de te consacrer à notre cause. Tu as une mine épouvantable, mon vieux Tengo. Viens avec moi, je t'offre une bière, on bavardera dehors.

Elijah débordait, maintenant qu'il était libre,

d'une énergie et d'une volonté que Tengo lui enviait.

— Non, Elijah, merci, je n'ai pas envie de sortir. Mais je sais bien qu'il faut que je fasse quelque chose. Je ne peux pas continuer comme ça, c'est sûr. Donne-moi seulement le temps d'y réfléchir, vieux. Donne-moi le temps...

Elijah se leva.

— Ne tarde pas trop, Tengo. C'est maintenant que l'histoire est avec nous. Ça bouge à toute allure. Notre temps est venu, Tengo. Il est là. Maintenant. Il ne s'agit pas de le laisser filer. Il illustra ces mots d'un geste vif, comme s'il saisissait quelque chose au vol.

— Les Blancs sont au bout du rouleau. C'est maintenant que ça se joue.

Il prit Tengo par l'épaule et serra comme s'il voulait transmettre un peu de son énergie, un peu de son enthousiasme à la figure morose, à la silhouette effondrée de son ami assis au bord du lit.

— Notre temps est arrivé. Crois-moi, frère.

Tengo savait bien ce qui l'empêchait de faire ce que lui demandait Elijah. S'il faisait ce premier pas, il lui faudrait abandonner son rêve ; admettre que l'espoir de toute sa vie était mort et enterré, qu'il n'irait pas au collège, que ce besoin vital de savoir, d'essayer de comprendre quelque chose au fonctionnement du monde, il devrait le porter avec lui pour toujours comme une faim insatiable. Il savait que c'était un fait, un fait sinistre mais réel. Mais il ne parvenait pas à regarder en face cette réalité.

Il dormit énormément pendant les semaines qui suivirent sa conversation avec Elijah et, quand il était réveillé, il se sentait écrasé de fatigue. Un matin, en se levant, longtemps après que tout le monde eut quitté la maison, il alla à la cuisine se faire une tasse de thé ; mais en passant par le salon, il sursauta en découvrant sur la banquette une silhouette allongée, enroulée dans une couverture. Il s'approcha. Le dormeur, plongé dans un profond sommeil, respirait régulièrement. Il souleva un coin de la couverture. C'était Joseph.

Cela faisait presque un an que Joseph n'était pas revenu à la maison et n'avait donné aucune nouvelle. Il dormait profondément, et Tengo eut le temps d'aller boire son thé en silence dans la cuisine, d'aller se laver au robinet de la cour et de revenir avec un livre dans le salon. Joseph dormait toujours.

Il était plus de midi quand il se réveilla enfin. Il s'assit, rejeta la couverture, bâilla, et à ce moment-là découvrit Tengo qui le regardait. Il se frotta le crâne et salua son cousin d'un large sourire.

— Haou, Tengo ! Content de te revoir, cousin !

— Joseph !

Tengo vint s'asseoir à côté de lui sur la banquette.

— Quand es-tu rentré ? Comment ça va ? Tu veux un peu de thé ?

— Une grande tasse de thé et quelque chose à manger. Il y a du pain dans la maison ?

Tengo alla préparer du thé et une tartine de fromage et, en les apportant à Joseph, il souriait, joyeux comme il ne l'avait pas été depuis longtemps. Il regarda son cousin boire et manger, avant de parler.

— Ça fait vraiment du bien de te voir, Joseph. J'espère que tu ne dois pas repartir tout de suite.

Joseph éclata de rire.

— Non. Je vais rester quelque temps. Mais, et toi, Tengo, comment ça va ? Tu as été malade ?

Tengo secoua la tête et marmonna :

— Non, ça va bien.

Joseph lui lança un coup d'œil ironique et enchaîna :

— Bon, alors, raconte-moi ce qui se passe ici. D'après les histoires dont j'ai entendu parler, ça barde vraiment, on dirait. Raconte-moi tout.

Enfin, Tengo avait quelqu'un avec qui parler librement de ce qui lui rongeait le cœur.

Quand Tengo eut fini de décrire les événements de l'année, Joseph garda le silence un long moment.

— C'est stupéfiant, commenta-t-il enfin. Le

mouvement est lancé, il est en train de prendre sa propre dynamique. On ne peut plus l'arrêter, maintenant.

On aurait dit qu'il regardait, au-delà de la petite pièce, à travers les murs de la maison, le faubourg dévasté par la bataille engagée. Mais Tengo, abattu, gardait le silence, et le visage de Joseph devint grave.

— Et toi, cousin, tu es privé d'école depuis une année entière ?

Tengo hocha la tête. Après un long silence, Joseph reprit.

— Alors, tu n'as pas pu passer ton examen de fin d'études ?

— Non.

— Ho !

Joseph secoua la tête.

— Je suis vraiment navré, cousin. C'est terrible que tu aies été pris au piège de cette manière... quelle honte... comme s'il n'y avait pas assez de gâchis comme ça, assez d'amertume. Et moi qui étais convaincu que tu étais déjà au collège. Le hasard... les accidents... continua-t-il comme s'il pensait tout haut. Nous livrons une guerre et on ne peut pas l'éviter...

Il se redressa, et frappa le genou de Tengo de son poing fermé.

— Il faut qu'on parle de l'avenir, cousin. Mais d'abord (il désigna du doigt la cabane et le robinet de la cour) je vais aller faire usage des luxueuses commodités que notre généreuse municipalité a prévues au service de l'hygiène publique. Sois un frère, Tengo, fais-moi encore un peu de thé.

Assis en face l'un de l'autre à la petite table métallique de la cuisine, les deux cousins reprirent leur conversation :

— Bon Tengo, je crois qu'il est temps que je t'explique ce que je fais et en quoi consiste mon travail.

Ça y est pensa Tengo avec un frisson dans le dos, ce que j'ai toujours voulu savoir mais que je préférais ne pas demander, Joseph va me le dire.

— C'est à garder pour toi seul, cousin. Ce que je vais te dire, tu ne dois jamais en parler à qui que ce soit, quoi qu'il arrive. Et quoi qu'on essaie de te faire. J'ai ta parole ?

— Promis, dit Tengo, la bouche sèche.

— De ton silence dépend la sécurité de beaucoup de gens. Je t'en parle parce que tu as toute ma confiance. D'accord ?

— D'accord.

Alors, Joseph lui dit qu'il était un des organisateurs qui travaillaient pour le Congrès national africain, l'ANC — cette organisation noire en exil dont le dirigeant, Nelson Mandela, était en prison depuis plus de vingt ans. Ses membres étaient obligés de vivre hors du pays et tentaient d'organiser de l'extérieur la résistance à l'apartheid. Joseph lui dit qu'il y jouait le rôle de courrier et de recruteur.

— Recruteur ? interrompit Tengo. Tu recrutes pour quoi ?

— Des combattants de la liberté, dit Joseph simplement. Il sucra largement son thé et le remua avec la cuiller. Tengo, tu sais que l'ANC est depuis toujours contre la violence. Au début, ils cherchaient à changer les choses par des moyens pacifiques. Mais regarde où ça nous a menés.

Il montra la fenêtre ouverte, par laquelle on voyait passer deux blindés de la police qui contournaient à grand-peine les restes calcinés d'un autobus.

— Alors, maintenant, nous recrutons des jeunes pour traverser la frontière, passer en Zambie et rejoindre l'ANC à Lusaka pour suivre un entraînement militaire et devenir combattants de la liberté.

Tengo connaissait les rumeurs qui circulaient à ce sujet.

— Et tu es un des organisateurs ?

Joseph fit signe que oui.

— Il faut leur faire passer la frontière en fraude. C'est illégal et dangereux. Mais jusqu'à présent, on s'en est bien tiré.

— Et tu crois que je devrais devenir « combattant de la liberté » ? demanda Tengo, qui essayait de ne pas remarquer le battement affolé de son cœur.

— Attends, cousin, pas si vite. Écoute-moi d'abord jusqu'au bout. Quand ces jeunes arrivent à Lusaka, l'ANC leur offre le choix entre trois possibilités. D'abord, ceux qui le veulent peuvent continuer à étudier ; ensuite, ils ont la possibilité d'apprendre un métier ; enfin, pour ceux qui ne veulent faire ni l'un ni l'autre...

— Ils offrent un entraînement militaire... compléta Tengo d'une voix sourde.

Joseph hocha la tête.

— Exactement. Beaucoup d'entre eux choisissent de devenir des combattants ; ils veulent travailler pour la révolution, pour que tout le monde ait droit à l'instruction et aux études. Mais les dirigeants essaient d'en pousser au moins quelques-uns à finir leurs études. Ils savent que nous aurons besoin, le moment venu, de gens capables, qualifiés. Alors...

Le cœur de Tengo battait maintenant à toute vitesse.

— Joseph, tu crois que je pourrais...

— C'est exactement ce que je pense, cousin. Je crois que ce serait la meilleure solution pour toi. Les étudiants sont envoyés dans des universités étrangères, outre-mer. Tu devrais peut-être même apprendre une autre langue dans laquelle tu ferais tes études, ça dépend où tu atterris.

Ainsi, ce pays, de l'autre côté des mers... ce pays dont il avait tant parlé avec Frikkie... deux petits garçons, au bord de la rivière, les branches des saules qui traînaient dans l'eau où des bancs de petits poissons argentés filaient dans les trous entre les grosses pierres plates...

— Outre-mer... dit Tengo doucement.

Joseph, tu crois vraiment que ça serait possible ? Et un souffle d'espoir allégea le fardeau qui pesait sur lui depuis si longtemps.

— Oh, c'est plus que possible, cousin, ça arrive tous les jours. Mais ce n'est pas simple. Si tu arrives entier à Lusaka et qu'on t'envoie à l'étranger, ça ne fait que commencer. Là-bas, il fait froid et c'est hostile. Le ciel, dans ces pays-là, est presque toujours gris. Tu es loin de tes amis et de ta famille. Et la nourriture qu'ils mangent est différente. Et puis, même s'il n'y a pas d'apartheid, tu te sens quand même différent, étranger, seul...

— Joseph, murmura Tengo, dont le cou et les épaules se hérissèrent brusquement de picotements anxieux, Joseph, tu es allé là-bas, outremer ?

Les yeux de Joseph, au-dessus du gobelet d'émail ébréché où il buvait son thé, fixaient Tengo.

— Joseph... où ?

Joseph finit son thé et reposa la tasse sur la nappe de toile cirée.

— Ne me pose pas de questions, Tengo. Moins tu en sais, mieux ça vaut pour ta sécurité. Je te raconte tout ça parce que c'est une décision que tu ne dois prendre qu'après avoir bien réfléchi. Ce n'est pas facile. Tu pourras étudier gratuitement. Tu auras de quoi payer tes dépenses quotidiennes, mais ce n'est qu'une petite bourse. Ceux qui font ce choix, il leur arrive d'avoir l'estomac vide, froid, et de se sentir seuls. Et ils commencent à regretter le pays. Même ce pays-ci, dans ces conditions...

Il souligna ces derniers mots d'un geste du pouce par-dessus son épaule, en direction du squelette noirci du bus renversé sur la route, devant leur fenêtre.

Tengo suivit le geste des yeux. Il remarqua un grand morceau de plastique rose vif qui avait dû s'envoler et s'accrocher aux débris du pare-brise éclaté, et qui battait, sinistre, dans le vent.

— Je dois t'avertir honnêtement, Tengo : il faut que tu saches que ce sera dur, et que tu te demandes sérieusement si ça en vaut la peine.

Il sortit une cigarette de sa poche et l'alluma. Sur la nappe, une fourmi avançait laborieusement, traînant un grain de sucre qui avait dû tomber de la cuiller. Ils observèrent comme elle s'arrêtait au bord de la table ; comment, en cherchant son chemin pour redescendre, elle lâcha par mégarde son grain de sucre qui tomba par terre. La fourmi fit une pause, resta un moment à frotter l'une contre l'autre ses deux pattes de devant soudain vides avant de se précipiter vers le coin de la table et de descendre le long du pied.

— Bonne chance, fourmi, dit Joseph.

Il se versa encore un peu de thé de la théière de fer-blanc bosselée, ajouta du lait concentré, reposa la boîte, mélangea le sucre.

— Eh bien, j'arrive de voyage, convaincu que mon brillant cousin est déjà plongé dans la préparation du bac. Et qu'est-ce que je trouve ? Pas d'école, pas d'examen, tout le faubourg sens dessus dessous. Je ne peux pas reprocher aux gamins de vouloir tout détruire. Quel autre débouché peuvent-ils trouver à toute cette énergie inutilisée, à part la colère et la haine ? J'aurais été pareil si je n'avais pas été absorbé par la lutte. C'est dur d'empêcher que la révolte contre ce système, la façon dont il nous traite, tourne en haine contre les Blancs. Et maintenant, c'est les flics qui se chargent de ranimer notre colère et de l'exacerber à chaque instant. Mais toi, Tengo, tu n'es pas violent. Tu verras, quand tu arriveras à Lusaka — je veux dire, si tu décides d'y aller — l'ANC croit que les Noirs et les Blancs doivent apprendre à vivre ensemble dans ce pays. Nous avons besoin d'eux. Ils ont besoin de nous. La Charte de la Liberté de l'ANC déclare formellement que l'Afrique du Sud appartient à tous ceux qui y vivent, qu'ils soient noirs ou blancs.

— Joseph, est-ce que tu hais les Blancs, toi ?

— Si je hais les Blancs ?

Joseph leva la tête et souffla un panache de fumée qu'il regarda se dissoudre autour de l'ampoule nue de la suspension.

— Non, Tengo. Je ne suis pas Anti-Blanc. Il y a des Blancs qui travaillent avec nous : les femmes du Black Sash. Elles sont tenaces et courageuses ; en ce moment, par exemple, elles enquêtent sur les tortures dans les prisons et publient des témoignages. Et il y en a d'autres. Des médecins blancs qui soignent chez eux, à leurs risques et périls, des camarades blessés par la police, pour leur éviter d'aller à l'hôpital où les médecins sont obligés de faire un rapport aux autorités de toutes les blessures par balles. Et il y a la campagne contre le service militaire...

— Et le révérend Gilbert ? dit Tengo.

— Oui. Et beaucoup d'autres comme lui dans les organisations religieuses. C'est parce qu'ils existent que nous pouvons espérer, quand le moment sera venu, essayer de faire fonctionner ce pays avec « eux ».

— Mais quand va-t-il arriver, ce moment ? demanda Tengo, soudain découragé. Combien de temps cela prendra-t-il encore ? Combien y aura-t-il encore d'assassinats, de destructions, d'incendies et de boycott des classes ?

— C'est une question que nous ne nous posons pas. Nous faisons simplement ce qu'il y a à faire. Nous sommes en pleine révolution, Tengo, et nous avons encore beaucoup de difficultés et de souffrances devant nous. Beaucoup. Mais nous finirons par gagner. Nous ne nous demandons pas dans combien de temps. Ça prendra le temps qu'il faudra pour vaincre.

Tengo regarda son cousin, plein de respect et un peu effrayé à l'idée qu'il avait vraiment été là-bas, outre-mer. Cela semblait donner un poids nouveau, une autorité accrue à ce qu'il disait.

— Tu dois repartir bientôt ?

— Si tout marche comme prévu, je resterai ici un mois environ. Toi, tu as un mois pour réfléchir et prendre ta décision. Et maintenant, j'ai du travail. Dis-moi : Elijah Mphlane, il a été arrêté ?

— Il vient d'être libéré. Sa sœur aussi. Il a essayé de me convaincre de me joindre aux camarades.

— C'est un type bien, Elijah. Tengo, avant que je parte... N'oublie pas : tu ne parles à personne de ce que je viens de te dire. A personne, absolument. Il y a des indicateurs partout.

— Joseph, c'est une chose que je n'arrive pas à comprendre. Comment un Noir peut-il devenir indicateur ? Pourquoi un Noir voudrait-il collaborer avec les autorités, alors qu'elles ne cessent de frapper, d'assassiner, d'emprisonner des Noirs, tous les jours, pour rien ?

Joseph fronça les sourcils et se mit à pianoter sur la table.

— Les gens deviennent indicateurs parce qu'ils ont faim, ou par cupidité, ou par peur. Ou à cause des menaces de la police contre eux ou contre leur famille. Ou parce qu'ils ne pensent qu'à eux-mêmes et à leurs proches et qu'ils sont incapables de se préoccuper ne serait-ce que de ce qui arrive à leurs voisins, sans parler du bien de la communauté ou des souffrances d'autres gens inconnus. Quand j'étais gamin, j'ai posé un jour la même question au révérend Gilbert.

— Qu'est-ce qu'il t'a dit ?

— Il a dit que l'être humain est fragile, apeuré, perdu devant la complexité de la vie. Et c'est vrai, mais ça n'explique pas tout. Chacun de nous est responsable de ses actes. Et nous sommes aussi responsables les uns des autres.

Joseph repoussa sa chaise et se leva.

— J'aimerais bien pouvoir rester là toute la journée à parler de philosophie avec toi, cousin, mais j'ai du travail. Au revoir !

Tengo entendit se refermer la barrière de la rue. Assis à la table, il se mit à réfléchir à leur conversation.

Chapitre six

Les premiers jours qui suivirent le retour de Joseph, Tengo exultait. Il recommença à se lever tôt le matin, il aidait la vieille dame à faire le ménage et à ranger la maison, il repassait ses vêtements au lieu de les rouler en boule à peine décrochés du fil à linge et de les laisser traîner par terre.

Il observait les allées et venues de Joseph avec une joie et une confiance dans l'avenir qu'il ne connaissait plus depuis longtemps. Joseph pouvait le sauver ; s'il voulait, il pouvait le tirer de là, de cette crasse et de la terreur qui flambait comme un feu de paille au passage des patrouilles de policiers et de soldats qui quadrillaient les rues. Grâce à Joseph, il allait pouvoir retrouver les livres, les professeurs, l'instruction qui donnait un sens à sa vie et empêchait le chaos de l'envahir.

Il prenait soin que Joseph trouve toujours quelque chose à manger quand il rentrait à la maison, même aux heures les plus farfelues. Il lui proposa de laver et repasser ses vêtements avec les siens. Il abandonna les romans policiers et reprit *Le Moulin sur la Floss*, qui était un des livres du programme. Il portait partout avec lui, comme un trésor caché, sa gaieté retrouvée.

Un jour, il alla rendre visite à Emma. Il comprit qu'elle était surprise de le voir car elle resta sur ses gardes et distante. Elle ne lui avait pas pardonné la brutale interruption de leur amitié. Le soleil brillait dans un ciel sans nuages. Elle lui proposa un rafraîchissement mais ne le fit pas entrer, et ils s'assirent sur les marches du seuil pour boire les deux limonades qu'elle alla chercher dans la maison. A côté d'eux, un pot de fleurs en ciment débordait de capucines d'un orange vif au milieu de grandes feuilles rondes comme des soucoupes ; il y avait eu un orage pendant la nuit et il restait au creux des feuilles quelques gouttes de pluie qui brillaient au soleil comme des billes d'argent ; une fraîche odeur de terre mouillée montait du pot. Emma le regardait du coin de l'œil.

— Tu as l'air content de toi, remarqua-t-elle froidement.

— Oh, ça va mieux, maintenant. J'ai passé des moments vraiment durs ces derniers mois, mais maintenant peut-être que... enfin, on ne sait jamais...

— Tu vas partir, dit-elle, en retenant son souffle.

Il renversa la tête et finit de vider sa bouteille de soda, en guettant la fraîcheur pétillante qui dégringolait le long de sa gorge. « Il faut que je fasse attention à ne rien dire », pensa-t-il tout en buvant. Devant eux, un gamin courait au milieu de la rue en poussant avec un bâton la jante métallique d'une roue de bicyclette ; un enfant plus petit, avec un T-shirt pour tout vêtement trottinait derrière en pleurant, essayant de le rattraper.

— Et toi, Emma ? Tu as continué à suivre le programme ?

— Oui, j'ai avancé normalement, répondit Emma d'un air maussade. Mes parents ont réussi à me faire entrer à Richmond.

— Richmond ? Qu'est-ce que c'est ?

— C'est cette école privée multiraciale, près de Jo'burg. Je commence au début du trimestre prochain. Le professeur principal dit que je pourrai passer mon examen de fin d'études à la fin de l'année prochaine. Ensuite, j'irai au collège. Je veux devenir avocate.

— Quelle chance tu as ! Si seulement mes parents pouvaient me payer une école privée !

— Ce n'est pas une question d'argent. Depuis le début du boycott, ils ont des centaines de candidatures. Il n'y a pas de place pour tout le monde. Mais mes parents m'avaient inscrite sur les listes d'attente depuis longtemps, et je suis une des rares qu'ils ont pu prendre.

— Ça me fait plaisir pour toi, Emma.

Il lui posa une main sur le bras, mais elle le

repoussa d'un geste sec. Il brûlait d'envie de lui parler des nouvelles possibilités qui s'offraient à lui, de lui expliquer que c'était son désespoir qui l'avait séparé d'elle, qu'il recommençait enfin à croire qu'il pouvait y avoir un avenir. Mais Joseph avait dit qu'il ne devait parler à personne. Elle se taisait, blessée, hostile et avait cueilli, avec mille précautions, une feuille de capucine qui gardait une goutte de pluie au fond, près de la tige ; elle l'avait posée au creux de sa paume et faisait tourner la petite sphère liquide qui renvoyait la lumière en tremblant comme un éclat de mercure sur la surface de la feuille.

— Quand j'étais petit, à la ferme, avec ce garçon, Frikkie, (tu sais, le neveu de l'oubaas) on jouait toujours ensemble, dit Tengo. Il y avait un jeu qui se jouait avec ces feuilles-là. On prenait chacun une feuille avec une goutte d'eau au fond et on courait en rond tout autour de la maison pour voir qui tiendrait le plus longtemps sans renverser la goutte.

Emma attrapa la feuille par la tige et la fit tourner en l'air. La goutte d'eau s'échappa, elle chiffonna la feuille et la jeta sans la regarder. En respirant l'âcre parfum de la feuille écrasée, Tengo se sentit brusquement ramené, pour un instant, devant le parterre de fleurs de la maîtresse, à la ferme.

Il se leva pour partir.

— Bon, merci pour la limonade. A bientôt.

Il s'éloigna. Avant de tourner le coin de la rue, il se retourna et la vit qui le regardait, du perron, en balançant les deux bouteilles vides au bout de ses bras.

Tengo reprenait ses vieilles habitudes. Un soir, très tard, il travaillait à sa petite table, à la lumière de la lampe de bureau que lui avait donnée le révérend pour travailler chez lui quand il était entré à l'école. Sur deux des quatre lits entassés dans la pièce, un de ses oncles et un cousin de la campagne dormaient depuis longtemps. L'oncle ronflait doucement.

Tengo était plongé dans l'édition annotée de la pièce de Shakespeare qu'il étudiait : *Jules César*. Il avait ressorti ses manuels et les livres du programme et travaillait de longues heures, tous les jours.

— Je ne veux pas que mon cerveau se rouille avant que je puisse reprendre l'école, avait-il dit à Joseph.

Joseph n'était pas encore rentré. Sur le fourneau, sa tante avait laissé un pot de *putu* (le porridge de maïs aigre), et un peu de ragoût qu'il réchaufferait pour Joseph quand il arriverait.

Minuit était passé depuis longtemps quand la porte s'ouvrit doucement. Joseph entra. A la grande surprise de Tengo, Elijah l'accompagnait.

— On a dîné, murmura Joseph, mais donne-nous un peu de thé, cousin, s'il te plaît.

Tengo prépara le thé pendant que Joseph et Elijah s'installaient autour de la table pour parler à voix basse.

— Est-ce que quelqu'un a vraiment vu Benny ? demanda Joseph.

— Oui. Msona. Il m'a dit que Benny avait passé deux ou trois nuits chez eux. Ensuite, sa tante lui a donné de l'argent pour qu'il puisse rentrer au kraal de ses parents. Msona dit qu'il avait une mine affreuse.

Tengo posa sur la table les tasses et la boîte de lait concentré. A la faible lumière de l'ampoule qui se balançait au-dessus de la table de la cuisine, il voyait que son cousin avait l'air préoccupé.

— Il n'a pas dit pourquoi il était rentré ?

— Seulement qu'il ne supportait plus, répondit Elijah en haussant les épaules. Il dit qu'il a vraiment essayé. Que les gens étaient gentils et bons avec lui, mais qu'ils ne comprenaient pas du tout ce que ça représentait pour lui. Il avait un mal fou à apprendre leur langue. Il dit que le pire, c'était le froid, et les jours si courts. Il sentait qu'il allait devenir fou s'il ne revoyait pas le soleil. Il n'arrivait pas à dormir. Il a commencé à faire des cauchemars et l'étudiant avec qui il partageait sa chambre s'est plaint qu'il le réveillait toutes les nuits. Bref, ils ont décidé de le renvoyer chez lui. Ils ont dit que s'il restait là-bas, il allait faire une dépression nerveuse.

Joseph écoutait gravement.

— C'est vraiment une honte. J'aurais cru que Benny était un des plus solides. On ne peut jamais prévoir comment quelqu'un va supporter tout ça.

— Enfin, reprit Elijah, il dit que quand on a vécu toute sa vie dans le faubourg, on ne peut pas imaginer la vie outre-mer. Surtout à cause de la solitude. Il y avait des jours où il avait envie de pleurer rien qu'en pensant au goût du putu à la sauce. Il a dit aussi qu'il avait peur que sa langue finisse par oublier comment prononcer le xhosa.

Tengo, en les écoutant, sentit le doute se glisser en lui. Ils parlaient sûrement de quelqu'un qui avait été envoyé faire des études à l'étranger, outre-mer. « Je ne sais pas qui est ce Benny, pensait Tengo, mais ce qui lui est arrivé pourrait m'arriver, à moi aussi, si je pars outre-mer... »

— Mais toi, Joseph, tu sais comment c'est, là-bas ? continua Elijah. Tu y es allé, toi aussi ?

— Oui. Et c'est vrai. Tout ce qu'il dit est vrai. Mais pour moi, c'était différent. Je savais que j'y passerais un an seulement. Benny devait rester trois ans, peut-être quatre. C'est une autre histoire.

— Tu ne devrais pas te faire de mauvais sang pour ça, Joseph. Tu ne peux pas être responsable de tout.

— C'est moi qui l'ai recommandé.

— Ne t'inquiète pas. Benny est un type bien.

Quand il reviendra du kraal, Sizwe dit qu'il pourra travailler avec le conseil de jeunes qu'il est en train d'essayer de mettre sur pied. L'idée de Sizwe, c'est qu'une fois qu'on aura rendu le faubourg ingouvernable et que la police et l'armée auront complètement perdu le contrôle de la situation, il faudra qu'on ait une organisation toute prête pour gouverner le faubourg nous-mêmes, sans ingérence des Blancs. Il y a des projets pour mettre sur pied des tribunaux populaires pour maintenir la discipline dans la vie quotidienne ; un autre projet, c'est de convaincre les bandes de tsotsis de travailler avec nous, et puis on pense aussi à organiser des écoles alternatives et...

— Ce qui m'inquiète, interrompit Joseph, c'est que de plus en plus de nos dirigeants qui appartiennent au mouvement de la jeunesse se font arrêter, et on va finir par ne plus pouvoir contrôler la colère des gamins. La violence est devenue la routine de tous les jours maintenant dans le faubourg. Sans direction, les camarades pourraient bien finir par se comporter exactement comme les tsotsis.

— Moi aussi, ça m'inquiète, dit Elijah. Hier, au meeting, il y avait des jeunes — il baissa la voix avant de continuer — ils devaient avoir douze ou treize ans. Et ils parlaient d'aller mettre le « collier » à quelqu'un...

Un frisson d'horreur secoua Tengo des pieds à la tête. Le « collier », c'était le terrible châtiment qu'on infligeait aux ennemis du mouvement : un pneu rempli d'essence qu'on plaçait autour du cou de la victime et auquel on mettait le feu...

— Tu verras Sizwe demain, reprit Elijah. C'est un problème sérieux, il faut que le comité en discute.

Il finit sa tasse de thé et se leva pour partir.

— Bon, il faut que j'aille prendre un peu de sommeil. Merci pour le thé, Tengo.

Il prit Tengo par l'épaule et le regarda droit dans les yeux.

— Ça me fait plaisir de savoir que tu vas être des nôtres, à présent, frère. Joseph m'a dit que tu étais prêt à partir.

Face au regard clair, à la franchise d'Elijah, Tengo était sans défense, et il se contenta de répondre oui, à voix basse, avant de se lever pour débarrasser la table.

Le bonheur de Tengo n'avait pas duré longtemps. Joseph se jeta dans son lit et s'endormit instantanément. Mais Tengo, lui, ne pouvait pas trouver le sommeil. La conversation qu'il venait d'écouter entre Joseph et Elijah lui avait emprisonné le cœur dans un étau de glace — rigide comme la couche qui se formait à la surface d'un seau d'eau quand on le laissait dehors, devant la laiterie de la ferme, une nuit d'hiver. Il avait si désespérément besoin de continuer ses études qu'il avait sauté sur la proposition de Joseph — l'idée de partir, ailleurs, outre-mer — sans même se donner le temps de réfléchir à ce que cela signifiait d'aller vivre dans un pays froid, inconnu, une terre étrangère. Les seuls pays qui offraient une éducation gratuite aux jeunes Noirs d'Afrique du Sud étaient la Suède et les pays d'Europe de l'Est, d'après ce que Joseph lui avait dit.

Mais maintenant, il était bien forcé d'admettre qu'il n'y avait pas vraiment réfléchi. Il s'était contenté, comme un enfant, d'imaginer un endroit merveilleux où tout ce qui était, ici, mauvais, injuste et cruel, serait bon, juste et aimable. Il avait cherché dans l'atlas les cartes de l'Europe de l'Est et de la Suède et, en les regardant, il se voyait, installé là-bas, entre des salles de classe bien rangées et de splendides bibliothèques où les étudiants parlaient à voix basse. C'était une autre image qui s'imposait à lui maintenant : une petite silhouette désolée, traversant les étendues roses et vertes des cartes, seul et abandonné de tous, entre les lignes qui représentaient les rivières et semblaient courir comme des fissures sur le sol, et les petites taches noires des villes... Il gémit dans le noir. Le prix à payer pour les choses qu'il voulait avait toujours été énorme, mais cette fois, c'était trop cher — plus qu'il ne pouvait payer. Sans connaître Benny, Tengo, au plus profond de son être, ressentait le désespoir de son séjour outre-mer comme s'il l'avait vécu lui-même. « On ne peut jamais prévoir comment quelqu'un va supporter ça », avait dit Joseph dans la cuisine. Eh bien, il ferait mieux d'admettre tout de suite qu'il ne faisait pas partie, lui, des gens solides. Partir outre-mer, solitaire, étranger... ce n'était pas pour lui. Il allait devoir renoncer à l'idée de continuer son éducation.

Il ne lui restait plus qu'à apprendre à se passer de toutes ces choses auxquelles son esprit aspirait de toutes ses forces, comme il avait appris à vivre avec trop peu de vêtements, de nourriture et de livres. Il lui faudrait s'entraîner, comme il avait entraîné ses doigts à oublier leur besoin de modeler un morceau d'argile souple et à découvrir la forme cachée qui les y attendait, invisible et vivante.

Il n'y avait pas d'issue, il ne pourrait pas échapper à ce que le système avait prévu pour lui. Il ne lui restait plus qu'à prendre sa part du combat avec les autres.

Quand il s'endormit, l'aube commençait à couvrir le faubourg de sa lueur grisâtre. Sa décision était prise. Il ne dirait pas à Joseph qu'il avait changé d'avis. Il partirait avec lui ; il le suivrait, passerait la frontière. Une fois à Lusaka, il choisirait de se soumettre à l'entraînement militaire que proposait le Congrès national africain ; il préférait devenir un combattant de la liberté plutôt que d'essayer de vivre en étudiant noir, solitaire, et perdu dans un pays étranger, froid et incompréhensible. Et quand son entraînement serait fini, il reviendrait, et ferait ce qu'il y aurait à faire.

Quelques jours plus tard, Tengo, réveillé sur son lit, guettait le retour de Joseph. Il avait toujours peur, à présent, que son cousin se fasse arrêter. Le gouvernement avait frappé un nouveau coup. Toute mention des troubles ou des protestations avait été censurée et avait disparu de la presse ; on arrêtait les militants politiques d'un bout à l'autre du pays ; des milliers d'enfants se faisaient ramasser par la police : quelques-uns étaient relâchés rapidement, après un bon tabassage, mais la plupart restaient en prison indéfiniment, et beaucoup subissaient tortures et mauvais traitements. Chaque jour, dans le faubourg, des parents fous d'angoisse se faisaient jeter du poste de police où ils essayaient d'obtenir des informations sur le sort de leurs enfants. Cet après-midi-là, en réparant le fil à linge, Tengo avait entendu la femme de la maison voisine qui pleurait à gros sanglots. Elle avait espéré, il le savait, que le Comité de parents de détenus pourrait l'aider à découvrir ce qu'était devenu son fils de treize ans, et elle venait d'apprendre que les autorités refusaient de fournir le moindre renseignement sur la destination des enfants emprisonnés. A travers le grillage qui séparait les deux cours, Tengo avait vu sa fille de dix ans essayer de calmer ses deux petits frères qui, devant la détresse de leur mère, ne cessaient de pousser des gémissements lugubres. Il leur avait offert une orange pour essayer de les distraire, mais ils étaient inconsolables.

La porte s'ouvrit enfin et Joseph entra.

Tengo sauta silencieusement de son lit et lui tendit une lettre à son nom que quelqu'un avait glissé sous la porte dans l'après-midi. Joseph examina l'enveloppe.

— Merci, cousin. Il reste quelque chose à manger ? J'ai l'estomac vide.

Il se tapota le ventre avec un petit sourire. Puis ils allèrent dans la cuisine, et pendant que Tengo réchauffait le dîner Joseph lut sa lettre. Il la remit dans l'enveloppe, gratta une allumette, l'approcha d'un des angles et regarda la flamme rampante noircir et consumer le rectangle de papier. Quand il ne resta plus qu'un coin intact entre ses doigts, il le laissa tomber dans le cendrier et le regarda se tordre et se recroqueviller dans la flamme mourante. Alors, il sortit une cigarette du paquet qui était toujours dans la poche de sa chemise, l'alluma et aspira profondément.

Tengo posa devant lui une assiette pleine. Joseph tira encore deux ou trois bouffées de sa cigarette, puis il l'écrasa, s'assura que la braise était éteinte et la remit dans le paquet. Il mangea en silence. Quand Tengo lui apporta son thé, il ressortit le mégot à moitié fumé, le ralluma, se laissa aller en arrière contre le dossier de sa chaise et dit :

— Nous partons au début de la semaine prochaine, cousin.

— La semaine prochaine ! murmura Tengo.

— Je ne peux pas encore te dire quel jour

exactement. Tiens-toi prêt. N'emporte que le minimum, vraiment l'indispensable. On doit voyager légers.

— Est-ce que je peux écrire à mes parents que je pars ?

— Non. Rien. Pas un mot. A personne.

Le sérieux, la tranquillité dont avait fait preuve Joseph pour lire, brûler la lettre et annoncer le plan d'action impressionnaient Tengo et le rassuraient. Il le considérait maintenant bien plus comme un dirigeant que comme le cousin bien-aimé à qui il avait appris à nager, il y avait tant d'années, dans la petite rivière de la ferme de l'oubaas.

Tengo s'en remettait sans hésiter aux mains de son cousin ; mais l'idée de partir sans que ses parents sachent ce qu'il était devenu le tracassait. Il pensait au vide qu'il allait laisser en partant sans dire au revoir à sa tante et à la famille, et il comprenait, non sans inquiétude, combien l'angoisse de sa disparition serait lourde à porter pour sa mère. Il regrettait à présent de ne pas être retourné les voir au kraal.

Le lendemain matin, il se réveilla de bonne heure, agité et surexcité. Joseph était déjà sorti. Avant le petit déjeuner, Tengo lava ses vêtements et alla les pendre au séchoir. Il avala son thé et son pain et se mit à trier les affaires qu'il gardait sous son lit, dans la valise de carton bouilli qu'il avait apportée du kraal. Il regarda les livres, un par un, en se demandant si Joseph lui permettrait d'en emporter un ou deux. Il mit de côté un exemplaire broché de *L'Histoire de l'Art*, de Gombrich, que Claire lui avait donné. Elle l'avait étudié en classe et beaucoup de passages étaient soulignés au marqueur jaune. Il le feuilletait de temps en temps, mais il finissait toujours par le laisser de côté : il le gardait comme un trésor pour le lire à loisir quand il aurait passé son examen de fin d'études. S'il pouvait emporter un livre, c'est celui-là qu'il mettrait dans le petit sac à dos de nylon vert qui serait son unique bagage. Il fit une pile des livres qu'il devait rendre au révérend Gilbert.

C'était une chaude matinée, le vent soufflait, et avant midi ses vêtements étaient secs. Il les repassa, les plia et les rangea sur l'étagère, au-dessus de son lit, prêts à être entassés dans son sac quand Joseph donnerait le signal du départ : il valait mieux ne pas attirer l'attention sur ses projets.

Il attendit la fin de l'après-midi pour aller à l'église rendre ses livres au révérend Gilbert. A cette heure-là, le ministre serait probablement déjà rentré chez lui ; il préférait ne pas le voir pour ne pas être obligé de mentir ou d'éluder ses questions ; il aurait aimé pouvoir dire au révérend qu'il avait décidé de rejoindre la lutte, malgré la déception que cela lui causerait d'apprendre qu'il abandonnait ses études, et pouvoir le remercier pour toutes ces années, depuis son arrivée au faubourg, où il avait été comme un père pour lui. Mais Joseph avait été clair : « Rien, pas un mot, à personne. »

Comme il approchait du centre du faubourg, il entendit des cris et vit des gens qui couraient. Un autobus jaune, avec des fenêtres protégées de grillages métalliques derrière lesquelles étaient postés des policiers des brigades anti-émeutes, passa lentement. Tengo continua son chemin, soutenu par la certitude qu'il serait bientôt loin de tout cela, que cette période d'attente, tellement vide, tellement amère, tellement inutile serait bientôt finie. Plus rien n'avait d'importance maintenant, la seule chose qui comptait c'était d'échapper à la désolation du faubourg.

La secrétaire du révérend était sur le point de fermer le bureau quand il arriva. Elle prit les livres qu'il lui tendait, visiblement inquiète.

— Le révérend est rentré chez lui ? demanda Tengo.

— Non. Il est allé aux funérailles.

Elle ferma la porte du bureau à clé.

Les funérailles. Tengo se les rappela brusquement, avec un peu de remords : il était tellement occupé par ses problèmes qu'il n'y avait même pas prêté attention. Joseph avait dit qu'il irait aux funérailles de sept personnes tuées par la police la semaine précédente, quand les pierres avaient commencé à voler après que la police eut ouvert le feu sur un groupe qui manifestait. Quatre des sept étaient des écoliers. Le gouvernement qui tentait toujours sans succès d'étouffer les troubles avait décrété l'état d'urgence et tout rassemblement de rue était interdit. Comme les enterrements étaient les seuls moments où les gens pouvaient se retrouver, ils étaient devenus des manifestations dont on se servait pour dénoncer la façon dont le gouvernement maltraitait les Noirs.

La secrétaire sortit de l'église avec Tengo.

— Ça risque de mal tourner. Il faut que je me dépêche de rentrer, je voudrais être sûre que les enfants sont à la maison.

— Qu'est-ce qui se passe ? demanda Tengo.

— On leur a interdit de faire un rassemblement après l'enterrement. Mais ils sont décidés à le faire quand même. Le révérend Gilbert a reçu un coup de fil de la ville, l'armée va intervenir pour les disperser.

Elle s'éloigna à grands pas. Elle venait de le quitter quand Tengo entendit monter la rumeur d'une foule énorme qui criait à l'unisson. Cela enflait, retombait et repartait comme un chant profond et rythmique. Du perron de l'église, qui était construite sur une colline, il découvrait tout le faubourg. Une masse de gens avançait en vagues lentes le long de la route, poussant comme une marée lancée dans un chenal étroit. Au fur et à mesure qu'ils approchaient, il put lire sur les pancartes et les banderoles que brandissaient beaucoup de manifestants des appels à faire cesser l'assassinat des enfants, et l'exigence du retrait des troupes et de la police hors du faubourg. Quelques-uns agitaient le drapeau noir, vert et or de l'ANC. Ils avançaient en bondissant, chantant et dansant comme pour une danse tribale, en criant : *« Amandla ! Amandla ! Pouvoir africain ! »*

Près de l'église les gens gesticulaient et montraient quelque chose de la main, et Tengo, en se retournant, vit approcher sur la route au-delà du poste qui gardait une des entrées principales du faubourg une file de véhicules verdâtres de l'armée. Scandant et dansant toujours, la foule se ruait à leur rencontre et emplissait la grande place défoncée devant l'église. La file de blindés glissait lentement, comme un mille-pattes monstrueux, passait les grilles de l'entrée et se frayait un chemin en se tortillant dans les rues latérales jusqu'aux abords de l'église. Lorsqu'ils firent halte, des soldats en tenue de combat sautèrent au sol, brandissant leurs fusils, prêts à ouvrir le feu.

Du sommet du véhicule de tête émergea le buste d'un officier supérieur qui tenait un mégaphone électronique. Tengo entendit l'écho des consonnes rauques, des sons gutturaux de l'Afrikaner rebondir par-dessus les toits.

— Ceci est un rassemblement illégal. Dispersez-vous immédiatement. IMMÉDIATEMENT. C'est un ordre. Vous avez exactement deux minutes pour vous disperser.

Il répéta l'ordre en anglais, mais avant même que quelqu'un ait pu réagir, avant que les gens pris dans la foule aient pu esquisser un mouvement vers les rues environnantes, au bout de quelques secondes à peine, on entendit une rafale de coups de feu.

Alors, dans la pénombre qui tombait, la panique éclata, la terreur envahit la place, on n'entendit plus que les cris des blessés et la rumeur de la foule compacte qui refluait et tentait de se disperser pour se mettre hors de portée des balles. Elle s'élançait comme une mer houleuse dans toutes les directions et, bientôt, les soldats encerclés comme une petite île battue par les flots d'un océan menaçant ouvrirent le feu une deuxième fois. Du haut des marches, Tengo, paralysé, vit d'autres gens tomber, atteints d'une balle dans le dos au cours de leur fuite.

Soudain, d'une zone située sur le côté de l'église, partit une grêle de pierres qui volaient en sifflant vers les soldats et les atteignaient de plein fouet. Tengo n'eut qu'à tourner la tête pour voir qui les jetait, un groupe de garçons et de filles, presque des enfants, qui ne cherchaient même pas à s'échapper et hurlaient des insultes pour accompagner leurs projectiles improvisés. L'officier responsable aboya un ordre bref ; des grenades de gaz lacrymogènes partirent en tournoyant au-dessus des têtes et explosèrent, libérant des nuages suffocants qui obscurcissaient le ciel.

Les gens, paniqués, se bousculaient en hurlant, essayant désespérément d'échapper à la brûlure de la fumée qui les asphyxiait. Mais, des abords de l'église, partit un nouveau tir de briques et de pierres. Un soldat tomba. Le sang coulait de son front. Des coups de feu éclatèrent et Tengo vit deux adolescents tomber et ne plus bouger.

Jusque-là, il avait observé l'affrontement avec une horreur stupéfaite. Le chaos, le sang et la terreur avaient tout envahi en quelques minutes. Mais d'un coup, la colère qui attendait, lovée au fond de lui, jaillit et le fit bondir, au-delà de l'angle de l'église, jusqu'au vaste terrain vague d'où les pierres s'envolaient toujours. Le sol y était couvert de morceaux de briques, de maçonnerie et de parpaings, et Tengo, dont la rage lui donnait maintenant des ailes se mit à ramasser et à jeter sur les soldats tout ce qui lui tombait sous la main. Chaque pierre qu'il jetait, libérait, du plus profond de lui, quelque chose qu'il avait emprisonné jusqu'alors à la racine de son être, quelque chose de laid, de muet et de dangereux, qui se soulevait et s'envolait en lui laissant un étrange plaisir amer. Il toussait et s'étranglait, ses yeux le brûlaient à cause des gaz mais il jetait toujours une pierre après l'autre sans s'arrêter, et chaque projectile qui fendait l'air l'emplissait d'un sentiment de liberté comme il n'en avait jamais éprouvé.

Trois soldats se mirent à courir en direction du terrain vague. Soudain, d'un endroit invisible, derrière le tas de débris, un coup de feu isolé partit et l'un des soldats tomba lourdement.

Tengo s'immobilisa, stupéfait. Qui, dans le faubourg, pouvait avoir un fusil ? Qui pouvait tirer aussi bien ? Il était pratiquement impossible pour les Noirs de se procurer des armes. Ils n'avaient pour se défendre que leur colère, de l'essence, des allumettes, et les détritus qui traînaient toujours à portée de la main dans ce paysage de décombres. Qui pouvait être ce tireur d'élite ? se demandait Tengo, abasourdi. Où avait-il appris à si bien viser ?

Les deux soldats étaient penchés sur le corps de leur camarade tombé mais, déjà, alertés par l'unique détonation du coup mortel du franc-tireur, deux autres soldats les rejoignaient et ouvraient le feu sur le terrain vague où se trouvait le groupe de jeunes jeteurs de pierres.

— Courez ! Vite ! Courez ! hurla quelqu'un.

Tengo lâcha le morceau de ciment qu'il tenait encore à la main et partit comme une flèche vers l'arrière de l'église. Une balle passa en sifflant à la hauteur de sa hanche et alla s'écraser à côté de son pied. Il ne s'arrêta pas. Il entendait derrière lui le lourd martèlement de bottes militaires. Il tourna un coin de rue en courant de toutes ses forces, dépassa un groupe de femmes qui puisaient de l'eau dans un baquet pour la verser sur la tête d'un tout-petit qui se frottait les yeux en hurlant sous la brûlure du gaz lacrymogène. Au milieu du pâté de maisons suivant, il trouva une allée étroite qui séparait deux clôtures ; il s'y glissa à l'abri et s'arrêta pour écouter si on le poursuivait toujours. L'idée le traversa soudain que les soldats le soupçonnaient peut-être d'être le franc-tireur. Il s'approcha de l'angle de la maison et aperçut en se penchant le soldat qui parlait à une femme. Il repartit, dévala le sentier, enjamba des matelas éventrés, des meubles brisés, des poubelles renversées, dépassa des piles de pneus abandonnés, les yeux cuisants et les narines brûlantes de l'odeur nauséabonde qui montait des ordures répandues. Il finit par ressortir, haletant, sur la route principale. Il fit une pause pour reprendre son souffle. Une petite fille le dépassa en courant : elle pleurait, serrant à deux mains un carton de lait, et du sang coulait sur sa joue. Derrière lui, Tengo entendit le bruit de bottes qui se rapprochait.

L'allée continuait de l'autre côté de la route ; il se remit à courir, se jeta dans l'ombre de l'étroit passage et reprit sa course d'obstacles, enjambant ou contournant les ordures répandues sur le sol, bondissant et trébuchant sans ralentir. Il faisait presque nuit à présent. Tout en courant, il se répétait sans cesse une phrase qui rebondissait au rythme de sa respiration haletante : « Il ne faut pas qu'ils m'attrapent — pas maintenant, pas maintenant — seulement quand je pourrais enfin m'échapper de tout ça... et ses pieds semblaient marteler, inlassablement : il ne faut pas, pas maintenant, pas maintenant... »

Il arrivait aux dernières maisons du faubourg qui s'éparpillaient vers une portion de veld où des carcasses de voitures abandonnées à la rouille gisaient dans la nuit tombante comme des squelettes d'animaux monstrueux. A l'autre bout du terrain vague, il y avait une cabane inhabitée, une espèce de baraquement en tôle ondulée qui avait abrité autrefois un atelier de garagiste. La porte était fermée. Tengo l'ouvrit d'une poussée, se glissa dans la cabane et la referma derrière lui. A l'intérieur, on n'y voyait guère qu'une vague lueur qui entrait par les fenêtres crasseuses. Tengo se laissa aller contre la porte, attentif aux battements de son cœur et au bruit sifflant de sa respiration entrecoupée. Quand ses yeux se furent habitués à l'obscurité, il reconnut une pile de pneus et une chaise métallique renversée, qui n'avait que trois pieds. Quelques sacs défoncés étaient empilés dans un coin derrière deux batteries de voitures. Il attendit d'avoir repris son souffle, adossé à la porte, tandis que la petite voix au fond de son crâne suppliait toujours : « Pas maintenant... pas maintenant... » Enfin il s'écarta de la porte et s'appuya au mur pour écouter les bruits du dehors. Le froissement d'un rongeur qui se faufilait derrière les sacs le fit sursauter. Du centre du faubourg lui parvenait de temps en temps le bruit de rafales sporadiques.

Il tendait l'oreille, cherchant à distinguer les bruits qui venaient du sentier par lequel il était venu. Il se demandait s'il avait réussi à semer son poursuivant. Par terre, près de la fenêtre, à côté de bidons de kérosène, quelque chose attira son regard. Il s'approcha, le ramassa vivement et retourna à son poste, collé au mur à côté de la porte fermée ; c'était un morceau de métal court et pesant, sans doute un bout d'un levier brisé. Il le soupesa et resserra la prise de sa main droite sur cette arme improvisée.

Il avait la bouche sèche et ses yeux le brûlaient toujours. Collé à la charnière de la porte, les doigts serrés sur la barre de fer, il attendit, tous les sens en alerte. Dehors, le silence régnait.

Chapitre sept

Soudain, la porte s'ouvrit d'un coup avec un craquement sourd et rebondit en heurtant Tengo au front.

— *Kom buitekant, kaffir !* cria une voix. *Ek weet jy's daar !* (Sors de là, cafre ! Je sais que tu es là-dedans !)

Serré contre le mur, Tengo agrippait la barre métallique à deux mains en retenant son souffle. Le canon d'un fusil apparut par la porte ouverte. Puis, lentement, précédé par le fusil pointé, le soldat fit un pas en avant. Encore un pas et il se trouva au-delà du battant de la porte ; il resta là, comme une ombre, ramassé, sur ses gardes.

Alors, Tengo referma la porte d'un coup de pied et, du même mouvement, il bondit dans le noir et abattit la barre de fer de toutes ses forces. Le soldat, surpris, poussa un hurlement et la barre le heurta avec un bruit mat écœurant ; le soldat gémit et tomba par terre comme une masse.

Dans le silence qui suivit, Tengo pensa : « Je l'ai tué... il faut que je sorte d'ici tout de suite... » Mais le soldat s'était écroulé devant la porte et barrait le passage. Sans lâcher sa barre de fer, Tengo se pencha pour le pousser et dégager la porte. Brusquement, le soldat parla.

— Reste où tu es, cafre ! Il articulait avec peine, d'une voix pâteuse. Si tu bouges, je tire.

Dans la pénombre de la cabane, Tengo vit que le soldat s'était dressé sur un coude et cherchait à reprendre son fusil. D'un coup de pied vif, il repoussa le fusil hors de son atteinte et le ramassa. Le soldat gémit et se laissa retomber sur le flanc.

— Oh mon Dieu... murmura-t-il en afrikaner.

Le fusil dans une main, la barre de fer dans l'autre, Tengo le regardait encore sous le choc de ce qu'il venait de faire. Le souvenir de l'impact du métal sur le crâne du soldat le faisait frissonner de dégoût. Le soldat se remit à gémir puis il marmonna d'une voix presque inaudible :

— Ne me tue pas...

Le tuer ? Tengo était stupéfait. *Est-ce que je serais capable de tuer quelqu'un ? Et pourtant... lui allait me tuer.* Le soldat ne bougeait plus. *Peut-être que je l'ai déjà tué,* pensa Tengo, terrifié. Mais le soldat gémit, remua doucement et Tengo comprit, soulagé, qu'il n'était qu'évanoui. Il ne savait absolument pas quoi faire. Il fallait sortir de là. Mais le fusil… S'il le laissait là, quand le soldat allait revenir à lui il risquait de s'en servir pour tuer quelqu'un. D'un autre côté s'il sortait avec un fusil à la main, le premier soldat blanc, le premier policier qui croiserait son chemin lui tirerait dessus.

Il sentit ses jambes vaciller, prises d'une faiblesse soudaine, se laissa tomber sur un bidon de kérosène et appuya la tête sur ses genoux jusqu'à ce que le malaise disparaisse.

Le soldat était toujours allongé par terre, immobile, le bras tendu comme pour attraper son fusil. Tengo passa la barre de fer dans la ceinture de son blue-jean et soupesa le fusil à deux mains. Il le prit comme il avait vu qu'on devait tenir un fusil, l'index droit replié sur la détente, le canon braqué sur le soldat. Il supposait qu'il devait être chargé et il pensait : « Si j'appuie, le coup va sûrement partir. » Il était pris au piège à cause du fusil : il ne pouvait ni l'emporter ni le laisser, et il ne voulait pas s'en servir — même en sachant que Joseph ou Elijah n'auraient probablement pas eu les mêmes scrupules.

Le soldat ne bougeait pas. Dans sa chute, son képi avait roulé et il était posé par terre près de sa tête ; il avait le visage dans l'ombre mais dans la faible lueur qui entrait par les fenêtres sales, Tengo arrivait à discerner son crâne, couvert de cheveux très clair coupés en brosse, les cheveux blonds des Boers. Enfin, il remua. Tengo redressa le fusil. Le soldat secoua la tête, se redressa sur un coude, grommela quelque chose d'incompréhensible et s'assit avec beaucoup de peine. Il ferma les yeux et se prit la tête à deux mains.

— Où suis-je ? Qu'est-ce qui s'est passé ? murmura-t-il pour lui-même. Il ouvrit les yeux et vit son adversaire, à moins d'un mètre, qui surveillait ses moindres mouvements. Il gémit à nouveau :

— *Eina !* ma tête... Puis il découvrit le canon du fusil braqué sur lui. Alors, avec un grognement, il se laissa retomber sur le sol.

Le son de la voix du soldat fit tressaillir Tengo : elle réveillait quelque chose en lui, quelque chose qui flottait aux limites de sa mémoire, quelque chose de terrible. Il sentit qu'une peur profonde s'emparait de lui comme si ce qu'il fuyait depuis toujours — ce dont il avait cru que l'école et les études pourraient le sauver — était là, dans la cabane, entre lui et le soldat blanc. Cela bougeait en lui, il le sentait, et sa bouche se remplissait d'une saveur âcre et froide comme le métal.

Le soldat avait repris son immobilité. Tengo se souvenait que la première fois qu'il avait senti ce goût dans sa bouche, il avait couru pour le fuir, couru de toutes ses forces à travers le veld par un beau jour d'hiver ensoleillé. Ce matin-là, il se le rappelait très bien, il y avait trois vautours qui planaient en cercles dans le ciel transparent. Il les avait observés avec Frikkie. A cette époque-là, il ne savait pas reconnaître ce goût qui lui brûlait la bouche, mais il l'avait pourtant senti une autre fois, le même hiver ; il était monté de sa gorge, amer et violent, quand une petite fille rousse à la peau blanche couverte de taches de rousseur avait insulté le vieil Ezéquiel, l'avait traité comme on traite un chien bâtard, lui, un des anciens de la tribu.

Voilà que le soldat recommençait à grogner ; sa tête s'agitait et son profil dessinait une tache claire dans le pâle rayon de lumière qui filtrait dans la petite pièce. Assis sur le bidon retourné, Tengo le regardait, les mains moites de sueur sur la crosse du fusil. Le soldat gisait à ses pieds, les yeux fermés. Tengo se laissa tomber à genoux, se pencha sur la silhouette prostrée et se mit à scruter le visage en forçant ses yeux à percer l'obscurité. Son cœur pesait comme une pierre dans sa poitrine et il sentait le sang affluer à son visage, couvert de sueur froide. Il s'assit sur les talons, la bouche et la langue sèches, la gorge nouée ; il crut qu'il ne pourrait pas parler, mais finalement sa voix s'éleva, rauque, dans un soupir profond.

— Frikkie...

D'un bond, le soldat se redressa et regarda autour de lui sans comprendre.

— Frikkie, répéta Tengo.

— Comment sais-tu mon nom ? Qui es-tu cafre ? demanda le soldat terrorisé, en soulevant un genou pour se repousser en arrière.

Tengo ne dit rien. Le soldat, allongé, essayait

de percer l'obscurité. Un bleu noirâtre apparaissait déjà sur son crâne et sa joue, et il avait un œil fermé par la paupière enflée. Il se rapprocha à grand-peine.

— Oh non... mon Dieu, ce n'est pas possible. C'est toi ? C'est Tengo ? dit-il d'une voix défaillante.

Tengo s'était dressé, et le fusil pendait mollement dans sa main droite, le canon braqué vers le sol.

— Tengo, *sa waar,* c'est toi ? répéta la voix rauque du soldat.

— C'est moi.

— Qu'est-ce que tu fais là ? Tu vas me tuer ? Oh, ma tête... Un nouveau gémissement lui échappa... Oh, j'ai mal...

Il redressa ses genoux et y appuya son front pour laisser passer les vagues de la nausée.

Les mains de Tengo, comme si elles avaient une mémoire à elles, se rappelaient l'impact amorti du coup sur le crâne du soldat, transmis à ses doigts par la barre de fer. Il ressentait la violence du choc comme s'il venait de se produire et il frissonnait à l'idée que c'était sur le crâne de Frikkie que ses mains avaient abattu le métal.

— ... Soif... un peu d'eau... gémissait Frikkie.

— Il n'y a rien ici, dit Tengo brusquement.

Frikkie tapota d'une main tremblante le côté de son uniforme.

— Là.

Tengo vit une gourde d'eau plate accrochée au ceinturon de cuir. Il mit le fusil sous son bras, défit les boucles qui retenaient la gourde, la déboucha et la lui tendit. Frikkie dont la tête reposait toujours sur les genoux ne fit pas un mouvement pour la prendre.

— Tiens, renverse la tête...

Tengo lui approcha la gourde de la bouche, et Frikkie but maladroitement ; il essuya avec sa manche l'eau qui lui coulait sur le menton.

— Merci, Tengo.

Tengo à son tour porta la gourde à ses lèvres et but lentement pour rafraîchir un peu sa bouche desséchée. Puis il remit le bouchon en place, posa la gourde par terre et retourna s'asseoir sur le bidon de kérosène, le fusil en travers des genoux.

— Je n'arrive pas à rester assis. Il me faudrait quelque chose pour m'appuyer, marmonnait Frikkie.

Il se traîna sur quelques mètres et alla s'adosser à la pile de sacs défoncés. Les sacs crissèrent sous son poids comme s'ils étaient remplis de paille.

Le silence régnait dans la cabane. Dehors, la pleine lune s'était levée et jetait sur la désolation du faubourg une clarté féerique qui ressemblait à une cruelle moquerie. Une tache de lumière faisait comme une dalle de glace bleue sur le sol. Au milieu des ombres, à quelques mètres l'une de l'autre, la tête noire et la tête blonde se faisaient face. Au bout d'un moment, la voix de Frikkie brisa le silence.

— Alors c'est Tengo. C'est vraiment toi : Tengo ! Je n'arrive pas à y croire. On se retrouve, finalement... Tengo et Frikkie. Je savais que tu vivais près de Jo'burg ; ta mère me l'avait dit. Mais je ne savais pas que c'était justement dans ce faubourg.

Tengo, partagé entre le remords et l'hostilité, ne répondit pas. Frikkie se massa la tempe, tâta son œil gonflé :

— Ouf, quel coup ! Avec quoi m'as-tu frappé ? J'ai la tête qui éclate !

— Qu'est-ce que je pouvais faire d'autre ? répliqua Tengo. C'est toi qui avais le fusil.

C'est Tengo, pensa Frikkie, dans le silence qui retomba. *Si j'avais pu savoir... Mais quand j'ai vu Pieter Uys par terre, avec une balle dans la tête... Pieter... il est mort, sûrement...* (Frikkie gémit tout haut.) *Quand j'ai vu un cafre qui s'enfuyait en courant, j'ai pensé que ça devait être l'assassin. Et maintenant, on est là, tous les deux : Tengo et moi. Et c'est lui qui a mon fusil. Il est chargé. Il peut me tuer s'il veut. Personne ne sait où je suis. Tengo peut me tuer s'il veut. Tengo. Mais j'aurais pu le tuer moi aussi... Mon Dieu... Ma tête ! Il m'a sûrement brisé les os du crâne. Il me hait. Nous sommes ennemis. Mais ce n'est pas possible, comment est-ce qu'on peut être ennemis, Tengo et moi ? On a toujours joué ensemble, depuis qu'on avait trois ans.* L'image d'Oom Koos, de la ferme, monta en lui et le remplit de nostalgie.

— Tengo ?

— Quoi ?

— Tu te souviens de l'été où je t'ai appris à nager ?

— Oui. Et alors ?

— Rien. Je me rappelais, c'est tout.

Tengo aussi se rappelait : le plaisir de barboter et d'éclabousser, la peur de couler jusqu'à ce que, miraculeusement, sous les ordres et les encouragements que Frikkie lui criait de la rive, il découvre qu'il flottait, que l'eau de la rivière le portait. Mais il ne fallait pas penser à ça. S'il se laissait aller aux souvenirs, il risquait de faiblir, de perdre sa prise. Sa colère remonta.

— Si tu pouvais m'apprendre, c'est pour la bonne raison que, toi, tu allais à l'école gratuitement, et qu'à l'école on t'avait appris à nager. Nous étions deux garçons du même âge — mais toi, tu avais tout, parce que tu étais blanc, et moi, rien, parce que j'étais noir. Quel effet tu crois que ça fait ? Dis-moi ? Quel effet tu crois que ça fait ? Quand on s'est mesuré contre le tronc d'arbre, près de la rivière, tu étais plus grand que moi et tu m'as dit... tu m'as dit que je devrais manger plus de purée de mielie, conclut Tengo amèrement.

Frikkie, saisi, se tut un instant sans comprendre.

— Je suis désolé, Tengo. Je disais ça comme ça... Simplement, je me souvenais de la ferme, c'est tout : la rivière, la traite des vaches, comment on s'arrangeait pour se débarrasser de Sissie.

— Quelle chipie, ta petite sœur, dit Tengo sèchement. Il avait toujours la crosse du fusil en travers des genoux, et tenait l'arme d'une main ferme.

— Elle est toujours aussi casse-pieds. Elle suit des cours pour devenir secrétaire juridique.

— Bien sûr, dit Tengo. Et ma sœur à moi, Tandi, qu'est-ce qu'elle peut espérer ? Elle a eu la tuberculose. Qu'est-ce qu'elle peut espérer de la vie, elle ? Travailler comme bonne chez ta mère, à nettoyer les cochonneries des Blancs...

Frikkie était effondré contre les sacs. Des élancements douloureux lui traversaient la tête. Il se sentait acculé par la colère de Tengo. Ses paroles le scandalisaient. C'étaient des choses à ne pas dire, des choses qu'il était interdit de mentionner entre les Blancs et les Noirs. C'était la troisième fois que son unité était appelée pour réprimer des troubles dans un faubourg noir, et pas une fois il ne lui était venu à l'idée que dans la foule de visages noirs qui criaient leur colère et sur lesquels on l'avait entraîné à tirer sans réfléchir des balles de fusil, des balles de caoutchouc, de la chevrotine ou des grenades lacrymogènes, l'un des visages pouvait être celui de Tengo.

Ils ne savent pas qu'on crève de peur, nous aussi, pensait-il, *ils ne savent pas ce que c'est que de devoir sauter des Casspirs et foncer dans une foule de civils. C'est mou, et terrifiant. Des femmes et des filles avec leurs robes d'été, des écoliers, des vieillards. Ce n'est pas... La guerre, entre des soldats armés, en uniforme, ça c'est du solide. Est-ce qu'ils ne peuvent pas comprendre combien c'est effrayant de devoir plonger dans cette mer molle de haine et de violence — ils sont tellement nombreux, et on est si peu, même si c'est nous qui avons les matraques et les fusils... Maintenant, c'est Tengo qui a le fusil et il peut me tuer. Tengo peut me tuer.*

Mais il avait beau se le répéter, il savait qu'il n'y croyait pas. Tengo et lui... Non, pas Tengo...

Il avait la bouche tellement sèche qu'il sentait sa langue crisser contre son palais.

— Tengo, donne-moi à boire.

Tengo ramassa la gourde, la posa à côté de Frikkie et se rassit. Il se demandait ce qu'il devait faire. L'obscurité épaississait dans la cabane et la petite pièce se refermait sur eux. Frikkie but un peu d'eau et reposa la gourde.

— Tengo, tu es furieux, n'est-ce pas, furieux contre moi. Mais, enfin, qu'est-ce que j'ai fait ? Ce n'est pas moi qui ai voulu entrer à l'armée. Je n'avais pas le choix ; c'est la loi. Je n'ai pas demandé à être envoyé dans le faubourg. Qu'est-ce que j'y peux ? Il faut bien que j'aille où on m'envoie.

— Oui. Bien sûr. S'ils t'envoient tirer sur des enfants, tuer des civils désarmés, tu es un bon Sud-Africain, tu fais ce qu'on te dit de faire.

— Tengo, écoute, si tu crois que ça me plaît tout ça ! Je te jure, mon vieux, je n'ai qu'une envie : c'est d'être à la ferme, de m'occuper des bêtes et de conduire le tracteur dans les champs de mielie. Toutes les nuits, avant de m'endormir, je pense à la ferme, à ce que je ferais si je pouvais rentrer...

— Et qu'est-ce que tu t'imaginais que tu allais faire dans l'armée ? Traire les vaches ? Tu ne vas pas me dire que tu ne savais pas à quoi sert l'armée !

— Je n'y ai pas pensé, vieux, crois-moi. Je savais que je devais faire mes deux ans de service militaire et que quand j'aurais fini je pourrais commencer à travailler pour de bon à la ferme avec mon oncle. Et quand par hasard j'y pensais, de toute façon, j'imaginais qu'au pire il s'agissait d'aller combattre la guérilla de la frontière angolaise... Je ne savais pas qu'on allait nous envoyer dans les faubourgs pour essayer de faire retourner les gamins à l'école. Ce n'est pas notre faute, Tengo. C'est la faute de ces agitateurs qui vont jeter le trouble dans les faubourgs.

— Parce que tu crois à ces conneries, dit Tengo, méprisant. Ils vous lavent le cerveau à l'armée, évidemment. Les agitateurs ! Ce que tu appelles des agitateurs, c'est simplement des gens qui nous font voir ce que nous savons depuis toujours : que le système scolaire est organisé exprès pour nous maintenir à notre place, inférieurs par définition, que les enfants noirs meurent de faim et qu'on traite nos parents comme des chiens. Ce n'est pas les

« agitateurs » qui créent les problèmes — les problèmes, ils étaient déjà là bien avant eux. Ils nous montrent seulement qu'on n'est pas obligés de se laisser faire, qu'on peut essayer de changer les choses. C'est encore un de ces mensonges des Blancs : accuser les « agitateurs » de ce qui se passe dans les faubourgs.

Frikkie, secoué par la rage de Tengo, s'enfonçait de tout son poids dans la pile de sacs comme s'il essayait de se protéger du torrent de mots qui se déversait sur lui.

— Les Blancs, évidemment, n'ont aucun besoin d'agitateurs mais si tes parents vivaient dans une hutte de terre battue et n'avaient pratiquement que de la bouillie de mielie à manger jour après jour et si ta sœur Sissie était tuberculeuse, tu ne trouverais pas ça si mal que quelqu'un vienne dire que c'est injuste qu'on ne te laisse pas le droit de mener une vie décente... Tu ne crois pas ?

— Mais, Tengo, mon oncle et ma tante ont toujours été bons pour leurs travailleurs. Mon oncle emmenait Tandi à Doringkraal quand elle devait aller chez le docteur. Et c'est lui qui a payé le traitement pour sa tuberculose.

— Évidemment. Il ne voulait pas risquer qu'elle passe sa tuberculose à un autre de ses travailleurs.

— Tengo, tu es injuste. Oom Koos est plus généreux que beaucoup d'autres fermiers.

— Tu ne comprends pas, Frikkie, pas vrai ? Peut-être que les Blancs ne peuvent pas comprendre. On s'en moque, de votre « générosité ». Nous ne sommes pas à vous. Nous ne sommes pas vos enfants ni vos esclaves. Comment puis-je te faire comprendre ça ? Écoute : quel effet tu crois que ça m'a fait le jour où je suis entré dans la cuisine de la ferme et que j'ai trouvé ta petite sœur, tellement plus jeune que moi, en train de lire, et elle lisait mille fois mieux. Quel effet tu crois que ça fait ?

Il aurait voulu attraper Frikkie par les épaules et le secouer jusqu'à ce qu'il comprenne. Comment pouvait-il ne pas comprendre ?

— Et ta mère qui envoyait toujours les vieilles poupées et les vieilles robes de Sissie pour ma sœur...

— Tu aurais préféré qu'elle n'en envoie pas ? interrompit Frikkie.

— J'aurais préféré que mon père gagne un salaire décent pour son travail, ce qui lui aurait permis d'acheter lui-même ce dont on avait besoin. Tu crois que ça ne me faisait rien quand on jouait au football tous les deux dans le jardin et que brusquement ta tante t'appelait à table pour manger un bon déjeuner avec de la viande et des pommes de terre préparés par ma mère à moi, tandis que moi, je devais rester dehors, dans la cour de derrière, et j'avais droit à du thé et un morceau de pain — les bons jours à quelques restes de vos repas de la veille. Ça ne t'es jamais venu à l'idée que je pouvais commencer à me demander pourquoi, toi, tu avais le droit d'avoir l'estomac plein pendant que ton petit ami noir, dans la cour, avait toujours faim en finissant de manger. Faim, tu comprends ? Tu sais ce que ça veut dire d'avoir faim jour après jour ? Tous les enfants noirs savent ce que c'est.

— Ce n'est pas juste, Tengo. Ce n'est pas ma faute, tu ne peux pas m'accuser de tout ce qui ne va pas dans ce pays.

— Ce n'est pas ça que je te reproche, dit Tengo, gagné soudain par le découragement. Ce que je te reproche, c'est de ne pas savoir. De refuser de savoir.

Frikkie, écrasé sous le poids des paroles de Tengo, se recroquevillait ; il était pris au piège, pas seulement à cause du fusil et de sa blessure, mais surtout par ce flot d'accusations implacables qui l'assaillaient. Il avait l'impression que la petite cabane se repliait sur lui. La colère de Tengo montait à nouveau, et Frikkie, atterré, ne pouvait pas y échapper.

— Ne me dis pas que tu n'y as même pas pensé ! cria Tengo tout à coup. Et dans son cri se concentraient toutes les injustices qu'il avait dû supporter en silence, toutes les années d'impuissance accumulées au fond de lui et qu'il laissait enfin déferler.

— Aussi vrai que Dieu existe, dit Frikkie lentement en cherchant des mots capables de toucher Tengo, de l'atteindre par-delà le gouffre qui les séparait, je te jure, c'était la seule réalité quotidienne que je connaissais, ça me semblait normal. Je n'ai jamais pensé que les choses pouvaient se passer autrement...

— Eh bien, tu n'as vraiment pas de chance, on dirait ! Tu te rends compte trop tard. Parce que, comme tu vois, ça peut se passer autrement. Maintenant, c'est Frikkie qui est par terre, et c'est Tengo qui tient le fusil. Tout est à l'envers, pas vrai ? C'est comme ça !

Pour la première fois, tenir le fusil lui donnait un sentiment de puissance, la tête lui tournait presque ; une exaltation nouvelle s'emparait de lui, il découvrait que c'était Frikkie, à présent, qui dépendait de lui et de sa pitié.

— Et ce n'est que le début, Frikkie, dit-il doucement. Ce que tu es en train de découvrir, tout ton peuple, tu m'entends, tout ton peuple va devoir l'apprendre. Et ça ne va pas leur plaire non plus. Tout ça parce que vous êtes tous pareils — aucun de vous ne veut y penser.

Il éprouvait maintenant, en jouissant de son triomphe, une amère satisfaction à l'idée du coup qu'il avait assené sur le crâne de Frikkie.

— Tengo, écoute-moi. Comment aurais-je pu ne pas trouver ça normal ? Tout le monde, mon père, ma mère, mon oncle et ma tante, mes professeurs, le pasteur de notre église, ils m'ont tous appris que les choses étaient comme elles devaient être. Pourquoi n'aurais-je pas dû l'accepter ? Et maintenant c'est moi que tu accuses. Mais je n'ai rien fait de mal ! Ce n'est pas ma faute !

Il avait encore plus mal à la tête quand il essayait d'élever la voix ; il ne voyait pratiquement plus rien de son œil droit. Il continua :

— Tengo, il faut que tu comprennes ! Tout ça a commencé il y a très longtemps, bien avant notre naissance à tous les deux. Tu ne peux pas m'accuser uniquement parce que je suis né blanc. Ce n'est pas ma faute. Je n'ai rien fait.

Les élancements recommençaient et il se laissa aller en arrière contre les sacs. Il se demandait s'il allait s'évanouir à nouveau. Il ferma les yeux.

Tengo se tut un long moment. Puis il dit lentement :

— Tu te trompes. Tu as fait quelque chose.

Frikkie ouvrit les yeux.

— Moi ? Qu'est-ce que j'ai fait ? demanda-t-il violemment.

— Tu n'as rien vu ! Voilà ce que tu as fait ! Tu ne t'en souviens sûrement pas, mais moi oui ! Un jour, ta tante nous a fait porter le goûter dans le jardin parce qu'on était couverts de boue et qu'elle ne voulait pas que tu entres dans la maison dans cet état. On t'a apporté une jolie tasse et une assiette avec des fleurs dessus, et moi j'ai eu un gobelet et une soucoupe de fer-blanc. Dis-moi un peu, qu'est-ce que j'étais censé penser : qu'on me traitait comme ça parce que c'est ce que je méritais, parce que j'étais réellement inférieur ? Je ne me sentais pas inférieur, moi, mais j'ai commencé à penser : « bon, peut-être... après tout, peut-être que je suis inférieur... »

— Mais elle ne t'a pas donné moins de lait ni moins de gâteau qu'à moi, protesta Frikkie. On a eu tous les deux la même part.

— Tu ne comprends toujours pas, dit Tengo. Il avait beau être maître du fusil, il ressentait maintenant comme une défaite son incapacité à mettre en pièces, à balayer l'incompréhension inébranlable de Frikkie. C'était comme essayer de déplacer une montagne.

— Tu ne comprends toujours pas, répéta-t-il d'une voix lasse. Tu ne comprends pas que ce que tu as fait de mal, c'est justement de tout trouver normal, de ne rien voir de mal à rien. C'est un péché, même si vos pasteurs Boers n'en parlent pas dans leurs sermons. Cette faute a grandi, grossi et enflé. Maintenant, elle est si grosse, si monstrueuse, que plus rien ne peut la racheter. Aujourd'hui, ce pays entier est en danger, terriblement en danger à cause de toute l'injustice que les gens comme toi ont été incapables de voir.

La douleur était maintenant si violente que Frikkie se laissa aller en arrière, les yeux fermés. Il gémit faiblement.

— Tu as très mal, Frikkie ?

Frikkie laissa échapper un autre gémissement.

Déchargé de la colère qu'il venait de jeter à la

figure du soldat, Tengo ne voyait plus en lui un ennemi contre lequel il se dressait mais simplement Frikkie. En l'entendant gémir, il eut pitié de sa faiblesse.

— Tu veux un peu d'eau, Frikkie ?

— Non.

Il ne bougeait pas, et Tengo se demanda s'il ne s'était pas évanoui une nouvelle fois. *Je viens de l'accuser, lui et toute sa famille, d'accepter la situation comme elle était,* réfléchit Tengo, *mais mes propres parents, ils ne posaient pas de questions non plus. Ils acceptaient les mauvais traitements, la pauvreté, l'injustice. Eux non plus, ils ne voyaient pas comment les choses auraient pu être différentes. Quand j'avais des doutes, ils me disaient de ne pas poser de questions, que c'était comme ça, qu'il fallait essayer de nous en sortir le mieux possible dans les limites qu'ils acceptaient, qu'ils acceptaient exactement comme l'oncle et la tante de Frikkie. Alors, pourquoi ce serait seulement la faute des gens comme Frikkie ?* Il caressa machinalement la surface polie de la crosse du fusil. *Mais peut-être que mes parents, mes oncles et mes tantes ont quand même une excuse, puisqu'ils étaient les victimes du système. Mais est-ce que c'est une excuse ? A partir du moment où quelqu'un se rend compte qu'il subit une injustice, d'une certaine façon, il cesse d'être une victime...*

Il faudrait qu'il parle de tout cela avec Joseph... si jamais il arrivait à sortir vivant de cette horrible petite cabane.

— Tengo...

— Quoi ?

— Tu te souviens, le jour de la fête pour les

cinquante ans d'Oom Koos, ma cousine Annetjie, celle qui était rousse avec des tâches de rousseur, elle voulait te faire punir parce que tu l'avais menacée de la frapper, eh bien, je suis allé la trouver et je lui ai fait jurer, à elle et aux autres, qu'elles ne diraient rien. J'ai dû donner ma plus belle bille à Sissie pour qu'elle accepte. C'était une bille marbrée, rouge et vert, je m'en souviens encore, dit Frikkie avec un petit rire.

— Et qu'est-ce que je suis censé répondre d'après toi ?

L'élan de sympathie qui l'avait repris disparut, emporté par la colère.

— Je devrais peut-être joindre les mains sur mon cœur et dire : merci Kleinbaas ? Merci d'avoir fait pour moi ce qu'un ami fait pour son ami, ce qui fait que comme je suis noir et que tu es blanc, ça te permet de te sentir noble et généreux ? Tu l'as fait parce que tu étais mon ami — ça n'a rien à voir avec la couleur de ma peau. Et j'avais beau être ton ami, tu trouvais ça parfaitement normal, cette gamine qui appelait le vieil Ezéquiel « boy », et qui lui disait de nettoyer son gâchis sans aucun respect pour son âge, sans aucun respect pour un des anciens de notre tribu. Et maintenant tu voudrais que je dise : merci Kleinbaas ?

Frikkie ne savait plus quoi répondre. *Il est injuste,* se répétait-il, *il refuse de reconnaître qu'on a fait aussi des choses bien.*

Ils se turent, enfermé chacun dans sa propre

version de ce qui s'était passé entre eux autrefois. Frikkie fut le premier à rompre le silence.

— Tengo.

— Quoi ?

— Tu es injuste.

— Qu'est-ce que tu veux dire ? Injuste pourquoi ?

— Écoute, mets-toi à ma place. Tu te souviens, une fois, on aidait mon oncle à préparer du biltong et on s'est mis à parler de la Grande Traversée...

— Et de la façon dont tes ancêtres ont massacré les miens...

— Tengo, laisse-moi parler. Mes ancêtres, pour échapper à la domination anglaise, se sont lancés à l'assaut de l'inconnu, du désert. C'étaient des gens profondément pieux. Ils voyageaient avec le fusil dans une main et la Bible dans l'autre. Ils croyaient, de toute leur foi, que Dieu voulait qu'ils avancent vers le nord pour s'installer sur la Terre promise.

— Ils ne pouvaient y croire que dans la mesure où les Noirs, qui étaient installés là depuis des centaines d'années, n'étaient pas à leurs yeux des êtres humains. Et c'est bien comme ça qu'ils nous traitent depuis.

— Tengo, ma famille possède cette ferme et travaille cette terre depuis des générations. Nous avons des droits sur elle. Elle est à nous.

— Cette terre appartenait à mon peuple bien

avant que le premier Blanc ait seulement mis un pied en Afrique du Sud, Frikkie. Mais ça ne sert à rien de discuter de ça. Nous étions là les premiers. Vous êtes là maintenant. Et il ne nous reste plus qu'à exiger, à nos risques et périls, ce qui nous appartient de droit.

— Pourquoi auriez-vous le droit de nous prendre une terre que ma famille a conservée et mise en valeur par le travail de générations ?

Frikkie avait rassemblé toutes ses forces pour crier ces mots, et il retomba sur la pile de sacs, les tempes en feu.

— Vous nous l'avez prise, dit Tengo, implacable. Et c'est des Noirs qui ont fait tout le travail. Le temps est venu pour nous de reprendre ce qui nous appartient.

— Et nous ? Où veux-tu qu'on aille ? Tu veux nous jeter à la mer, c'est ça ! Il n'y a pas d'autre endroit pour nous au monde ! Nous sommes chez nous aussi !

— Nous ne voulons pas chasser les Blancs. Nous voulons seulement notre part, en toute équité.

Avec le fusil sur ses genoux et Frikkie à ses pieds, presque suppliant, Tengo éprouvait à nouveau une sensation de puissance qui le remplissait de force. Il se pencha en avant pour faire face à la silhouette pâle qui l'observait, de l'autre côté de la flaque de lumière bleue du clair de lune.

— Ton oncle, l'oubaas, il se fait vieux, Frikkie. Un de ces jours, il va mourir, et tu crois que la ferme sera à toi ?

— Je ne crois pas, je le sais, qu'elle sera à moi, cria Frikkie en colère. Il est allé chez le notaire. Il a fait son testament. Il me laissera la ferme, c'est écrit et signé !

Tengo garda le silence un moment avant de répondre.

— Elle ne sera jamais à toi.

Il crachait les mots comme si c'était des balles de fusil.

— Nous allons prendre la direction de ce pays, continua-t-il lentement. Et la ferme de ton oncle ira à ceux qui ont fait tout le travail pour quelques rands et quelques sacs de farine de mielie, à ceux qui se sont éreintés pour que ta tante puisse se prélasser dans sa salle à manger avec des napperons brodés sur la table, et boire son thé dans des tasses en porcelaine fleurie. Et je vais te dire encore une chose, Frikkie : il y a plus de chance pour que ta sœur devienne la secrétaire d'un avocat noir que pour que la mienne devienne bonne dans la cuisine de ta tante.

En disant tout cela, Tengo éprouvait le même plaisir, la même satisfaction qu'il avait vu s'épanouir sur le visage de l'oubaas en regardant tomber le gibier qu'il venait de tirer en plein vol et qui s'abattait au sol en tournoyant.

Une vague d'angoisse submergea Frikkie,

plus douloureuse encore que sa tête blessée. *Oh,* criait-il tout au fond de lui-même, *qu'allons-nous devenir ? Que vont devenir maman et papa ? Il va me tuer. Je serai mort, et Sissie travaillera dans le bureau d'un homme noir. Tout est perdu. Pieter Uys est mort. Tout est gâché. Pourquoi ? Il fallait vraiment que tout finisse comme ça ? Pourquoi ?*

Il se sentait complètement perdu ; il aurait voulu comprendre, mais c'était impossible, c'était trop absurde pour lui. Ce qu'il voulait, depuis le début, c'était sortir vivant de son service militaire et passer le reste de sa vie à travailler la ferme. Il ne voulait de mal à personne.

— Pourquoi est-ce que tu m'en veux, à moi ? cria-t-il soudain, en se jetant en avant. Je ne t'ai jamais fait aucun mal. Nous étions amis. J'ai toujours gardé le petit taureau d'argile rouge que tu avais fait. Il est encore sur la commode de ma chambre à la ferme.

Au souvenir du petit taureau d'argile, Tengo retrouva d'un coup, vivante, la sensation de l'argile souple et docile entre ses doigts, le petit bruit de succion de la terre élastique quand il creusait à deux mains les berges de la mare. Il respirait l'air parfumé du veld, il entendait dans les eucalyptus le roucoulement des colombes dont le rythme suivait celui des battements de son sang. Lentement, sa violence commença à se dissoudre comme la poussière emportée par une averse d'été et il se tut, abasourdi d'avoir pu harceler ainsi quelqu'un qu'il avait déjà blessé aussi gravement. Au bout d'un moment, il demanda gauchement :

— Frikkie, est-ce que la sécheresse est enfin finie ?

Frikkie se détendit ; les crampes de son cou, de sa mâchoire, se relâchèrent.

— Non. On attend toujours la pluie. Ça va mal, à la ferme, tu sais. Mon oncle a dû demander un prêt à la banque. Il dit que si la pluie n'arrive pas bientôt, il est ruiné.

— Et qu'est-ce que tu vas faire, dans ce cas-là ?

— Je travaillerai cette terre, quoi qu'il arrive, dans la sécheresse ou les inondations...

— Frikkie ?

— Oui, Tengo ?

— Plus rien ne va être pareil dans ce pays. Tu dois quand même bien comprendre ça ?

— Oui, je le vois bien. Et il ajouta avec un petit rire : je vois bien que c'est toi qui as le fusil et que je suis par terre avec le crâne fendu. Je vois bien que tout a changé. Le cousin de mon père, celui qui a une ferme près de la frontière du Zimbabwe, sa femme et son enfant ont été gravement blessés, leur voiture a explosé sur une mine en allant à la ville. Je sais ce qui se prépare. Mais je n'abandonnerai pas la ferme. Jamais. Je me battrai pour elle jusqu'au bout, avec tout ce que j'ai.

— Nous aussi.

Au-dessus de la cabane, la lune avait continué sa course et avait emporté le rectangle de lumière bleue, réduit maintenant à une petite tache d'argent liquide sous la fenêtre.

— Frikkie, je n'aime pas la violence...

— Alors qu'est-ce que tu faisais dans la rue au milieu de cette émeute. Tu jetais des pierres, non ? Et l'un d'entre vous avait un fusil. Un de mes amis a reçu une balle ; il doit être mort, maintenant. Je t'ai couru après parce que je t'ai vu t'enfuir si vite que j'ai pensé que c'était peut-être toi qui avais tiré. Et tu viens me dire que tu n'aimes pas la violence !

— Un de tes amis a reçu une balle ! Est-ce que tu sais seulement combien de Noirs ont été tués cette année ? Des centaines et des centaines ! Mais enfin, Frikkie, tu es aveugle ? Tu ne vois pas que toute la violence, c'est les Blancs qui la provoquent, la police, l'armée...

— Nous devons maintenir l'ordre, Tengo.

— Mais vous ne vous demandez jamais d'où vient le désordre, ce qui en est la cause ? Tu ne te rends pas compte que toutes ces lois et ces règlements pour maintenir l'inégalité entre vous et nous sont une forme de violence ?

— Ce n'est pas mon affaire, Tengo. C'est la loi. Je ne pose pas de questions. Mon devoir est de veiller à l'application de la loi. Je n'ai pas le choix.

— Mais si tu as le choix. Il y a des gens qui refusent de faire leur service militaire. Les gens chez qui ma tante travaille, à Jo'burg, ils ont deux fils. Ils ont quitté le pays tous les deux plutôt que d'entrer dans une armée qui tire sur la population noire civile.

— Les gens qui partent, c'est qu'ils n'aiment pas leur pays, dit Frikkie dédaigneusement. Ce sont des lâches, et des traîtres. Je ne partirai jamais.

— Il y a aussi des Blancs qui travaillent de notre côté, qui veulent partager le pays avec les Noirs.

— Ce sont des traîtres aussi, dit Frikkie.

« Ça ne sert à rien », pensa Tengo. Il comprenait à présent que, plus encore que les Noirs, c'était Frikkie et les Blancs comme lui qui étaient les victimes, pris au piège comme ils l'étaient par leurs préjugés, par l'étroitesse de leurs idées. « Quand il s'agit de cultiver la terre, ils comprennent pourtant les lois de la nature », se dit-il. Il se souvenait du jour, il y avait bien des années, où, petit garçon, il donnait à manger aux poules, et où l'oubaas lui avait expliqué que les poules, quand on les mettait en cage, devenaient vicieuses, agressives et pondaient des œufs fragiles, aux jaunes décolorés et insipides, tandis que celles qui pouvaient courir en liberté devenaient vigoureuses et pleines de santé et que leurs œufs avaient des coquilles solides et des jaunes foncés et savoureux. *Et pourtant, ces Boers n'arrivent pas à comprendre que les mêmes lois s'appliquent aux êtres humains, qu'il faut bien accepter les conséquences de ce qu'on fait, qu'on soit ou non préparé à y faire face. Maintenant, c'est les Noirs qui espèrent, qui font changer les choses, qui imaginent de nouvelles possibilités d'avenir, tandis que ces Afrikaners... ils ne pourront pas survivre, sauf s'ils démantèlent les cages qu'ils ont construites pour s'y enfermer eux-mêmes.*

Pour éviter les questions dangereuses, il changea de sujet.

— Frikkie, tu as passé ton examen de fin d'études ?

— Je l'ai eu d'un quart de poil. Je n'ai jamais été très doué pour les études. Et toi ?

— Ça fait plus d'un an que l'école est fermée, dit Tengo. Et malgré ses efforts pour ne pas rallumer le conflit entre Frikkie et lui, la colère et la frustration l'envahirent de nouveau. Comment voulais-tu que je passe mon examen ?

— Je suis vraiment désolé pour toi, Tengo. Mais c'est la faute de ton propre peuple, de ces agitateurs qui ont organisé le boycott scolaire.

— Tu aimerais ça, toi, aller en classe avec les soldats et la police qui quadrillent la cour de récréation et qui entrent jusque dans les salles de classe te menacer et te bousculer ?

Frikkie ne répondit pas. Son épaule lui faisait mal et il se mit à la masser doucement ; ça devait être en tombant, elle avait sans doute heurté le sol quand il était tombé assommé.

— Ta mère m'a dit que tu voulais aller à l'université. Elle a même dit que tu voulais aller poursuivre tes études en Amérique.

— C'est ce que je voulais. Mais maintenant...

La voix de Tengo tremblait, et la phrase resta en suspens.

— Mon oncle a toujours dit que tu étais vraiment très intelligent pour un... pour ton âge.

— Très intelligent pour un cafre, tu veux dire, rectifia Tengo amèrement.

Dans l'obscurité de la cabane, le visage de Frikkie s'enflamma ; il rougissait de honte pour la première fois de sa vie à ce mot qu'il entendait et qu'il employait depuis toujours. Il ne put que bredouiller, en afrikaner :

— Excuse-moi, Tengo.

Il voulait dire : pardonne-moi, mais les mots ne voulaient pas sortir.

La colère de Tengo s'était envolée. Les phares d'une voiture qui faisait demi-tour sur la route, au bout du terrain vague pénétrèrent par la fenêtre de la cabane et illuminèrent, pour un instant, la silhouette du soldat effondré contre la pile de sacs. Tengo sursauta en découvrant la moitié du visage familier, à peine changé, de l'ami avec lequel il avait joué toute son enfance à la ferme et sur le veld ; l'autre moitié était méconnaissable, noircie par la trace du coup de barre de fer, l'œil trop enflé pour s'ouvrir, les cheveux jaunes coupés court couverts de sang séché. Il comprit qu'il y avait eu un moment, au cours de leur discussion où il avait pris, sans s'en rendre compte, la décision de laisser Frikkie partir. Mais il ne savait pas encore comment il allait le faire.

— Frikkie ?

— Oui, Tengo ?

— Est-ce que tu as déjà vu la mer ?

Frikkie secoua la tête.

— Non.

— Moi non plus.

Dehors, le silence régnait. Cela faisait déjà longtemps que le bruit des coups de feu, les cris et le grondement des Casspirs s'étaient tus. Tengo savait qu'ils finiraient ce qu'ils avaient commencé, à 3 heures du matin, l'heure qu'ils préféraient pour cogner aux portes des habitants endormis, tirer de leurs lits des gens encore somnolents et saccager sans scrupules armoires et tiroirs sous prétexte de chercher des preuves d'activité politique, au milieu des hurlements des enfants réveillés en sursaut, avant de traîner les suspects — filles et garçons à peine sortis de l'enfance — directement en prison, abandonnant les parents suppliants et les frères et sœurs en larmes au milieu des meubles renversés et des objets brisés.

Il se leva.

— Frikkie. Tu ferais mieux de partir tout de suite.

— Quoi ?

— Allez, mon vieux !

Brusquement, il n'avait plus une seconde à perdre, il fallait en finir, tout de suite.

— Tu peux te lever ? Lève-toi et va-t-en. Mais je te jure, Frikkie, que si tu tentes quoi que ce soit, si tu envoies quelqu'un me chercher... je te jure que je le tuerai avant de me laisser prendre.

Frikkie se mit debout, non sans peine, en s'agrippant aux sacs. Il se tint sur ses pieds, immobile, puis commença à tituber comme s'il était sur le point de tomber. Tengo se précipita et le maintint par les épaules. Le fusil, dans sa main droite, touchait l'épaule et le bras de Frikkie. Celui-ci s'appuya sur lui de tout son poids, la tête contre son cou. Ils restèrent ainsi, debout, serrés l'un contre l'autre, dans le noir, en silence, eux deux et le fusil.

Frikkie, défaillant, attendait que les vagues de la nausée et les sueurs froides se calment, et Tengo, en le soutenant, découvrait avec surprise qu'il était bien plus grand que lui, maintenant, au moins d'une tête de plus. Son vieil ami était, entre ses bras, trapu et musclé.

Frikkie se redressa. Tengo fit un pas en arrière sans le lâcher ; il lui tenait les épaules à deux mains, le fusil passé sous un de ses bras comme une béquille.

— Ça va mieux ?

— Je crois que oui.

— Tu sauras retrouver ton chemin ?

— Je ne sais pas...

— Écoute bien : tu tournes à droite et tu traverses le terrain vague. Tu vas voir l'allée, entre les maisons, à l'autre bout. Tu la prends, tu traverses la route : elle continue de l'autre côté ; ensuite, quand tu ressors dans une rue, tu tournes encore à droite. Tu trouveras l'église à cent ou deux cents mètres.

Il lâcha Frikkie et recula en reprenant le fusil à deux mains, le canon vers le sol.

— Maintenant, file. Va-t-en. Et n'oublie pas, je te préviens... n'envoie personne à ma recherche, et ne dis rien à personne.

Il parlait lentement, en insistant sur chaque mot.

— Je ne ferais jamais ça, Tengo. Tu sais bien que je ne ferais pas une chose pareille.

— Avec les Blancs, je ne sais rien du tout. Allez, file !

— Tengo... ta voix... ta façon de parler... on dirait que tu me détestes. Tu me détestes ?

Tengo se détourna et se mit à regarder par terre, dans le noir, à côté du soldat. Il était épuisé, vidé, il ne voulait plus penser, il ne voulait plus parler, il voulait que Frikkie s'en aille, qu'il disparaisse de la cabane, qu'il disparaisse de sa vie. Mais Frikkie attendait et ne bougeait pas.

— Non... finit par répondre Tengo. Il avait le souffle coupé, besoin d'air, de respirer à fond. Ce n'est pas toi que je déteste, Frikkie. Je déteste...

Il leva le bras qui tenait le fusil, et le laissa retomber, découragé. Il n'y avait rien d'autre à dire.

Frikkie hésita.

— Bon, alors, j'y vais. Au revoir, Tengo.

Tengo se tourna pour regarder la porte.

— Au revoir, Frikkie.

La porte, en s'ouvrant, craqua sur ses gonds rouillés. L'ombre du soldat, dans le noir, s'arrêta un instant, hésita, puis se glissa dehors et la porte se referma avec un claquement sourd.

D'un pas incertain, mi-marchant mi-courant, Frikkie, malgré le vertige et l'épuisement, réussit à traverser le terrain vague en zigzaguant entre les squelettes de voitures abandonnées et les tas de parpaings dont les vagues fantômes surgissaient dans la nuit. L'effort de courir augmentait la douleur de sa blessure et il tremblait à l'idée de se perdre et de tomber sur des militants qui l'achèveraient sûrement sans pitié. Il grelottait de froid et de faiblesse mais il avançait, et il reprit confiance quand il put se faufiler dans l'obscurité protectrice de l'allée. Il rasait les murs, tous sens en alerte, mais il ne cessait de penser malgré lui à cette rencontre invraisemblable avec Tengo. Tengo l'avait laissé partir. Au fond, il s'en était douté depuis le début... il en était pratiquement sûr, mais il y avait quand même eu de mauvais moments. Finalement, ce qu'il y avait eu entre eux autrefois s'était révélé plus fort que ce qui était en train de se passer entre les Blancs et les Noirs.

Dank Die Here, merci, mon Dieu, murmura-t-il sans cesser de courir. Malgré la douleur, malgré la peur, il exultait. *Pas seulement parce qu'il m'a laissé partir,* se dit-il, *mais surtout parce que... parce qu'on est redevenus « Frikkie et Tengo »...* Les deux noms s'unissaient tout à coup facilement dans sa bouche. Oui, pour un instant, ils étaient redevenus « Frikkie et Tengo »...

Un point de côté l'obligea à s'arrêter et il attendit qu'il disparaisse, adossé à un mur. La lune brillait, très haut dans le ciel noir. On n'entendait pas un bruit dans le faubourg désert, les gens devaient être enfermés chez eux. L'odeur des gaz lacrymogènes flottait encore dans l'air frais de la nuit. En débouchant de l'allée, il essaya de prendre l'air d'un soldat en patrouille sur la route malgré la nausée qui remontait en lui. La nuit était tiède, mais il mourait de froid ; il grelottait et faisait des efforts désespérés pour immobiliser ses mâchoires. Les quelques rares Noirs qu'il croisa sur la route passèrent en détournant la tête pour ne pas le regarder.

Devant l'église, la place était illuminée et pleine de soldats. Deux des petits véhicules blindés, avec leurs canons menaçants qui dépassaient, étaient stationnés au beau milieu. Un des véhicules jaunes de la police, renversé, bloquait un angle ; un groupe de policiers anti-émeutes, en uniformes bleus, montaient la garde à proximité. Frikkie vint s'écrouler au pied des marches de l'église, la tête sur les genoux. Il entendit la voix de son sergent qui aboyait :

— Où étais-tu passé ! Nous avons cru... ils

sont encore à ta recherche... Lève-toi quand je te parle !!!

Comme il ne recevait pas de réponse, le sergent s'agenouilla à côté de Frikkie et lui souleva la tête.

— Mon Dieu ! Qu'est-ce qui t'est arrivé ?

Frikkie dut rassembler toutes ses forces pour répondre :

— J'ai pourchassé quelqu'un... je croyais que c'était celui qui avait descendu le soldat Uys. Il s'est caché... il m'attendait avec une barre de fer...

Le sergent se releva.

— Bon Dieu, regardez-moi comment ses cafres l'ont arrangé !

Un groupe se formait autour de Frikkie.

— Il faut l'envoyer à l'hôpital, dit le sergent. Brusquement, il se mit à crier :

— Où est ton fusil ?

Frikkie, la tête entre les genoux, ne répondit pas.

— C'est ces diables noirs qui te l'ont pris ! explosa le sergent.

Frikkie fit signe que oui.

— Il va falloir faire une enquête, dit le sergent, sinistre. Qui te l'a pris ? Où étais-tu ? Est-ce que tu as vu qui c'était ? Comment était-il ? Est-ce que tu le reconnaîtras si on l'arrête ?

Frikkie leva la tête.

— Je n'ai rien pu voir. Il faisait noir. J'ai été assommé. Quand je suis revenu à moi, j'étais étendu par terre et mon fusil avait disparu.

— Ces salauds, ils vont le payer ! hurla le sergent. Allez, vous deux, mettez-le dans une des jeeps et emmenez-le à l'hôpital.

Allongé sur le siège arrière de la jeep, il gémissait à chaque nid de poule ; la chaussée défoncée était jonchée de pierres et de briques jetées par les manifestants, et chaque secousse se répercutait sous son crâne en élancements douloureux. Les deux soldats de son unité qui l'accompagnaient se taisaient et fixaient la route droit devant eux.

Dès la sortie du faubourg, les cahots cessèrent et la jeep se mit à rouler en douceur sur le macadam tout neuf. Dans la tête de Frikkie, le désarroi lançait comme des décharges électriques qui le secouaient, s'évanouissaient et se rechargeaient de plus belle. Les paroles de Tengo remontèrent à la surface : *Elle ne sera jamais à toi... La ferme ira à ceux qui ont fait tout le travail...* et un poing de glace se ferma sur son cœur. Dans l'obscurité menaçante de l'avenir, il voyait se dissoudre son rêve de toujours : la ferme d'Oom Koos, comme les reflets qui s'éparpillaient dans l'eau en vagues concentriques quand il jetait des pierres avec Tengo dans la petite rivière... L'idée qui l'avait accompagné toute sa vie, aussi loin qu'il pouvait se souvenir, posséder la ferme et y travailler, perdait sa solidité et se dissolvait en vaguelettes tremblantes avant de disparaître. Il s'assoupit ou s'évanouit, et se vit soudain à la ferme, contremaître sous les ordres de Tengo, qui, vêtu de kaki comme Oom Koos, debout sur la terrasse, lui donnait ses ordres... Il poussa un cri qui le réveilla. L'un des soldats se pencha vers lui pour demander :

— Ça ne va pas ?

— Ma tête, j'ai mal... Puis il demanda : Et pour Pieter Uys, qu'est-ce qui s'est passé ?

— Ne t'en fais pas pour ça, c'est pas le moment, dit le soldat. Ne t'inquiète pas, essaie de ne pas t'agiter, on va arriver.

— Ils l'ont tué, dit Frikkie.

Le soldat garda le silence.

Frikkie commença à se lamenter tout bas : *Qu'est-ce qui se passe... A quoi ça sert, tout ça... Pourquoi... Pourquoi... Pourquoi les choses ne peuvent-elles pas continuer simplement comme avant, comme toujours ?...* Il vit les ombres jaunes des dépôts des mines passer devant la vitre. Sa tête lui faisait affreusement mal et c'était Tengo qui lui avait fait cela. Malgré la couverture dont on l'avait enveloppé, il claquait des dents. Il vit Tengo, en train de lui apprendre à traire les vaches, il se voyait avec lui, pris de fou rire, le visage et les bras dégoulinants de lait. Il leva les mains pour essuyer le lait tiède mais la brûlure du sel sur ses doigts éraflés le ramena à la réalité : c'étaient des larmes qui coulaient, comme le lait chaud, sur ses joues et ses mains. Le bruit de la jeep couvrait celui des sanglots qui secouaient sa poitrine et les larmes glissaient en silence sur son visage meurtri. Le soldat lui toucha l'épaule.

— *Stil, man, bly stil.* On y est presque.

La jeep s'arrêta à un feu rouge. Frikkie entendit l'autre soldat qui disait à voix basse :

— *Arme ding,* le pauvre... Pieter Uys était son meilleur ami.

Son meilleur ami... Il aurait voulu dire merci à Tengo au moment de sortir de la cabane. Une main sur la porte, il s'était arrêté pour le dire, mais Tengo lui avait paru si lointain, si effrayant, qu'il avait poussé la porte et s'était éloigné sans un mot. Tengo et lui étaient séparés à présent. Séparés par quelque chose dont ils n'étaient responsables ni l'un ni l'autre ; et c'étaient eux qui devaient payer.

Quand la jeep quitta la banlieue pour se ruer dans les rues brillamment éclairées du centre ville, Frikkie s'abandonna à sa tristesse. Il pleurait maintenant sans retenue.

— Si seulement... si seulement... répétait-il inlassablement, en afrikaner.

— Qu'est-ce qu'il y a, vieux ? demanda un des soldats ? *Wat wens jy ?* Si seulement quoi ?

La gorge nouée par les larmes, il ne parvenait pas à leur dire qu'il aurait voulu que tout soit différent... et que, tout, pourtant, soit resté exactement pareil.

Tengo, resté seul dans la grange, découvrit qu'il tremblait violemment. Il n'avait pas levé les yeux, la porte s'était ouverte, puis refermée, et Frikkie était parti. Il se rassit sur le bidon de kérosène. Il pensait à sa mère et à la femme de l'oubaas, dans la cuisine de la ferme, en train de faire des confitures ensemble. Si elles voyaient ce qu'il avait fait à Frikkie... tout ce sang séché qui tachait de noir ses cheveux jaune paille... Il avait vraiment l'air mal en point. Il se demandait si Frikkie arriverait à retrouver la place de l'église. Et s'il s'évanouissait en chemin, et si des camarades le ramassaient ? Un frisson de peur lui coula dans le dos. Il n'aurait jamais dû le laisser partir. Mais, qu'est-ce qu'il pouvait faire d'autre ? Et si Frikkie tombait sur des camarades et qu'ils lui mettaient le « collier » ? Non, le faubourg était plein de soldats et de policiers, ce soir ; les militants devaient tous être enfermés chez eux pour attendre que les choses se calment.

Alors, je suis plus grand que Frikkie, maintenant... Frikkie et moi, de nouveau... Après tout ce temps. Et Frikkie a gardé ce petit taureau de terre que j'avais fait... Dans le noir, assis sur son bidon, il se rappela comme il était heureux en modelant le petit animal d'argile... Enfin, heureux, peut-être pas, surtout profondément absorbé par ce qu'il faisait. Mais le jour où la première caisse de livres était arrivée, le soir, en rentrant au kraal à côté de son père, si grand et si mince, qui portait avec aisance la lourde caisse en équilibre sur sa tête... oui, ce soir-là, il avait été vraiment heureux. Il avait le cœur léger comme un ballon rouge. Et à présent, son cœur pesait comme du plomb, le tirant vers la terre, écrasant sa poitrine, si lourd qu'il lui faisait mal. Tout avait mal tourné. *Les grandes personnes... les Blancs et les Noirs... ils ont tout laissé gâcher*... pensait-il, le cœur serré, dans la cabane désolée, *et maintenant, c'est nous, les enfants... c'est notre tour... C'est dur, trop dur... Joseph dit qu'ils ont beaucoup à perdre, et que nous, on a tout à gagner ; mais il faut payer un prix terrible, terrible, pour ce qu'on doit gagner.* Il aurait tant voulu que les choses soient différentes... *Alors, je suis plus grand que Frikkie*... se répéta-t-il, toujours aussi étonné.

Brusquement, il découvrit qu'il y avait eu un moment, quand il soutenait son ami entre ses bras, le fusil à la main, et que Frikkie presque évanoui appuyait contre son épaule sa tête blessée, où tous ses doutes s'étaient envolés et où il avait su ce qu'il devait faire. Il n'était pas fait pour la violence. Il comprenait qu'elle était nécessaire, à cause de la lutte qui s'était engagée et qui rendait la vie « normale » impossible. Mais, s'il avait le choix... il irait avec Joseph à Lusaka, il passerait la frontière avec lui. Une fois arrivé là-bas, quand on lui demanderait : est-ce que tu veux continuer tes études ou suivre l'entraînement pour devenir combattant de la liberté ? il savait maintenant, sans l'ombre d'un doute, ce qu'il répondrait. A cet instant où il serrait contre lui son ami défaillant, sans le savoir encore, il avait pris sa décision.

Il ne pouvait parler à personne, ni à Joseph

ni à Elijah de ce qui venait de se passer dans la cabane. Il regarda le fusil qu'il tenait toujours à la main. Le fusil... Qu'est-ce qu'il allait faire du fusil ? Il inspecta la cabane du regard, se leva et en fit le tour en frappant le plancher du bout de la crosse. Près de la pile de sac, la crosse en retombant fit craquer les planches avec un bruit sec. Il s'agenouilla. Le plancher était à moitié pourri. Il souleva quelques lames avec sa barre de fer, glissa le fusil dans l'espace libre avant de remettre en place les lames de bois, puis il traîna des sacs pour recouvrir la cachette. Un petit animal fila avec un frôlement pour aller se réfugier ailleurs dans le noir.

Il allait devoir donner le fusil aux camarades ; ils avaient désespérément besoin d'armes et devaient faire des miracles pour s'en procurer. Joseph considèrerait cela comme une trahison de leur cacher. Il aurait pourtant bien voulu l'abandonner là, à la rouille et à l'oubli. *Mais je n'ai pas le droit de faire ça...* pensa-il. Bon, il allait le laisser là pour l'instant. Plus tard, Joseph trouverait un moyen de le récupérer. *Est-ce que Joseph aurait aussi trouvé ça mal de laisser Frikkie partir ?* se demandait-il, tout en tirant un autre sac sur les planches disjointes.

Maintenant, Frikkie devait avoir rejoint les autres. Il se demandait si sa blessure était grave. Frikkie ne le dénoncerait pas. Il avait donné sa parole... Un instant, le doute et la peur s'emparèrent de lui. *Frikkie est soldat,* se rappela-t-il, *c'est l'un d'entre eux.* Mais presque instantanément, le soldat blanc redevint Frikkie, et il sut que Frikkie tiendrait sa parole.

Il s'approcha de la fenêtre pour observer les alentours à travers la vitre sale. Il n'y avait personne en vue. Sur la route, au bout du terrain vague, passaient les phares d'une file de blindés de l'armée qui sortaient lentement du faubourg.

Il ouvrit la porte de la cabane et s'enfonça dans l'obscurité. D'un pas alerte, il se dirigea vers la maison de sa tante.

LEXIQUE

APARTHEID : régime de discrimination raciale toujours en vigueur en Afrique du Sud, qui établit légalement la séparation absolue entre Blancs et Noirs et la domination des premiers sur les seconds.

BAAS : maître.

BILTONG : viande salée et séchée au soleil.

BONSELLA : billet de cinq rands.

CAFRE (kaffir) : nom qu'utilisent les Blancs d'Afrique du Sud pour désigner les Noirs des différents peuples bantous du pays.

DOMKOP : tête de linotte.

DUMELA : bonjour.

EINA ! : aïe !

IMPI : guerrier zoulou. Les Zoulous constituaient une des tribus noires présentes en Afrique du Sud avant l'arrivée des Blancs.

KAFFIR-BOETIE : « ami des nègres », terme méprisant utilisé par les Blancs sud-africains pour parler des Blancs adversaires de l'apartheid.

KLEINBAAS : jeune maître.

KNOBKERRIES, ASSEGAI : armes de guerre des impi.

KRAAL : hameau africain.

MENEER : monsieur.

MIELIE : sorte de maïs.

MIELIE-PAP : bouillie de maïs.

OUBAAS : vieux maître.

RAND : unité monétaire d'Afrique du Sud.

SJAMBOK : fouet garni de lanières de cuir de rhinocéros, souvent terminées de pointes métalliques.

SKELLUM : garnement.

TREURIG : triste, mélancolique.

TSOTSIS : bandes de jeunes délinquants.

TSOTSIENS : au revoir.

VELD : prairie.

XHOSA : langue de l'une des peuplades africaines de l'Afrique du Sud.

Achevé d'imprimer le 29 juillet 1988
sur les presses de l'Imprimerie Hérissey à Évreux (Eure)

N° d'imprimeur : 45355 — Dépôt légal : août 1988
ISBN 2-07-056402-9

Imprimé en France